Série

AS AVENTURAS DO CAÇA-FEITIÇO

O Aprendiz 🦇 Livro 1

A Maldição 🦇 Livro 2

O Segredo 🦇 Livro 3

A Batalha 🦇 Livro 4

O Erro 🦇 Livro 5

O Sacrifício 🦇 Livro 6

O Pesadelo 🦇 Livro 7

O Destino 🦇 Livro 8

E VEM MAIS AVENTURA
POR AÍ... AGUARDE!

AS AVENTURAS DO CAÇA-FEITIÇO
O SACRIFÍCIO

JOSEPH DELANEY

6ª EDIÇÃO

Tradução
Ana Resende

BERTRAND BRASIL

Copyright © 2009, Joseph Delaney
Publicado originalmente pela Random House Children's Books.

Título original: *The Spook's Sacrifice*
Ilustração de capa: David Wyatt
Ilustrações de miolo: David Frankland
Editoração: FA Studio

Texto revisado segundo o novo
Acordo Ortográfico da Língua Portuguesa

2014
Impresso no Brasil
Printed in Brazil

CIP-Brasil. Catalogação na fonte
Sindicato Nacional dos Editores de Livros – RJ

D378s 6ª ed.	Delaney, Joseph, 1945- 　　O sacrifício/Joseph Delaney; tradução Ana Resende; [ilustrações David Frankland] – 6ª ed. – Rio de Janeiro: Bertrand Brasil, 2014. 　　288p.: il.; 21 cm. (As aventuras do caça-feitiço; v. 6) 　　Tradução de: The sacrifice 　　Sequência de: O erro 　　Continua com: O pesadelo 　　ISBN 978-85-286-1607-1 　　1. Literatura juvenil inglesa. I. Resende, Ana. II. Frankland, David. III. Título. IV. Série.
12-4310	CDD – 028.5 CDU – 087.5

Todos os direitos reservados pela:
EDITORA BERTRAND BRASIL LTDA.
Rua Argentina, 171 – 2º andar – São Cristóvão
20921-380 – Rio de Janeiro – RJ
Tel.: (0xx21) 2585-2070 – Fax: (0xx21) 2585-2087

Não é permitida a reprodução total ou parcial desta obra, por
quaisquer meios, sem a prévia autorização por escrito da Editora.

Atendimento e venda direta ao leitor:
mdireto@record.com.br ou (0xx21) 2585-2002

Impresso no Brasil pelo Sistema Cameron da Divisão Gráfica
da Distribuidora Record LTDA.

Para Marie

O ponto mais alto do Condado é marcado por um mistério. Contam que ali morreu um homem durante uma grande tempestade, quando dominava um mal que ameaçava o mundo. Depois, o gelo cobriu a terra e, quando recuou, até as formas dos morros e os nomes das cidades nos vales tinham mudado. Agora, no ponto mais alto das serras, não resta vestígio do que ocorreu no passado, mas o nome sobreviveu. Continuam a chamá-lo de

WARDSTONE,
a pedra do Guardião.

CAPÍTULO 1
A MÊNADE ASSASSINA

Acordei de um salto, com uma sensação urgente de que algo estava errado. Relâmpagos cintilavam contra a janela, seguidos quase imediatamente pelo barulho terrível dos trovões. Eu já havia dormido durante tempestades no Condado; portanto, não foi isso o que me acordou. Não. Tinha a sensação de que algum tipo de perigo me ameaçava. Pulei da cama e, de repente, o espelho da mesa de cabeceira ficou mais claro. Entrevi, refletido nele, alguém que, depois, desapareceu muito rápido. Mas não antes que pudesse reconhecer seu rosto. Era Alice.

Embora durante dois anos ela tivesse sido treinada como uma bruxa, Alice era minha amiga. Fora banida pelo Caça-feitiço e retornara para Pendle. Apesar de sentir sua falta, eu mantivera a promessa feita a meu mestre e ignorava todas as suas tentativas de entrar em contato. Mas não podia ignorá-la desta vez. Ela havia escrito no espelho uma mensagem para mim, e não pude deixar de lê-la antes que desaparecesse.

Perigo! Mênade assassina no jardim!

O que era uma mênade assassina? Nunca tinha ouvido falar de tal coisa. E como uma assassina de *qualquer* tipo poderia chegar até mim, tendo que atravessar o jardim do Caça-feitiço — um jardim guardado por seu poderoso ogro? Se alguém ultrapassasse seus limites, o ogro emitiria um rugido que poderia ser ouvido a quilômetros e, em seguida, estraçalharia o invasor.

Além disso, como Alice podia saber sobre o perigo? Ela estava a quilômetros de distância, em Pendle. Ainda assim, não me atrevia a ignorar seu aviso. Meu mestre, John Gregory, partira para lidar com um fantasma incômodo e eu estava sozinho na casa. Não tinha comigo nada que pudesse usar para me defender. Meu bastão e a bolsa se encontravam no andar de baixo, na cozinha; então, tinha que ir pegá-los.

Não entre em pânico, disse para mim mesmo. *Não precisa ter pressa. Fique calmo.*

Eu me vesti rapidamente e calcei as botas. Os trovões ribombavam acima de minha cabeça mais uma vez; então, abri a porta do quarto e pisei, cauteloso, no patamar escuro. Parei e escutei. Tudo estava em silêncio. Tinha certeza de que ninguém entrara na casa ainda; por isso, comecei a descer as escadas na ponta dos pés, do modo mais silencioso possível. Caminhei pelo corredor e entrei na cozinha.

Guardei a corrente de prata no bolso de minha calça e, erguendo o bastão, abri a porta de trás e saí. Onde se encontrava o ogro? Por que não estava defendendo a casa e o jardim contra o invasor? A chuva caía em meu rosto enquanto eu esperava, examinando cuidadosamente o gramado e as árvores mais distantes, buscando algum sinal de movimento. Deixei que meus olhos se adaptassem à escuridão, mas podia ver muito pouco. Mesmo assim, caminhei até as árvores no jardim oeste.

Não tinha dado mais que uma dúzia de passos, quando ouvi um grito de gelar o sangue, vindo do lado esquerdo, seguido pelo barulho de passos. Alguém vinha correndo pelo gramado na minha direção. Preparei meu bastão, pressionando o recesso para que, com um clique, a lâmina retrátil saltasse de sua extremidade.

Os relâmpagos voltaram a faiscar, e vi a ameaça. Era uma mulher alta e magra, que brandia uma lâmina comprida e mortal na mão esquerda. Com cabelos amarrados para trás, o rosto descarnado se contorcia de ódio e estava pintado com algum pigmento escuro. Trajava um longo vestido, encharcado com a chuva e, em vez de sapatos, seus pés estavam amarrados com tiras de couro. Então, aquilo era uma mênade, pensei.

Assumi uma posição defensiva, segurando meu bastão na diagonal, do modo como me fora ensinado. Meu coração batia rápido, mas eu precisava me manter calmo e aguardar a primeira oportunidade para atacar.

De repente, sua faca se curvou para baixo, errando meu ombro direito por uns poucos centímetros, e girei, tentando manter distância da minha oponente. Precisava de espaço para poder balançar o bastão. A grama estava encharcada com a chuva e, quando a mênade veio correndo, escorreguei e perdi o equilíbrio. Quase caí para trás, mas consegui me apoiar em um dos joelhos. Na hora certa, ergui o bastão para bloquear um golpe que teria penetrado bem fundo em meu ombro. Ataquei novamente, atingindo com força o pulso da mênade, e a faca girou e caiu no chão. Relâmpagos cintilaram acima de nossas cabeças, e vi a fúria em seu rosto quando, sem a arma, ela me atacou mais uma vez. Agora, a mênade gritava, enlouquecida de raiva — os sons duros e guturais incluíam um palavreado estranho, que reconheci como sendo grego. Desta vez, dei um passo para o lado, evitando as mãos abertas com as unhas compridas e pontudas, e acertei uma pancada terrível na lateral de sua cabeça. Ela caiu de joelhos, e eu poderia facilmente ter enfiado a ponta de minha lâmina em seu peito.

Em vez disso, transferi meu bastão para a mão direita, enfiei a mão no bolso e enrolei a corrente de prata ao redor do pulso esquerdo. Uma corrente de prata é útil contra qualquer servo das trevas — mas será que funcionaria com uma mênade assassina? Foi o que me perguntei.

Esforcei-me para manter a concentração. Quando ela voltou a ficar de pé, foi iluminada por um clarão de relâmpago particularmente vívido. Não podia ter sido melhor! Com uma visão perfeita de meu alvo, arremessei a corrente com um estalido. Ela subiu, formando uma espiral; em seguida, desceu, enlaçando a mênade e fazendo com que tombasse na grama.

Contornei-a com cautela. A corrente prendeu os braços e pernas da invasora e apertava seu queixo, porém, ela ainda podia falar e começou a lançar contra mim uma torrente de palavras que não compreendi. Seria grego? Achei que sim — mas assemelhava-se a um estranho dialeto.

Parecia que a corrente tinha funcionado; por isso, sem perder tempo, segurei-a pelo pé esquerdo e comecei a arrastá-la pela grama úmida em direção a casa. O Caça-feitiço iria querer interrogá-la — se ele pudesse entender o que ela estava dizendo. Meu conhecimento de grego era tão bom quanto o dele e aquilo fazia pouco sentido para mim.

Em um dos lados da casa, havia um alpendre de madeira onde guardávamos a lenha para o fogo; arrastei-a até lá para tirá-la da chuva. Em seguida, peguei uma lanterna da prateleira do canto e a acendi para poder ver melhor minha prisioneira. Enquanto eu a iluminava, do alto, ela cuspiu em mim, e a gota viscosa e rosada pousou em minha calça. Podia sentir seu cheiro agora: uma mistura de suor e vinho velhos. E havia outra coisa. Um leve fedor de carne em decomposição. Quando ela voltou a abrir a boca, pude ver o que pareciam pedaços de carne entre seus dentes.

Seus lábios estavam roxos, assim como a língua — sinais de que ela estivera bebendo vinho. O rosto estava raiado com um padrão intrincado de redemoinhos e espirais. Parecia lama avermelhada, mas a chuva não conseguira tirar tudo. Ela cuspiu novamente em mim; então, cheguei para trás e pendurei a lanterna em um dos ganchos do teto.

No canto, havia um banco, que apoiei na parede e no qual me sentei, fora do alcance das cusparadas. Ainda faltava uma hora até o amanhecer; por isso, recostei-me e fechei os olhos, ouvindo a chuva tamborilar no telhado do alpendre.

Estava cansado e não me faria mal tirar um cochilo. A corrente de prata tinha amarrado a mênade bem apertado e não havia como ela conseguir se soltar.

Não dormira por mais de uns poucos minutos, quando um barulho alto me acordou. Sentei-me de imediato. Ouvi um estrondo de algo se arrastando e sibilando, que parecia caminhar com rapidez. Alguma coisa estava se aproximando do alpendre e, de repente, percebi do que se tratava.

O ogro! Ele estava correndo para atacar!

Mal tive tempo de me pôr de pé, antes que a lanterna se apagasse, e eu fosse lançado de costas, ficando totalmente sem ar com o impacto. Enquanto tentava inspirar, pude ouvir o som de troncos sendo lançados contra a parede, mas o som mais alto de todos foi o do grito da mênade. O barulho continuou em meio à escuridão, durante um longo tempo; depois, exceto pelo ruído da chuva pesada, só se ouviu o silêncio. O ogro tinha feito seu trabalho e se fora.

Tive medo de acender a lanterna de novo. Medo de olhar para a mênade. Mas fiz isso, mesmo assim. Ela estava morta e muito pálida, pois o ogro tinha drenado seu sangue. Viam-se cortes no pescoço e nos ombros, e seu vestido fora rasgado. No rosto, estampava-se uma expressão de terror. Não havia mais nada a fazer. O que acontecera não tinha precedente. Se ela fora capturada e amarrada, o ogro não poderia ter tocado nela. E onde estivera ele, quando deveria estar defendendo o jardim?

Abalado pela experiência, deixei o corpo da mênade onde estava e voltei para casa. Pensei em tentar entrar em contato com Alice através do espelho. Devia minha vida a ela e queria agradecer. Quase sucumbi, mas tinha feito uma promessa ao Caça-feitiço. Então, depois de lutar com minha consciência durante algum tempo, simplesmente tomei um banho, troquei de roupa e aguardei o retorno do Caça-feitiço.

Ele chegou pouco depois do meio-dia. Expliquei o que tinha acontecido e saímos para ver o corpo da assassina.

— Bem, rapaz, isso nos deixa com algumas perguntas, não acha? — indagou meu mestre, coçando a barba. Ele parecia muito preocupado, e eu não podia culpá-lo. O que tinha acontecido também me deixava muito inquieto.

— Sempre acreditei que minha casa aqui em Chipenden estava protegida e segura — continuou ele —, mas o que aconteceu me deixou com algumas dúvidas. Não vou conseguir dormir tranquilo a partir de agora. Afinal, como foi que a mênade conseguiu atravessar o jardim sem ser percebida pelo ogro? Nunca nada passou por ele.

Balancei a cabeça, concordando.

— E mais uma coisa me preocupa, rapaz: por que ele a atacou e matou, quando ela já estava amarrada com a sua corrente? Ele sabe que não deve se comportar dessa maneira.

Balancei de novo a cabeça.

— Tem mais uma coisa que preciso saber: como foi que *você* soube que ela estava no jardim? Chovia muito e trovejava. Provavelmente, você não iria ouvi-la. Com certeza, ela teria entrado na casa e matado você, enquanto dormia. Então, quem foi que lhe deu o aviso? — perguntou o Caça-feitiço, erguendo as sobrancelhas.

Parei de assentir e agora estava olhando para meus pés, sentindo os olhos de meu mestre queimando dentro de mim. Por isso, limpei a garganta e expliquei exatamente o que tinha acontecido.

— Sei que prometi que não usaria o espelho para falar com Alice — concluí —, mas tudo aconteceu rápido demais para que eu pudesse fazer alguma coisa em relação a isso. Ela tentou entrar em contato antes, mas sempre obedeci ao senhor e desviei os olhos — até agora. Contudo, foi bom ler a mensagem dela, desta vez — falei, um pouco zangado —, senão estaria morto!

O Caça-feitiço permaneceu muito calmo.

— Bem, o aviso dela realmente salvou sua vida — admitiu. — Mas sabe como me sinto em relação a você usar espelhos e falar com a pequena feiticeira.

Lancei-lhe um olhar aborrecido ao ouvir essas palavras. Talvez ele tenha percebido minha expressão, pois mudou de assunto.

— Você sabe o que é uma mênade assassina, rapaz?

Balancei a cabeça.

— Uma coisa eu sei: quando ela me atacou, parecia louca de raiva!

O Caça-feitiço concordou.

— Mênades raramente se arriscam a sair de sua terra natal, a Grécia. Elas são uma tribo de mulheres que habita as florestas da região, vivendo do que a terra lhes oferece — comem desde frutos selvagens a animais que cruzam seu caminho. Elas veneram uma deusa grega sanguinária, chamada Ordeen, e obtêm seu poder de uma mistura de vinho e carne crua, dedicando-se a um frenesi assassino até que estejam prontas para as vítimas de verdade. A maioria se alimenta dos mortos, mas não deixa de devorar os vivos. Esta mênade pintou o rosto para parecer ainda mais feroz; era provável que fosse uma mistura de vinho e gordura humana, além de cera para dar a liga. Sem dúvida, ela matara alguém recentemente.

"Foi bom você ter derrubado e amarrado a mênade, rapaz. Essas criaturas têm uma força extraordinária. São conhecidas por fazerem as vítimas em pedacinhos, usando apenas as mãos! Gerações delas têm vivido dessa forma e, em consequência, regrediram tanto que agora quase não são humanas. Falta pouco para que se tornem animais selvagens, porém, ainda têm pouca astúcia."

— Mas por que ela iria percorrer toda essa distância até o Condado?

— Para matar você, rapaz... simples assim. Mas não posso imaginar por que você seria uma ameaça para elas na Grécia. No entanto, sua mãe está lá combatendo as trevas, logo, não resta dúvida de que o ataque tem alguma coisa a ver com ela.

Depois, o Caça-feitiço me ajudou a desamarrar a corrente de prata do corpo da mênade, e nós a arrastamos até o jardim do leste. Cavamos uma cova estreita para ela — sua profundidade era maior que o comprimento e a largura — e, como sempre, fiz a maior parte do trabalho. Em seguida, nós a movemos para a cova escura, de cabeça para baixo. Embora não fosse uma bruxa, o Caça-feitiço preferia não se arriscar com servos das trevas — especialmente com aqueles sobre os quais não sabíamos muita coisa. Numa noite de lua cheia, morta ou não, ela poderia tentar abrir caminho, arranhando até a superfície. Mas não perceberia que estaria indo na direção oposta.

Isso feito, o Caça-feitiço me enviou até a aldeia atrás do pedreiro e do ferreiro do local. No fim da noite, eles tinham colocado as pedras e barras sobre a sepultura. Meu mestre não demorou muito a deduzir a resposta para suas duas outras perguntas. Ele tinha encontrado duas pequenas gamelas de madeira manchadas de sangue na beira do jardim. Era muito provável que estivessem cheias de sangue, antes de o ogro beber até ficar satisfeito.

— Rapaz, aposto que havia alguma coisa misturada com o sangue. Talvez isso tenha feito o ogro dormir ou o tenha deixado confuso. Por isso, ele não percebeu quando a mênade entrou no jardim e, mais tarde, matou-a quando não deveria ter feito. Pena que ela tenha morrido. Podíamos fazer-lhe algumas perguntas e descobrir por que ela veio e quem a mandou até aqui.

— Será que o Maligno poderia estar por trás disso? — indaguei. — Será que pode ter enviado a mênade para me matar?

O Maligno, também conhecido como Demônio, tinha estado solto pelo mundo desde o mês de agosto passado. Fora convocado pelos três clãs de feiticeiras de Pendle — os Malkin, Deane e Mouldheel. Agora os clãs estavam em guerra uns com os outros — algumas feiticeiras serviam ao Maligno, enquanto outras eram suas inimigas. Eu o tinha encontrado três vezes desde então, e, embora cada encontro me tivesse feito estremecer até os ossos, sabia que era improvável que o próprio Demônio tentasse me matar, por causa da peia.

Assim como você peia um cavalo, amarrando as patas dele para que não possa desgarrar, o Maligno foi peado por alguém no passado. Seu poder era limitado. Se resolvesse me matar pessoalmente, dominaria o mundo por apenas uma centena de anos, um intervalo que ele considerava muito curto. Portanto, de acordo com as regras da peia, ele tinha uma única escolha: arrumar um de seus filhos para me matar ou tentar me levar para o seu lado. Se pudesse me converter para as trevas, reinaria no mundo até o fim dos tempos. Fora isso que tentara fazer da última vez que nos encontramos. Mas, sem dúvida, se eu morresse pela mão de outra criatura, então, o Maligno poderia lentamente dominar o mundo. Será que ele a enviara?

O Caça-feitiço estava pensativo.

— O Maligno? É uma possibilidade, rapaz. Devemos ficar atentos. Você teve muita sorte de sobreviver ao ataque.

Queria dizer que fora por causa da intervenção de Alice, mais que por causa da sorte, que eu me salvara; mas pensei melhor e me calei. Fora uma noite difícil e eu não iria ganhar nada deixando-o aborrecido.

Na noite seguinte, não consegui conciliar o sono e, depois de algum tempo, levantei-me da cama, acendi uma vela e comecei a ler mais uma vez a carta de minha mãe, que tinha recebido na primavera.

Querido Tom,

A luta contra as trevas em minha própria terra foi longa e difícil e está próxima de uma crise. Entretanto, nós dois temos muito que discutir, e tenho outras coisas a lhe revelar e um pedido a fazer. Preciso de algo seu. Além de sua ajuda. Se houvesse um modo de evitar tudo isso, eu não lhe pediria coisa alguma. Mas estas são palavras que devem ser ditas face a face, não em uma carta; por isso, pretendo voltar para casa em uma visita breve antes do solstício de verão.

Escrevi a Jack para informá-lo de minha chegada e estou ansiosa para vê-lo na fazenda, na data indicada. Dedique-se seriamente a suas lições, filho, e seja otimista, por mais que o futuro pareça sombrio. Sua força é maior do que você imagina.

Amor,
Mamãe

Em menos de uma semana, estaríamos no solstício de verão, e o Caça-feitiço e eu viajaríamos para o sul para visitar a fazenda de Jack, meu irmão, e nos encontrarmos com mamãe. Eu sentia saudades dela e mal podia esperar para vê-la. Mas também estava ansioso para descobrir o que ela queria de mim.

CAPÍTULO 2
O BESTIÁRIO DO CAÇA-FEITIÇO

Na manhã seguinte, tive aula, como sempre. Estava no terceiro ano de aprendizado com meu mestre e estudava como combater as trevas: no primeiro ano, estudei os ogros; no segundo, as feiticeiras; agora, o tema era "A História das Trevas".

— Bem, rapaz, prepare-se para tomar notas — ordenou o Caça-feitiço, coçando a barba.

Abri o caderno, mergulhei a caneta no vidrinho de tinta e esperei que ele começasse a lição. Estava sentado no banco do jardim oeste. Era uma manhã de verão ensolarada, e não havia uma única nuvem no vasto céu azul. Bem na nossa frente, estavam as serras, salpicadas de ovelhas, e, por toda parte, ouviam-se o canto dos pássaros e o agradável e sonolento zumbido dos insetos.

— Como já lhe disse, rapaz, as trevas se manifestam de diferentes maneiras, em diferentes momentos e lugares

— falou o Caça-feitiço, começando a caminhar para um lado e para o outro, na frente do banco. — Porém, como sabemos por experiência própria, o mais formidável aspecto das trevas no Condado e no restante do mundo é o Maligno.

Meu coração ficou apertado e senti um bolo na garganta ao me recordar de nosso último encontro. O Maligno me revelara um terrível segredo, afirmando que Alice também era sua filha — a filha do Demônio. Embora fosse difícil de imaginar, poderia muito bem ser verdade, não é? Alice era minha melhor amiga e salvara minha vida em mais de uma ocasião. Se o que o Maligno me dissera realmente *fosse* verdade, então o Caça-feitiço tinha razão em bani-la: nunca poderíamos voltar a ficar juntos — e pensar nisso era quase impossível.

— Embora o Maligno seja a nossa grande preocupação — continuou o Caça-feitiço —, existem outros habitantes das trevas que, com auxílio de feiticeiras, magos ou outros intermediários humanos, também são capazes de passar por portais e entrar em nosso mundo. Entre eles, estão os deuses antigos, como Golgoth, que, como você se lembra, enfrentamos na charneca de Anglezarke.

Assenti. Fora um encontro difícil, que quase tinha custado a minha vida.

— Devemos ser gratos pelo fato de ele estar dormindo mais uma vez — falou meu mestre —, mas outros estão bem acordados. Pense na terra natal de sua mãe, a Grécia. Como lhe contei ontem, uma cruel divindade feminina chamada Ordeen, que é venerada pelas mênades, tem causado uma matança em grande escala, desde tempos imemoriais. Sem dúvida, ela está no coração de tudo que sua mãe está tendo que enfrentar.

"Não sei muito sobre Ordeen. Aparentemente, tem muitos seguidores que matam tudo que se mover a quilômetros de distância. E as mênades costumam se dispersar por toda a Grécia, e se reúnem em grande número para aguardar sua chegada. São como abutres prontos a se refestelar com a carne dos mortos e dos moribundos. Para elas, é uma colheita, tempo de fartura — a recompensa que recebem por venerar a Ordeen e seus seguidores. Sem dúvida, sua mãe poderá nos contar muito mais coisas — há páginas em branco no meu Bestiário que preciso completar."

O Bestiário do Caça-feitiço, um dos maiores e mais interessantes livros de sua biblioteca, estava cheio de todo tipo de terríveis criaturas. Mas havia lacunas onde a informação era escassa, e ele o atualizava sempre que podia.

— Sei, porém, que, ao contrário dos outros deuses antigos, a Ordeen não precisa de ajuda dos humanos para passar por um portal para este mundo. O próprio Maligno precisou da ajuda das feiticeiras de Pendle. Mas, ao que parece, ela pode passar por seu portal sempre que quiser — e, do mesmo modo, retornar sempre que bem entender.

— E quanto aos "seguidores" que chegam com ela pelo portal, como eles são? — perguntei.

— São habitantes das trevas: demônios e elementais. Os demônios, em sua maioria, têm a aparência de homens e mulheres, porém, são dotados de uma força tremenda e são muito cruéis. Além deles, há as vaengir — lâmias aladas.

Tantas já se uniram a ela, que restaram algumas poucas em outros lugares, vivendo solitárias ou aos pares, como as irmãs de sua mãe. Pense em como deve ser a chegada de Ordeen: uma horda dessas criaturas descendo dos céus para dilacerar e fazer em pedaços a carne de suas vítimas. Dá arrepios só de pensar nisso, rapaz!

Sem dúvida. As duas irmãs de mamãe eram lâmias aladas. Tinham combatido do nosso lado durante a batalha na serra de Pendle, levando a destruição aos três clãs de feiticeiras que se opunham a nós.

— Sim, a Grécia é um lugar perigoso. Sua mãe tem muito que combater... Também existem as lâmias ferinas, que andam sobre as quatro patas. São muito comuns na Grécia, sobretudo, nas montanhas. Quando terminarmos a lição, sugiro que você vá até a biblioteca, procure-as no meu Bestiário, reveja os conhecimentos que adquiriu e escreva um resumo do que descobriu em seu caderno.

— O senhor disse que os "elementais" vivem com a Ordeen também? De que tipo eles são? — indaguei.

— São elementais do fogo ... uma coisa que não temos aqui no Condado, rapaz. Vou lhe contar o que sei sobre eles outro dia. Por enquanto, é melhor continuarmos com seu estudo da língua antiga, que é muito mais difícil de aprender que latim ou grego.

O Caça-feitiço tinha razão. O restante da lição foi tão difícil que fez minha cabeça doer. No entanto, era muito importante que eu aprendesse a língua antiga: os deuses antigos, bem como seus discípulos, costumavam usá-la; além disso, os livros de magia negra usados pelos necromantes estavam escritos nessa língua.

Fiquei aliviado quando a aula chegou ao fim e pude subir para a biblioteca de meu mestre. Eu gostava de visitá-la. Era o orgulho e a alegria do Caça-feitiço, e ele a herdara, juntamente com a casa, de seu próprio mestre, Henry Horrocks. Alguns dos livros tinham pertencido a outros caça-feitiços antes dele e remontavam a muitas gerações; outros tinham sido escritos pelo próprio John Gregory, e narravam uma vida inteira dedicada à aquisição de conhecimento, praticando seu ofício e combatendo as trevas.

O Caça-feitiço sempre temeu que algo pudesse acontecer à biblioteca: quando Alice estava conosco, sua função tinha sido fazer cópias extras dos livros, reescrevendo-os um por um. O sr. Gregory acreditava que uma de suas obrigações mais importantes era preservar a biblioteca para os futuros caça-feitiços, acrescentando, sempre que possível, mais conhecimento.

Havia estantes com prateleiras que continham milhares de livros, mas me dirigi para o Bestiário. Era uma lista de todo tipo de criaturas, de ogros e demônios a elementais e feiticeiras, além de registros pessoais e esboços onde o Caça-feitiço descrevia como lidava com as trevas. Folheei as páginas até encontrar o título "Feiticeiras Lâmias".

A primeira Lâmia foi uma feiticeira poderosa e de grande beleza. Ela amava Zeus, o líder dos deuses antigos, que já era casado com a deusa Hera. Por imprudência, a Lâmia concebeu os filhos de Zeus. Ao descobrir isso, em uma cólera movida por ciúme, Hera matou todas as infelizes crianças, menos uma. Movida pela insânia e pela dor, a Lâmia começou a matar crianças por toda parte, e os córregos e os rios se tornaram vermelhos com seu sangue. O ar estremecia com os gritos dos pais enlouquecidos. Por fim, os deuses a puniram, alterando sua forma, de modo que a parte inferior de seu corpo fosse sinuosa e tivesse escamas como as de uma serpente.

Assim modificada, ela voltou suas atenções para os homens jovens. Ela os atraía para uma clareira na floresta, mostrando somente a bela cabeça e os ombros acima da grama verde e exuberante. Depois de seduzi-los para que se aproximassem, enrolava bem apertado a parte inferior do corpo ao redor da vítima, retirando o ar do corpo impotente, à medida que a boca se alimentava em seu pescoço, até drenar a última gota de sangue.

Mais tarde, a Lâmia teve um amante chamado Chaemog, uma espécie de aranha que habitava as cavernas mais profundas da Terra. Ela concebeu trigêmeas, e estas foram as primeiras feiticeiras lâmias. Em seu décimo terceiro aniversário, discutiram com a mãe e, após uma briga terrível, cortaram seus membros e fizeram seu corpo em pedaços. As lâmias deram cada um dos pedaços do corpo dela, incluindo o coração, a uma vara de javalis selvagens.

O livro prosseguia descrevendo os diferentes tipos de lâmias — como era sua aparência, como se comportavam — e, mais importante para um caça-feitiço, o modo de lidar com elas. Eu já sabia muita coisa sobre essas feiticeiras. O Caça-feitiço tinha vivido durante muitos anos com uma lâmia doméstica, chamada Meg, e tinha mantido sua irmã ferina, Marcia, trancada em uma cova no porão de sua casa, em Anglezarke. Ambas tinham retornado para a Grécia, porém, durante o tempo que passei em Anglezarke, aprendera muita coisa sobre elas.

Continuei a leitura, fazendo breves anotações. Era uma revisão muito útil. Havia uma referência às lâmias aladas, chamadas vaengir, que o Caça-feitiço mencionara mais cedo. Meus pensamentos se voltaram para minha mãe. Mesmo quando eu era pequeno, sabia que ela era diferente, pois tinha um sotaque leve, que a caracterizava como alguém que não havia nascido no Condado. E evitava a luz do sol, mantendo, durante o dia, as cortinas da cozinha fechadas.

Com o passar do tempo, o conhecimento sobre mamãe aumentou. Descobri como meu pai a salvara na Grécia. Depois disso, ela me contou que eu era especial: era o sétimo filho de um sétimo filho, além de ser um presente para o Condado, uma arma que seria usada contra as trevas. Mas ainda faltavam as últimas peças do quebra-cabeça. O que exatamente *era* minha mãe?

As irmãs dela eram vaengir — lâmias ferinas aladas e, como o Caça-feitiço tinha acabado de explicar, apenas muito raramente eram encontradas além do portal da Ordeen. Agora as duas estavam na Torre Malkin, guardando os baús de minha mãe, que continham dinheiro, poções e livros. Eu acreditava que minha mãe também era uma lâmia. Uma vaengir. Isso era o mais provável.

Tratava-se de mais um mistério que eu precisava resolver — embora não pudesse lhe perguntar diretamente. Acreditava que minha mãe tinha que querer me contar. E, muito em breve, talvez, eu descobrisse a resposta.

No fim da tarde, como o Caça-feitiço tinha me dado umas horas de folga, saí para caminhar nas serras: subi até o pico do Parlick, observando as sombras das nuvens se arrastando devagar sobre o vale mais abaixo e ouvindo o canto característico dos abibes.

Como sentia falta de Alice! Tínhamos passado muitas horas felizes caminhando por essa região, vendo o Condado se estender abaixo de nós. Andar sozinho por aí não era a mesma coisa. Eu estava impaciente, querendo que a semana passasse logo, e eu e o Caça-feitiço pudéssemos partir para a fazenda de Jack. Sem dúvida, estava ansioso para ver minha mãe e descobrir o que ela queria de mim.

CAPÍTULO 3
A TROCA?

Na manhã de nossa partida, desci até a aldeia de Chipenden para recolher as provisões do Caça-feitiço para a semana. Fui até o padeiro, o verdureiro e o açougueiro — afinal, só ficaríamos longe de casa por alguns dias. No açougue, falei para o proprietário — um homem corpulento, de barba ruiva — que, se alguém viesse atrás do Caça-feitiço e tocasse o sino pendurado nos vimeiros, teria que esperar.

Quando voltei para casa, caminhando pela aldeia, a saca estava mais leve que de costume, por causa da escassez de alimentos. Mais ao sul do Condado, a guerra ainda dominava e as notícias não eram boas. Nossas forças estavam recuando, e tanta comida fora levada para alimentar o exército, que as pessoas mais pobres estavam quase passando fome. Notei que, em Chipenden, as condições haviam se deteriorado ainda mais. Viam-se mais rostos famintos, e algumas das casas tinham sido abandonadas, pois as famílias estavam viajando para o norte, na esperança de uma vida melhor.

O Caça-feitiço e eu estávamos caminhando rapidamente, e embora estivesse levando meu bastão e as duas bolsas, como sempre, não me importava nem um pouco. Mal podia esperar para ver minha mãe. Entretanto, quando a manhã começou a ficar mais quente, o Caça-feitiço diminuiu o passo. Continuei a caminhar à frente dele, tendo que esperar que me alcançasse. E ele começou a se irritar comigo.

— Mais devagar, rapaz! Mais devagar! — reclamou. — Meus velhos ossos estão fazendo um grande esforço para acompanhar você. Partimos um dia antes — de qualquer forma, sua mãe não chegará antes da véspera do solstício de verão!

No fim da noite do segundo dia de viagem, antes mesmo que alcançássemos o cume do morro do Carrasco, vi no céu uma fumaça que vinha da direção da fazenda. Por um momento, o medo cresceu em meu coração. Lembrei-me do ataque das feiticeiras de Pendle no ano anterior: elas haviam queimado o celeiro, antes de saquear a casa e sequestrar Ellie, Jack e a pequena Mary.

Assim que começamos a descer em meio às árvores, na direção dos pastos ao norte, vi uma coisa que me causou mais surpresa que temor. Havia fogueiras ao sul da fazenda — uma dúzia ou mais — e o ar tinha cheiro de fumaça de lenha e de comida. Quem eram aquelas pessoas que estavam acampando nos campos de Jack? Sabia que ele não gostava de receber pessoas estranhas na fazenda; então, imaginei que aquilo tivesse alguma relação com minha mãe.

Mas tive pouco tempo para pensar, pois, de imediato, percebi que ela já estava em casa. Uma fumaça marrom pálida subia da chaminé na direção do céu azul, e senti o calor de sua presença. De alguma forma, eu simplesmente sabia que ela voltara!

— Mamãe está aqui agora. Tenho certeza! — disse para o Caça-feitiço, e meus olhos brilharam com as lágrimas. Sentia tanta falta dela, que mal podia esperar para vê-la mais uma vez.

— Está bem, rapaz, talvez você esteja certo. Vá até lá para cumprimentá-la. Vocês terão muito que conversar e precisarão de um pouco de privacidade. Esperarei aqui em cima.

Sorri, assentindo para ele, e desci o declive coberto de árvores, na direção do novo celeiro. Antes que pudesse alcançar o terreno, meu irmão Jack apareceu bem em meu caminho. Da última vez que o vira, estava gravemente doente e por pouco não morrera, depois de as feiticeiras atacarem a fazenda e roubarem os baús de minha mãe. Ele me abraçou bem forte e quase me deixou sem ar.

— Que bom vê-lo, Tom! — exclamou, afastando-se um pouco e abrindo um sorriso amplo.

— É bom ver que você está bem de novo, Jack — respondi.

— E isso, graças a você. Ellie me contou tudo. Se não fosse por você, eu estaria a sete palmos da terra agora.

Junto com Alice, eu ajudara a resgatar Jack e sua família da Torre Malkin.

— Mamãe voltou, não é? — perguntei, animado.

Jack balançou a cabeça, mas o sorriso desapareceu de seu rosto. Podia-se ver nele uma expressão de inquietação; um pouco de insegurança misturada com tristeza.

— Sim, ela voltou, Tom. E está ansiosa para vê-lo de novo, mas devo avisá-lo de que está diferente...

— Diferente? Como assim, diferente?

— Primeiro, eu mal a reconheci. Ela tem um ar selvagem... sobretudo, nos olhos. E também parece mais jovem, como se tivesse se livrado dos anos. Sei que isso não parece possível, mas é a verdade...

Embora eu não dissesse nada para Jack, sabia muito bem que aquilo realmente poderia estar acontecendo. As regras dos seres humanos não se aplicavam às feiticeiras lâmias. Como estava escrito no Bestiário do Caça-feitiço, havia duas formas para uma lâmia, e lentamente elas passavam de uma para a outra. Era provável que minha mãe estivesse voltando, aos poucos, a ser uma lâmia ferina. Era uma possibilidade que me deixava perturbado e com medo. Não queria pensar muito a respeito.

— Tom, você sabe tudo sobre essas coisas por causa do seu ofício... será que ela foi trocada? — perguntou Jack ansioso, e, de repente, seu rosto encheu-se de temor e dúvida. — Pode ter acontecido alguma coisa enquanto estava na Grécia. Talvez ela tenha sido capturada por algum goblin e substituída por um deles, não é?

— Não, Jack. Claro que não — tranquilizei-o. — Goblins não existem. São apenas superstição. Portanto, você não deve se preocupar com isso. Tenho certeza de que foi apenas o clima quente da Grécia que fez bem à nossa mãe. Irei vê-la agora, e conversaremos mais tarde. Onde está James?

— James está ocupado. No momento, está ganhando mais dinheiro com a forja do que eu com a fazenda. Mas tenho certeza de que ele encontrará tempo para ver o irmão mais novo.

James morava lá agora e ajudava Jack nas ocupações diárias, embora, por profissão, fosse ferreiro. Parecia que seu novo negócio era um verdadeiro sucesso.

— Quem são todas essas pessoas acampadas na campina ao sul? — indaguei, lembrando-me das fogueiras que tinha visto ao descer o morro do Carrasco.

Jack lançou-me um olhar carrancudo e balançou a cabeça com raiva.

— Melhor você perguntar isso à mamãe — retrucou. — Mas vou lhe dizer uma coisa: elas não têm o direito de estar aqui. Não têm o direito! São feiticeiras de Pendle. E pensar que estão acampando nos meus campos, depois de tudo que aconteceu no ano passado.

Feiticeiras? Se, de fato, eram feiticeiras, não podia culpar meu irmão por ficar aborrecido. As feiticeiras de Pendle tinham criado muitos problemas para Jack e sua família no ano passado. Pensando nisso, por que será que minha mãe permitiria que elas se aproximassem tanto?

Encolhi os ombros e atravessei o terreno da fazenda. Bem atrás do celeiro, dando para os fundos da casa, vi uma nova construção — lá dentro, James trabalhava na forja, mantendo as costas voltadas para mim. Do lado de fora, um fazendeiro segurava as rédeas de um cavalo aguardando para ser ferrado.

Quase gritei para cumprimentar James, mas não podia esperar para ver minha mãe.

Quando me aproximei da casa, fiquei surpreso ao ver a roseira trepadeira de minha mãe florescendo. Da última vez que tinha estado lá, ela parecia morta — o caule escurecido e murcho tinha sido arrancado da parede, quando o Maligno atacara a casa, tentando me matar. Agora viam-se novos brotos verdes que subiam pelas pedras e algumas rosas que haviam florescido, cintilando com uma cor vermelha forte à luz do sol.

Parei por um instante na porta de trás e bati baixinho na madeira. Embora eu tivesse nascido e crescido naquele sítio, ele tinha deixado de ser a minha casa. Portanto, era educado bater à porta.

— Pode entrar, filho — disse minha mãe. Ouvir o som de sua voz fez meus olhos lacrimejarem, e um bolo se formou em minha garganta. Como eu tinha sentido falta dela! Entrei na cozinha e, de repente, estávamos de frente, um para o outro.

Trepada em um tamborete, ela mexia uma panela grande com sopa de cordeiro, que cozinhava lentamente em fogo brando. Como sempre, as cortinas estavam fechadas para impedir a entrada da luz do sol, mas, mesmo na obscuridade, quando ela se pôs de pé, dando um passo em minha direção, pude ver a que Jack se referia quando havia dito que ela estava mudada.

Seu sorriso era caloroso, mas o rosto estava um pouco mais fino, e as maçãs eram mais salientes que antes. Seus cabelos pretos não estavam mais raiados com fios grisalhos, e ela parecia mais jovem do que quando eu a vira dezoito meses atrás. Mas percebi em seus olhos uma expressão selvagem; um olhar ansioso, assustado.

— Ah, filho... — começou ela, pondo os braços em volta de mim e me abraçando. Seu calor me envolveu e dei um soluço profundo.

Afastando-se um pouco de mim, ela balançou a cabeça.

— Sente-se, filho, e seja forte. É bom estarmos juntos de novo, mas temos muito que dizer um para o outro e ambos precisamos pensar com clareza.

Assenti, sentando-me diante dela e próximo à lareira. Esperei para ouvir o que tinha a me dizer. Queria desesperadamente perguntar-lhe sobre Alice e se ela podia ser mesmo filha do Maligno, mas os negócios de minha mãe eram a prioridade. O que tinha a me dizer devia ser algo muito importante para fazê-la voltar para o Condado a fim de termos essa conversa.

— Como você tem passado, Tom? E seu mestre?

— Bem, mamãe. Bem. Estamos gozando de saúde perfeita. E quanto à senhora? Como estão as coisas na Grécia?

— Tem sido muito difícil, filho...

Mamãe prendeu a respiração e percebi a emoção em sua voz. Por um momento, pensei que ela estava muito confusa para poder falar, mas, então, inspirou fundo e assumiu uma atitude prática.

— Vou direto ao ponto. Já passei na Torre Malkin, em Pendle, e recolhi as bolsas de dinheiro que se encontravam nos baús que lhe dei. De início, queria que fossem suas, para ajudar sua causa aqui no Condado, mas as coisas pioraram muito em minha própria terra. A situação é muito grave... Preciso desesperadamente do dinheiro para financiar o que deve ser feito e impedir um desastre terrível. Você se importa de devolvê-las para mim?

— Claro que não, mamãe! De qualquer forma, elas sempre foram suas. Apenas faça o que a senhora considera o melhor. É para ajudá-la a enfrentar a Ordeen, não é?

— É, filho. Seu mestre lhe contou o que estou enfrentando na Grécia?

— Ele não sabe muita coisa sobre a Ordeen. E esperava que a senhora preenchesse as lacunas em nosso conhecimento. Ele está esperando no morro do Carrasco para nos dar tempo de conversarmos a sós, mas depois quer falar com a senhora.

— Bem, posso, ao menos, fazer isso por ele — embora tema que, depois de conversarmos, as coisas possam não ser tão fáceis entre nós. Seu mestre é um bom homem, com princípios elevados: ele não conseguirá me perdoar pelo que planejo fazer. Mas veremos. Talvez ele entenda que é o melhor a fazer. E isso me leva à segunda coisa que gostaria de lhe pedir. Preciso de *você*, filho. Preciso que volte para a Grécia comigo e me ajude a combater as trevas por lá. Outros também irão ajudar, mas você tem uma força especial, que poderia fazer a diferença e deixar as coisas a nosso favor. Se pudesse evitar isso, eu evitaria, mas tenho que lhe perguntar: você voltará comigo para a minha terra natal?

Fiquei espantado. Minha obrigação era com o Condado, e o desejo de minha mãe sempre fora que eu me tornasse um aprendiz de caça-feitiço. Mas, se ela precisava de minha ajuda em outra parte, como eu poderia recusar?

— Claro que voltarei, mamãe. Mas o sr. Gregory irá conosco também? Ou terei que deixar de ser seu aprendiz por algum tempo?

— Sinceramente, espero que ele viaje conosco, filho. Mas quem deve decidir é ele. Só que não posso prever como ele irá reagir.

— Qual é o seu plano? — indaguei. — E para que a senhora precisa do dinheiro?

— Tudo será revelado no momento oportuno — falou minha mãe, e eu sabia que aquela não era a hora para querer saber mais.

— Mamãe, tem mais uma coisa que quero lhe perguntar — falei. — É sobre Alice...

Vi que a expressão no rosto de minha mãe se modificou. Por um momento, ela fora severa e prática. Agora, de repente, suavizara, e a tristeza encheu seus olhos. Mesmo antes de lhe fazer a pergunta, já temia o pior.

— O Maligno me disse que Alice é filha dele. Ele está mentindo, não é, mamãe? Obviamente, isso não pode ser verdade, pode?

Minha mãe me encarou e vi seus olhos marejarem.

— Desta vez, ele não está mentindo, filho. Lamento dizer isso, pois sei o quanto você se importa com Alice. Mas é verdade. Ela é uma das filhas do Demônio.

Meu coração ficou apertado.

— Isso não significa que ela esteja condenada a pertencer às trevas, filho. Sempre há uma chance de redenção para todos nós. Uma chance de nos salvarmos. Alice também tem essa oportunidade...

— Há quanto tempo a senhora sabe disso? — perguntei em voz baixa. Ouvir sua confirmação não me chocou. Acho que, bem no fundo, eu já sabia que era verdade.

— Desde o momento que a vi, filho, quando você a trouxe para a fazenda.

— Então, a senhora já sabia, mamãe? E, ainda assim, escondeu isso de mim?

Ela balançou a cabeça em sinal de assentimento.

— Mas, e quanto às coisas que a senhora disse? Não fazem nenhum sentido agora — que Alice e eu éramos o futuro e a esperança do Condado, e que meu mestre precisaria de nós dois a seu lado. Por que a senhora disse isso?

Mamãe pôs-se novamente de pé, apoiou as mãos em meus ombros e olhou fixo em meus olhos, com uma expressão firme, porém, branda.

— O que eu disse então ainda é o que penso. Alice gosta muito de você, e foi o carinho dela que a manteve longe das garras das trevas até agora.

— Alice entrou em contato há alguns dias. E me avisou que uma mênade assassina estava no jardim do Caça-feitiço. Se não fosse por ela, eu estaria morto agora.

Percebi o alarme no rosto de minha mãe; o medo em seus olhos.

— Uma mênade? Eu sabia que elas estavam a par da nova ameaça que represento... — murmurou ela, retesando-se. — Mas não esperava que soubessem sobre você, nem que enviassem uma delas através do oceano para o Condado. As trevas estão me impedindo de fazer previsões. Coisas que eu poderia ter sabido estão obscurecidas, e isso está acontecendo no pior momento... — Ela realmente parecia preocupada.

— Embora a mênade tenha vindo da Grécia, mamãe, quase não pude entender o que ela dizia.

— São muitos os dialetos daquela região. Mas o frenesi assassino também não deve ter ajudado. É difícil falar com uma mênade, pois elas são criaturas de emoção, não de intelecto. Ouvem apenas sua voz interior. Mas nunca as subestime. Elas são um grupo poderoso, pois existem em grande número.

"De qualquer forma, devemos ser gratos a Alice por salvar sua vida. Quando ela aceitar que seu nascimento não significa necessariamente que esteja destinada a se tornar uma feiticeira malevolente, Alice poderá se mostrar uma adversária formidável para o próprio pai. Vocês dois juntos conseguirão derrotá-lo por fim."

— Juntos? O sr. Gregory nunca irá concordar com isso.

— Temo que você tenha razão, filho. E também não será fácil para ele concordar com o plano que tenho em mente...
— Mais uma vez, ela se interrompeu antes de me contar suas intenções. Por que estava hesitando?

— Havia fogueiras na campina ao sul — falei, olhando minha mãe com expressão séria. — Jack disse que são feiticeiras de Pendle. Mas isso não é verdade, é, mamãe?

— Sim, Tom. É verdade. Precisamos delas, filho. Precisamos da ajuda delas.

— De feiticeiras, mamãe? Fizemos uma aliança com as feiticeiras? — Eu começava a entender a gravidade do que minha mãe tinha feito. E temia pensar na reação do Caça-feitiço.

— Sei que você não concordará com isso, devido ao que seu mestre lhe ensinou — falou minha mãe, apoiando uma das mãos sobre meu ombro —, mas não poderemos vencer sem a ajuda delas. É simples assim. E teremos que vencer; não há outra saída. Teremos que derrotar a Ordeen. Não poderemos nos dar ao luxo de sermos vencidos. Caso contrário, não apenas o Condado, mas o mundo inteiro correrá risco. Vá e traga seu mestre até aqui para me ver. Depois, deixe-nos conversar a sós, para que eu possa tentar convencê-lo.

Fiz o que minha mãe me pediu: subi até o morro do Carrasco e disse ao Caça-feitiço que ela queria falar com ele. Não disse mais nada, mas, talvez, meu mestre tenha lido algo em meu rosto, pois, ao descer na direção da fazenda, não parecia nada satisfeito.

Deixando-o na cozinha com minha mãe, dirigi-me a uma pequena elevação de onde poderia olhar para as fogueiras das feiticeiras no terreno ao sul. O cheiro de comida invadiu minhas narinas, trazido pela brisa — era ensopado de coelho. Os habitantes do Condado tinham pouca comida e, por causa da caça, a população de coelhos ficara muito reduzida. Agora eles eram difíceis de se achar. Mas, sem dúvida, nossas visitantes de Pendle tinham seus próprios métodos obscuros...

Pensei em como tinha sido obrigado a lidar com as feiticeiras e estremeci de terror. Lembrei-me de ter ficado preso em uma cova, enquanto Lizzie Ossuda afiava suas facas e se preparava para arrancar os ossos de meu corpo, enquanto eu ainda estava vivo. Em seguida, recordei o terrível momento em que Mab Mouldheel apontou uma faca para o pescoço da pequena Mary, disposta a matá-la, se eu não tivesse lhe entregado as chaves para os baús de minha mãe.

Feiticeiras malevolentes eram criaturas cruéis das trevas, que matavam pessoas inocentes para usar seu sangue ou ossos em rituais de magia. A Ordeen devia ser realmente terrível, para mamãe estar disposta a se aliar a criaturas tão más. Será que eu podia culpá-la? Eu também fora forçado a fazer um acordo e lutar ao lado de Grimalkin para derrotar Morwena e um bando de feiticeiras da água.

Meus pensamentos foram interrompidos pelo som da porta de trás batendo, e, então, vi o Caça-feitiço atravessar com pressa o terreiro, com uma expressão muito zangada. Corri em sua direção, mas ele me lançou um olhar carrancudo e seguiu para o norte, antes que eu o alcançasse.

— Venha comigo, rapaz! Precisamos conversar! — falou de modo abrupto, por cima do ombro, enquanto se dirigia ao morro do Carrasco. Depois de atravessar a pastagem ao norte, fez uma pausa próximo ao sítio de Jack e se virou para me encarar.

— Qual é o problema? — indaguei, completamente alarmado agora. Tinha certeza de que a conversa com minha mãe não fora das melhores.

— Qual é o problema? Tudo, rapaz! Simplesmente, tudo! Você sabe como me sinto em relação a usar as trevas. Isso não pode ser feito. Não se pode fazer alianças com feiticeiras e afins, acreditando que é possível evitar ser contaminado e arrastado para as trevas. Sobretudo, rapaz, *você* não pode se arriscar.

É exatamente isso que o Maligno quer, como lhe disse tantas vezes. Portanto, agora você terá que tomar uma decisão muito importante. Pense com cuidado...

— Pensar sobre o quê?

— Sobre o que sua mãe está propondo. Ir para a Grécia, juntar forças com as feiticeiras e... bem... eu deixarei que ela mesma lhe conte tudo. Não posso fazer isso... as palavras entalariam na minha garganta. Estou voltando agora para Chipenden. Se você não retornar em três dias, saberei que seguirá o desejo de sua mãe. Nesse caso, deixará de ser meu aprendiz.

— Por favor! — pedi, seguindo-o pelo limite da fazenda. — Não vá! Será que não podemos conversar sobre isso?

— Conversar? Conversar sobre o quê? Sua mãe fez uma aliança com as feiticeiras de Pendle. Está cristalino como água! Sendo assim, pense bem, rapaz, e faça a sua escolha. Eu já fiz a minha!

Dizendo isso, ele girou, escalou a cerca e partiu morro acima sem nem olhar para trás. Observei-o desaparecer entre as árvores, sem poder acreditar no que ele acabara de dizer. Ele estava dando fim ao meu aprendizado? Como podia fazer isso, depois de tudo que passáramos? Eu estava surpreso, magoado e aborrecido. Não merecia aquilo.

Desci o morro e atravessei o terreiro, dirigindo-me mais uma vez para a cozinha. Precisava conversar com minha mãe e tentar resolver as coisas.

CAPÍTULO 4
DECISÕES

— Seu mestre não aceitou muito bem as coisas — disse minha mãe, assim que entrei. — Na verdade, foi pior do que eu esperava.

— Ele voltou para Chipenden, mamãe. Disse que, se eu não estiver de volta em três dias, meu aprendizado estará encerrado.

Mamãe suspirou.

— Era o que eu temia. Mas você foi muito bem com Bill Arkwright, creio.

— Quem lhe disse isso, mamãe?

— As pessoas me dizem coisas o tempo todo, filho. Ou, então, descubro sozinha. Vamos apenas dizer que sei o que aconteceu. Você teve um começo difícil, mas as coisas melhoraram, e ele treinou você muito bem. Se John Gregory não for mais seu mestre — continuou ela —, então você terá que se acertar com Bill Arkwright. Preciso dele também.

Já mandei chamá-lo e espero que ele concorde em se juntar ao grupo e viajar para a Grécia. Ele deve estar chegando amanhã para conversarmos.

— Mas o que você ia querer que *ele* fizesse na Grécia, mamãe?

— Ele é um bom caça-feitiço, mas, acima de tudo, já esteve no exército. Estamos enfrentando uma batalha terrível e precisarei da resistência, coragem e tática militar de Arkwright. Disse a ele que era essencial que viesse conosco — lá ele conseguirá dar um golpe muito maior nas trevas que o que daria servindo durante sessenta anos no Condado.

Seria bom voltar a trabalhar com Arkwright, pensei. Ele havia me tornado muito mais forte durante os meses que passara com ele, ao norte de Caster; talvez eu pudesse continuar a parte física do treinamento. Se não fosse por seus ensinamentos, aquela mênade assassina provavelmente teria me matado. Por outro lado, iria sentir falta de trabalhar com John Gregory. Ele era o meu verdadeiro mestre e amigo. Era triste pensar que nunca mais voltaria a ser seu aprendiz. A casa de Chipenden se tornara meu lar. Bill Arkwright, apesar de todas as suas qualidades, não conseguiria substituir isso.

— A senhora não pode me contar mais sobre sua inimiga, a Ordeen, mamãe? Por que ela é tão perigosa a ponto de a senhora ter que derrotá-la em uma batalha? — indaguei. — Qual a ameaça que enfrentamos para precisarmos de tanta gente?

Minha mãe inclinou a cabeça por um momento como se relutasse em falar; em seguida, olhou fixo em meus olhos e pareceu encontrar forças para começar.

— A Ordeen tem uma sede terrível de sangue, filho. E, quando visita nosso mundo, aqueles que a acompanham, através do portal em sua grande cidadela, a Ord — os demônios, os elementais do fogo e as vaengir —, têm tanta sede quanto ela. Milhares de pessoas inocentes foram mortas — homens, mulheres e até crianças. Ela está ficando mais poderosa e cada visita que faz ao nosso mundo é mais devastadora.

— Falando assim, ela parece muito pior que o Maligno.

— Não, filho, o Maligno é ainda mais poderoso, mas ele não gosta de dar mostras de sua força. Seu objetivo é acumular devagar o poder, aumentando gradualmente a maldade que torna o mundo um lugar mais escuro e ainda mais perigoso, à medida que fecha o cerco sobre ele. Seus planos são duradouros — a dominação total, afinal.

"A Ordeen, ao contrário, não faz planos duradouros, a não ser beber o sangue de que precisa e despertar o terror em todos que encontra. Muitas vítimas morrem por causa do medo e são presas fáceis para as mênades que se aglomeram em seu rastro. Ela é uma serva poderosa das trevas — nada que se compare ao Maligno, mas este ainda não está na hora de enfrentar. Por enquanto, temos que nos concentrar na ameaça imediata à nossa frente e destruir a Ordeen, antes que ela amplie os limites de seu portal."

— O que a senhora quer dizer com isso, mamãe?

— A Ordeen tem visitado a Grécia durante milhares de anos; ela apenas se materializa na planície diante de Meteora, onde vivem milhares de monges. Suas visitas ocorrem a cada sete anos, e cada uma delas é mais devastadora que a anterior.

Os monges costumam rezar para proteger os mosteiros e tentam amarrar a Ordeen nos limites da planície. Mas, aos poucos, ela está adquirindo mais poder, ao mesmo tempo que a eficácia deles está diminuindo. E agora que o Maligno está neste mundo, ela pode contar com ele como seu aliado, e as trevas estão muito mais poderosas. Com a liderança do Maligno, cada vez mais lâmias aladas se juntaram a ela: desta vez, parece certo que a Ordeen as usará para destruir os monges desprotegidos nos mosteiros no alto das rochas. Isso feito, as orações que ajudaram a mantê-la sob controle não existirão mais. E ela conseguirá avançar e devastar outras regiões.

— Eles conseguiram contê-la apenas usando orações? Então as orações realmente funcionam, mamãe?

— Sim, não importa quem as faça, se elas são ditas de modo desinteressado e com o coração puro, a luz se fortalece. Portanto, apesar do declínio, por causa do poder crescente das trevas, os monges de Meteora são uma grande força do bem. Por essa razão, temos que atacar agora, antes que eles sejam dominados. Sozinhas, as orações não são mais páreo para a Ordeen e o Maligno combinados.

— Então é para lá que viajaremos — para a cidadela próxima à Meteora?

— Sim. A Ord, a cidadela, sempre se materializa através de um portal de fogo ao sul de Meteora, próximo a uma pequena cidade murada, denominada Kalambaka. De sete em sete anos — uma semana a mais ou a menos. Devemos impedi-la agora de uma vez por todas. Se fracassarmos, da próxima vez, ela terá tanto poder que nenhum lugar estará seguro. Mas é o Condado que correrá o maior risco. Sou uma inimiga antiga da Ordeen. Se não conseguir destruí-la, então ela destruirá o Condado por vingança. O Maligno lhe dirá que meus sete filhos — a quem tanto amo — estão no Condado, e ela os destruirá. Seus seguidores assassinos perseguirão e matarão cada pessoa viva. Por isso, nós temos que derrotá-la a qualquer custo.

Na hora do jantar, mamãe sentou-se à cabeceira da mesa. Comemos apressadamente o delicioso ensopado de cordeiro que ela preparara, e ela parecia satisfeita e um pouco menos confusa, apesar de tudo que, em breve, iríamos enfrentar na Grécia. Lembro-me bem dessa ocasião, pois foi a última vez em que todos nós — mamãe, Jack, James, Ellie, a pequena Mary e eu — sentamo-nos juntos à mesma mesa.

Conversei com Ellie e James mais cedo. Meu irmão parecia bastante alegre, mas Ellie estava um pouco reservada, sem dúvida por causa das feiticeiras acampadas na campina ao sul. Agora, durante o jantar, eu podia sentir a atmosfera tensa — e o grande responsável por isso era Jack.

Ele fez as orações antes das refeições, e todos nós, menos minha mãe, respondemos "Amém". Ela apenas esperou, paciente, com os olhos baixos, fitando a toalha da mesa.

— É muito bom estar de novo com vocês — falou, quando terminamos as orações. — Lamento que seu pobre pai não possa estar entre nós também, mas devemos nos lembrar dos dias felizes.

Papai morrera durante o inverno do primeiro ano de meu aprendizado. Tinha sofrido uma congestão pulmonar, e nem as habilidades curativas de minha mãe conseguiram salvá-lo. Ela tinha sofrido muito.

— Eu queria que meus outros filhos pudessem estar aqui também — continuou minha mãe com tristeza —, mas eles têm que cuidar da própria vida, bem como de seus problemas. Estão em nossos pensamentos, e tenho certeza de que estamos nos deles...

Apesar dessas tristes ausências, mamãe conversou alegremente, mas a tensão na sala continuava aumentando e pude perceber que Jack e Ellie estavam inquietos. A certa altura, através da janela aberta, ouvimos o que parecia um cântico vindo da direção da campina ao sul. Eram as feiticeiras de Pendle. Mamãe as ignorou e continuou a falar, mas a pobre Ellie estremeceu e parecia prestes a ter uma crise de choro. Jack a acalmou e, levantando-se, aproximou-se da janela.

James tentou amenizar o clima, falando sobre seus planos para a cervejaria, que ele esperava abrir no ano seguinte. No entanto, a refeição continuou tensa e desconfortável. Por fim, acabamos de comer e fomos dormir.

Era estranho passar a noite em meu antigo quarto. Subi e fui me sentar na cadeira de vime, fitando, através da janela, o terreiro, as campinas e mais além das pastagens ao norte, na direção do morro do Carrasco. A lua brilhava, iluminando todas as coisas com sua cor prateada, e tentei fingir que voltara aos dias em que ainda não havia me tornado aprendiz do Caça-feitiço. Usei toda a minha memória e imaginação, e, por alguns momentos, consegui me convencer de que meu pai ainda estava vivo e mamãe nunca partira para a Grécia;

que ela ainda estava ajudando com as atividades da fazenda e trabalhando como curandeira e parteira na região.

Mas não podia esconder a verdade. O que estava feito não tinha volta, e as coisas nunca poderiam voltar a ser as mesmas. Deitei na cama com uma sensação tão forte de perda e angústia, que um nó se formou em minha garganta. Demorou muito tempo até eu conseguir conciliar o sono.

Bill Arkwright chegou no fim da manhã seguinte. Seu imenso cão-lobo negro, Patas, atravessou o terreiro, correndo em minha direção; os filhotes já crescidos, Sangue e Ossos, corriam atrás da fêmea.

Dei uns tapinhas nas costas de Patas, mas os filhotes agitados corriam em círculos ao nosso redor. Arkwright levava um bastão imenso com sua lâmina afiada. Ele caminhava com um ar arrogante, e a cabeça raspada bem rente reluzia ao sol. Parecia muito mais simpático que na primeira vez em que nos encontramos, e seu rosto se iluminou com um sorriso brando.

— Bem, mestre Ward, é bom vê-lo de novo — disse ele. Mas algo em minha expressão fez seu sorriso desaparecer. — Olhando para você, posso dizer que alguma coisa ruim aconteceu — continuou, balançando a cabeça. — Estou certo?

— Sim, sr. Arkwright. Minha mãe fez uma aliança com algumas das feiticeiras de Pendle. Ela precisou fazer isso, pois necessita da ajuda delas para enfrentar as trevas em sua terra natal. Ela quer que eu, o senhor e o sr. Gregory voltemos com ela para a Grécia para combater a Ordeen. Meu mestre ficou furioso ao descobrir a aliança e voltou na mesma hora para

Chipenden. Disse que, se eu não o seguisse, eu não poderia mais ser seu aprendiz. E estou me sentindo dividido entre os dois, sr. Arkwright.

— Não estou surpreso, mestre Ward. Mas posso compreender a reação do sr. Gregory. O que a sua mãe está pedindo a ele vai contra tudo em que acredita.

— Bem, tive que escolher entre o que querem minha mãe e o sr. Gregory — respondi. — Não foi fácil, mas minha lealdade deve sempre pender para ela. Foi ela quem me deu à luz, e sou seu sétimo filho. Portanto, ela tem o direito de decidir o que é bom para mim.

— Você teve que fazer uma escolha muito difícil. Mas acho que acertou, mestre Ward. Quanto a mim, também tenho que tomar uma decisão, ao que parece. Ouvirei o que sua mãe tem a me dizer com a mente aberta. Devo confessar que se trata de um desafio — certamente seria emocionante viajar para uma terra tão distante. Portanto, neste momento, não direi nem que sim nem que não. Aguardarei até ouvir mais dos próprios lábios de sua mãe. Uma aliança com as servas das trevas, não é? Bem, algumas vezes, temos que fazer acordos para sobreviver. Nenhum de nós estaria aqui agora, se não fosse pela feiticeira assassina, Grimalkin.

Era verdade. Ela havia combatido a meu lado no charco, e juntos derrotáramos Morwena e uma horda de feiticeiras da água. Sem ela, eu teria morrido. Serva das trevas ou não, a aliança com Grimalkin fora importante. Estava claro que Bill Arkwright não tinha os mesmos escrúpulos de meu mestre.

***

Encontramos mamãe conversando com James atrás do celeiro. Ao nos ver, ela dispensou meu irmão e veio cumprimentar o visitante.

— Este é Bill Arkwright, mamãe — falei. — Ele veio para ouvir o que a senhora tem a dizer.

— Prazer em conhecê-la, sra. Ward — disse Arkwright, fazendo uma pequena reverência. — Estou intrigado com o que seu filho me contou e gostaria de saber mais.

Minha mãe se virou para mim, dando um sorriso brando.

— Gostaria de conversar com o sr. Arkwright em particular por alguns momentos, filho. Por que você não dá uma caminhada até a campina ao sul, onde estão as fogueiras? Tem alguém lá que gostaria de trocar umas palavras com você.

— O quê? Uma das feiticeiras? — indaguei confuso.

— Por que você não vai até lá e descobre?

Fiquei imaginando por que ela não podia simplesmente discutir as coisas com Arkwright na minha frente, mas assenti e os deixei conversando.

As fogueiras estavam espalhadas pelo vasto campo, próximo à terra que pertencia ao nosso vizinho, sr. Wilkinson — meia dúzia delas, com duas ou três feiticeiras ao redor de cada uma. Quem poderia querer conversar comigo? Foi o que me perguntei. À medida que caminhava, podia ver a comida no fogo e, mais uma vez, senti o aroma tentador do coelho ensopado.

Foi então que ouvi passos atrás de mim e, virando-me rapidamente, tive uma grande surpresa. Na minha frente, estava uma garota com mais ou menos a minha altura. Usava sapatos de bico fino, e o vestido preto estava amarrado na cintura com um cordão.

Era Alice.

CAPÍTULO 5
ALICE DEANE

— Senti sua falta, Tom Ward — disse Alice, e as lágrimas ameaçavam descer. — Não tem sido a mesma coisa sem você.

Ela caminhou até onde eu estava, e nos abraçamos bem apertado. Ouvi seus soluços e senti que seus ombros tremiam. Quando nos afastamos, subitamente me senti culpado. Embora estivesse satisfeito por vê-la, eu passara muitas semanas obedecendo ao Caça-feitiço e dando-lhe as costas sempre que ela tentava entrar em contato.

— Obrigado por usar o espelho para me avisar sobre a mênade, Alice. Se não fosse por você, ela teria me matado.

— Receei que você não fosse me ouvir, Tom. Tentei entrar em contato antes, mas você sempre virava as costas para mim.

— Apenas estava fazendo o que o Caça-feitiço me dizia para fazer.

— Mas você não poderia ter usado o espelho mais uma vez, depois que dei o aviso? Só para eu saber que você estava bem? Fiquei muito preocupada, isso, sim. Sua mãe me contou que ia encontrá-lo aqui, quando entrou em contato comigo, usando o espelho, e pedi para me juntar a ela. E, então, imaginei que você estivesse bem.

Sentindo-me um pouco envergonhado, tentei explicar:

— Não posso usar um espelho, Alice. Prometi ao Caça-feitiço que não usarei.

— Mas as coisas mudaram agora, não é? Você não precisa mais se preocupar com o velho Gregory, não é? Estou indo para a Grécia, com você e com sua mãe. Isso mesmo. Finalmente, ficaremos juntos. E fico feliz por ele ter decidido não ir conosco. Não íamos querer ele olhando por cima de nossos ombros, íamos?

— Não fale desse modo do Caça-feitiço! — gritei zangado. — Ele está preocupado comigo. Teme que eu faça algum acordo e seja arrastado para as trevas. Teme que o Maligno acabe me levando para o seu lado. Por essa razão, ele não me deixou ter contato com você, Alice. Está tentando me proteger. De qualquer forma — continuei —, como você sabe que ele não irá? Você estava nos espionando?

— Oh, Tom, quando você vai aprender que não há muita coisa que eu não saiba?

— Então você *estava* espionando.

— Na verdade, não. Não precisava. Não foi difícil imaginar o que estava acontecendo quando todas nós vimos o modo furioso como ele partiu de volta para Chipenden.

Por um momento, apesar de minhas palavras inflamadas, pensei que, se o Caça-feitiço ficasse em casa, em Chipenden, então não haveria nada que me impedisse de ficar com Alice. Senti, porém, uma outra pontada forte de culpa e, rapidamente, afastei aquela ideia.

—Veja, essa viagem será boa, Tom. Sua mãe pensa diferente do velho Gregory. Ela não se importa se ficarmos juntos, e ainda acredita no que disse ano passado. Que, juntos, derrotaremos o Maligno...

— Seu próprio pai, Alice! — interrompi. — Descobri seu segredo obscuro. O Maligno é seu pai, não é?

Alice deixou escapar um suspiro, e seus olhos se arregalaram com a surpresa.

— Como você pode saber isso?

— O próprio Maligno me contou.

Ela parecia chocada.

— Bem, então não adianta negar. Mas isso não era meu segredo, Tom. Eu não sabia, até ele me visitar na véspera do velho Gregory me mandar embora. Fiquei apavorada, isso, sim, por estar cara a cara com o velho Nick, e foi ainda pior quando ele me disse que eu era filha dele! Você consegue imaginar como me senti? Pensei que pertencia a ele. Que estava caminhando direto para o inferno. Que ia queimar por toda a eternidade. Eu me senti tão fraca em sua presença, que tive que fazer tudo que ele mandou. Mas, quando voltei a Pendle, sua mãe entrou em contato comigo, usando um espelho. E me disse que eu era muito mais forte do que podia imaginar. Ela me deu confiança mais uma vez, isso, sim.

E já me decidi, Tom. Vou combatê-lo. O que mais posso fazer, além de tentar?

Uma mistura de pensamentos e emoções se agitava dentro de mim. Mamãe e Alice tinham estado em contato no passado, usando espelhos. E, sem dúvida, isso ainda ocorria. E me fez ficar inquieto.

— Mas ainda não consigo acreditar que minha mãe tenha feito uma aliança com as feiticeiras! — falei, apontando para as fogueiras ao nosso redor.

— Mas todas as feiticeiras são inimigas declaradas do Maligno. Vinte e cinco delas ou mais estão indo conosco. Elas sabem que foi um grande erro trazê-lo pelo portal, pois agora ele está tentando fazê-las cumprir as suas ordens. Por isso, elas o estão combatendo. Destruir a Ordeen será um grande golpe contra o Maligno. Algumas das feiticeiras dos clãs principais estão indo conosco. Sua mãe está organizando tudo, e é exatamente isso que ela quer. Estou muito satisfeita por estar aqui, Tom, bem longe de Pendle. Ah, se estou!

Não fazia nem um ano que as Malkin tinham sequestrado Jack e a família — carne e sangue de minha mãe —, e agora ela estava aqui, comandando as Malkin e as outras feiticeiras de Pendle, formando uma aliança com elas para chegar à vitória. Era uma coisa difícil de aceitar. E tinha Alice também — o que ela havia feito ao voltar para Pendle? Será que tinha voltado a se aproximar das trevas?

— E como foi voltar para lá? — indaguei. — Onde você ficou?

— Na maior parte do tempo, fiquei com Agnes Sowerbutts. Tentei ficar longe das outras, mas não tem sido fácil.

Agnes era tia de Alice — uma Deane que vivia sozinha na fronteira mais distante da aldeia do clã. Ela usava um espelho para ver o que estava acontecendo no mundo, mas era uma curandeira e, sem dúvida, não era uma bruxa malevolente; por pior que fosse Pendle, Alice tinha ficado no melhor lugar possível. Mas a quem ela se referia, ao dizer "as outras"?

— E quem mais você viu?

— Mab Mouldheel e as duas irmãs dela.

— E o que *elas* queriam?

Embora Mab não tivesse mais de quinze anos, era a líder do clã das Mouldheel. Era uma das cristalomantes mais poderosas de todo o distrito de Pendle e conseguia usar um espelho para ter visões claras do futuro. Mas ela também era malevolente e costumava usar sangue humano.

— Elas sabiam sobre a viagem para a Grécia e o que íamos fazer, porque Mab previu isso. Elas queriam vir também.

— Mas Mab teve um papel importante ao trazer o Maligno pelo portal, Alice. Por que iria querer destruir uma de suas servas?

— Elas perceberam que agiram de modo errado e, agora, querem consertar as coisas. Você não se lembra de que Mab estava relutante em se juntar aos outros dois clãs? Ela amoleceu por sua causa, isso, sim, e só fez isso porque você a traiu, tirando-a da Torre Malkin.

Era verdade. Eu a enganara para que soltasse as irmãs de minha mãe — duas lâmias ferinas — dos baús. Por vingança, ela liderou seu clã em uma aliança com as Deane e as Malkin para despertar o Maligno.

— Então, o que aconteceu, Alice? Elas estão aqui? Irão conosco?

— Sua mãe disse para entrar em contato com Mab mais uma vez, pedindo-lhe que viesse. Elas ainda não chegaram, mas estarão aqui daqui a pouco.

— Além de minha mãe, alguma das feiticeiras sabe quem é seu pai?

Alice balançou a cabeça, olhando ao redor furtivamente.

— Não contei a ninguém — sussurrou. — E, até onde sei, meu pai era Arthur Deane, e queria que continuasse assim. Se soubessem quem eu era de verdade, ninguém mais confiaria em mim.

"De qualquer forma, você está com fome, Tom? — continuou, voltando a erguer a voz. — Tenho alguns coelhos no fogo. Tenho, sim. E estão do jeito que você gosta!"

— Não, obrigado, Alice — respondi. Por mais que quisesse ficar com ela, precisava de tempo para organizar meus pensamentos. Havia muita coisa que eu precisava resolver.

Ela pareceu desapontada e um pouco magoada.

— Sua mãe nos disse para manter distância da casa e não incomodar Jack e Ellie. Eles não querem ficar perto de feiticeiras, não é? O único modo de nos vermos será você vir até aqui.

— Não se preocupe, Alice. Farei isso. Virei amanhã à noite.

— Promete? — perguntou em dúvida.

— Sim. Prometo.

— Vou ficar esperando, então. Você irá jantar comigo amanhã?

— Certamente. Amanhã nos veremos.

— Só mais uma coisa, antes de você voltar para a fazenda, Tom. Grimalkin está aqui. Ela também irá conosco para a Grécia. E quer falar com você. Por ali. Ela está esperando — disse Alice, apontando para um grande carvalho, um pouco depois da campina. — Melhor você ir vê-la agora.

Nós nos abraçamos na despedida — era muito bom tocar Alice novamente. E, então, chegara a hora de encarar Grimalkin. Olhei na direção da árvore, e meu coração começou a bater mais rápido. Grimalkin era a feiticeira assassina das Malkin. Uma vez ela me perseguira, disposta a me matar, porém, da última vez que eu a vira, lutamos lado a lado.

É melhor acabar logo com isso, pensei. Sorrindo e acenando para Alice, parti na direção do canto do campo. Havia uma abertura na sebe de espinheiro, sendo assim, passei por ela e vi que a feiticeira assassina já me aguardava com as costas viradas para o velho carvalho.

Seus braços estavam dos lados do corpo, mas, como sempre, seu corpo esguio estava atravessado por tiras de couro e bainhas que traziam armas mortais: lâminas, ganchos e as assustadoras tesouras, que ela usava para cortar a carne e os ossos de seus inimigos.

Os lábios pintados de preto se abriram, revelando dentes de ponta afiada; eles haviam sido lixados, formando pontas mortais. Mas, apesar de sua aparência, a feiticeira tinha uma espécie de beleza selvagem que se assemelhava à graça e à aura de um predador natural.

— Bem, criança, voltamos a nos encontrar — disse ela. — Quando conversamos pela última vez, prometi lhe dar um presente para marcar o seu aniversário.

Em Pendle, ela me contara que no sabá da Noite de Walpurgis, depois de completar o décimo quarto aniversário, o filho de uma feiticeira dos clãs se tornava homem. Eu havia completado 14 anos no dia 3 de agosto do ano anterior, e a Noite de Walpurgis já tinha passado. Grimalkin me havia prometido uma coisa especial para marcar a ocasião e me pedira para ir até Pendle buscá-la. Havia pouca chance disso. E eu tinha certeza de que o Caça-feitiço não teria aprovado aceitar um presente de uma feiticeira!

— Você está pronto para receber seu presente agora, criança? — perguntou Grimalkin.

— Depende. Qual é o presente? — indaguei, tentando manter a voz branda e polida, apesar do que sentia dentro de mim.

Ela fez que sim com a cabeça, inclinou-se para a frente e deu um passo na minha direção. Seus olhos me fitavam com atenção e, de repente, fiquei nervoso e me senti vulnerável.

Ela sorriu.

— Talvez eu deva lhe dizer que sua mãe concordou que eu fizesse isso. Se você não acredita em mim, pode perguntar a ela.

Grimalkin não costumava mentir — ela vivia de acordo com um rigoroso código de honra. Então, será que minha mãe tinha estado em contato com todas as feiticeiras de Pendle? Era o que queria saber. Pouco a pouco, ao que parecia, tudo em que eu acreditava, tudo que meu mestre tinha me ensinado, estava se desvanecendo. O que minha mãe queria para mim parecia estar em constante conflito com os desejos do Caça-feitiço. Eu tinha que tomar outra decisão e, qualquer que fosse, um dos dois ficaria insatisfeito. Mais uma vez, decidi que as necessidades de mamãe eram mais importantes que as de meu mestre; portanto, acenei com a cabeça para Grimalkin e concordei em aceitar o presente.

— Pegue, criança. É uma faca... — E estendeu a algibeira de couro. — Fique com ela.

Sob seu olhar atento, abri a algibeira, que revelou uma pequena adaga. Em seguida, percebi que a algibeira, na verdade, era uma bainha com uma tira.

— Você deve usar a bainha cruzada no ombro e nas costas — explicou. — Ela deve ser posicionada na nuca, para que possa pegá-la por cima do ombro direito. A lâmina é muito potente, e pode ferir mesmo os servos poderosos das trevas.

— Poderia destruir o Maligno? — indaguei.

Grimalkin balançou a cabeça.

— Não, criança. Bem que gostaria que pudesse — nesse caso, já teria usado a faca há muito tempo. Mas tenho também um segundo presente para você. Chegue mais perto. Eu não vou morder!

Nervoso, dei um passo à frente. Grimalkin cuspiu na mão direita e imediatamente esfregou o dedo indicador esquerdo na saliva. Em seguida, inclinando-se, traçou um círculo úmido em minha testa, murmurando algumas palavras à meia-voz. Por um momento, senti um frio intenso em minha cabeça; depois, um ardor que percorreu toda a espinha.

— Pronto. Está feito, criança. Você pode usá-lo a partir de agora.

O que é isso? — indaguei.

— Meu segundo presente é um *desejo obscuro*. Seu mestre nunca lhe contou sobre essas coisas?

Balancei a cabeça, certo de que ele ficaria furioso por eu ter recebido uma coisa dessas de uma feiticeira.

— O que é isso?

— Chama-se "obscuro" porque ninguém, nem mesmo os cristalomantes, podem prever quando e como ele será usado, ou seu resultado. Precisei de muitos anos para criá-lo: anos de poder guardado, que você pode liberar com umas poucas palavras. Portanto, use-o apenas quando você precisar muito de algo e tudo mais falhar. Comece com as palavras "eu desejo" e diga o que você quer de maneira clara. Depois, repita o desejo mais uma vez. Aí sim, estará feito.

Eu me sentia embaraçado só de pensar em usar um tal poder das trevas.

Grimalkin virou-se para ir embora.

— Lembre-se de usar o desejo obscuro com muito cuidado. Não o desperdice. Não o use para coisas superficiais.

Falando isso, ela abriu caminho pela sebe, e partiu para a fogueira mais próxima sem nem ao menos olhar para trás.

Voltei para o sítio e vi Arkwright acorrentando os três cachorros no celeiro.

— Não me agrada fazer isso, mestre Ward, mas é melhor. Patas gosta de marcar o território. Os cães da fazenda não serão páreo para ela, se eu deixá-la solta por aí.

— O senhor já decidiu? Virá conosco para a Grécia?

— Claro que sim. Minha única preocupação é deixar o norte do Condado desprotegido. Sem dúvida, terei que lidar com mais de uma feiticeira da água quando voltar, mas sua mãe me convenceu. Ela é uma mulher muito persuasiva. Portanto, o Condado terá que sobreviver: por enquanto, o único trabalho realmente importante encontra-se do outro lado do oceano.

— Minha mãe lhe disse quando partiremos? — indaguei. Fiquei curioso, pois ela não estava me dizendo muita coisa.

— No máximo, em dois dias, mestre Ward. Viajaremos por terra até Sunderland Point e, a partir daí, por mar, até a Grécia. Não se preocupe com seu velho mestre, o sr. Gregory. Ele vive de acordo com as próprias regras, mas, algumas vezes, precisamos lançar mão de outros meios para chegar ao fim que buscamos. Se ele não mudar de ideia, você poderá terminar seu aprendizado comigo. Ficarei muito satisfeito em ensiná-lo novamente.

Agradeci a Arkwright pela oferta generosa, mas, no fundo, ainda me sentia desapontado. Por mais que gostasse de Arkwright, ele não era John Gregory e me doía pensar que não completaria meu aprendizado com meu antigo mestre.

Virei-me na direção do sítio e vi Jack conduzindo as vacas para a ordenha.

— Quem era aquele homem? — indagou. — Outro caça-feitiço, pela aparência dele.

— Sim — respondi. — Era Bill Arkwright, do norte do Condado. Mamãe mandou chamá-lo.

— Ora — falou, parecendo não estar nem um pouco satisfeito. — Parece que, nos últimos dias, sempre sou o último a saber quem está visitando minha própria fazenda.

Nem bem ele acabou de falar, ouvi um estranho som agudo, uma espécie de cantoria ou cântico, trazido pela brisa vindo do sul. Eram as feiticeiras, provavelmente realizando algum tipo de ritual.

— Mamãe disse que as feiticeiras estão do nosso lado — continuou Jack com ar sombrio, acenando na direção da campina ao sul. — Mas, e quanto às outras lá de Pendle, aquelas que não estão do nosso lado? Será que não vão visitar a fazenda de novo, quando vocês se forem? Quando eu estiver sozinho aqui, com James e minha família? É isso que Ellie teme. Ela passou por muita coisa nos últimos dois anos. E falta pouco para explodir.

Eu entendia a situação. Ellie sempre temeu que, ao me tornar um aprendiz de caça-feitiço, eu colocasse a família em risco por causa das trevas. Seus temores eram fundados. Quando as Malkin os aprisionaram, ela tinha perdido o bebê que esperava. Não havia nada que eu pudesse dizer para confortar Jack. Por isso, mantive a boca fechada.

CAPÍTULO 6
UMA TERRÍVEL PROFECIA

À noite, na hora do jantar, apenas eu, minha mãe e James nos sentamos à mesa. A pequena Mary estava enjoada, e, por isso, Jack e Ellie levaram a menina para a cama mais cedo, mas eu suspeitava que meu irmão mais velho não estava nem um pouco satisfeito com o que acontecia na fazenda e preferia se manter afastado.

Mamãe estava alegre e falante durante o jantar, mas apenas James participava da conversa. Finalmente, quando ele foi dormir, eu e minha mãe ficamos sozinhos.

— O que o está incomodando, filho? — perguntou ela.

— Estou confuso, mamãe.

— Confuso?

— Sim. Quanto às feiticeiras... Será que precisamos delas? Estão incomodando Jack e Ellie, e, se não fosse por elas, provavelmente, o Caça-feitiço iria conosco para a Grécia.

— Lamento, filho, mas precisamos delas. Primeiro, porque são excelentes combatentes, sobretudo, Grimalkin — e precisaremos de todas as forças que conseguirmos reunir na batalha que nos aguarda. A Ord é um lugar terrível, e as feiticeiras de Pendle são as únicas criaturas que conheço que não têm medo de entrar lá. Todas têm um papel a desempenhar.

— E quanto aos presentes de Grimalkin? O desejo obscuro e a faca? Ela disse que a senhora concordou que ela os desse a mim. Será que é correto ou seguro usar alguma coisa vinda das trevas? Você me enviou para ser aprendiz do sr. Gregory e agora está me fazendo desobedecer a tudo que ele me ensinou.

Vi tristeza nos olhos de minha mãe.

— Somente você poderá decidir usar ou não os dois presentes, filho. Também estou fazendo coisas que preferia não fazer, mas faço para obter uma grande vitória. Talvez você tenha que fazer o mesmo, em algum momento. É só o que posso dizer. Você está usando a faca?

— Não, mamãe. Ela está na minha bolsa.

— Então, use-a, filho. Por mim. Fará isso por mim?

— Sim, mamãe. Se é isso que a senhora quer, então é o que devo fazer.

Mamãe pegou meu rosto em suas mãos e fixou os olhos em mim, querendo que eu compreendesse a gravidade do que ela dizia.

— Se fracassarmos, o Condado sofrerá terrivelmente. Depois, será a vez do restante do mundo. A Ordeen estará livre, com o poder do Maligno para apoiá-la. Precisamos de tudo que estiver ao nosso alcance para impedir este mal. Não é hora de nos perguntarmos de onde vem a ajuda. Devemos agarrá-la com as duas mãos e buscar o bem maior. Queria ter podido convencer seu mestre a encarar a situação do mesmo modo. Não, filho, precisamos ir até a Grécia acompanhados das feiticeiras de Pendle. Não temos escolha.

Daquele dia em diante, fiz como minha mãe pediu e usei a faca por baixo da camisa em uma bainha posicionada na parte de trás do pescoço. Como podia me recusar a fazer isso? Mas sentia que estava caminhando rumo a uma fase muito mais obscura de minha vida do que jamais vivera durante o aprendizado com John Gregory.

No dia seguinte, umas poucas horas antes do pôr do sol dirigi-me à campina ao sul para cumprir a promessa que fizera a Alice.

Ela estava reclinada sobre uma fogueira, perto da sebe de espinheiro que cercava o campo, um pouco afastada das outras feiticeiras. Parecia que estava se mantendo distante e isolada das outras. Isso me fazia sentir melhor. Eu não queria que ela caísse sob a influência delas.

Os coelhos estavam num espeto, e a gordura gotejava sobre as chamas.

— Está com fome, Tom?

— Morrendo de fome, Alice. O cheiro está delicioso!

Comemos os coelhos em silêncio, mas sorríamos um para o outro. Quando terminamos de comer, agradeci a Alice e parabenizei-a pela refeição. Ela não disse nada durante alguns minutos, e comecei a ficar cada vez mais inquieto. Antigamente, sempre tínhamos muito a dizer um ao outro, mas contamos as novidades na véspera e agora parecíamos não ter mais assunto. Havia uma distância incômoda entre nós.

— O que foi? O gato comeu sua língua? — perguntou Alice, por fim.

— Se comeu a minha, comeu a sua também! — respondi.

Ela sorriu para mim com um ar triste.

— As coisas não são mais as mesmas, não é, Tom?

Encolhi os ombros. O que ela tinha dito era verdade. Como poderiam voltar a ser o que eram?

— Muita coisa aconteceu, Alice. E parece que tudo está mudando.

— Mudando?

— Meu aprendizado com o sr. Gregory terminou; minha mãe fez uma aliança com algumas das feiticeiras de Pendle, e você, minha melhor amiga em todo o mundo, é a filha do meu maior inimigo.

— Não — falou ela. — Não diga isso.

— Desculpe.

— Olhe, se vamos até a Grécia e ganhamos, então é melhor que tudo isso tenha acontecido, não é? Eu já provei para você e para o sr. Gregory que não sou como meu pai. E, talvez, quando o velho Gregory finalmente perceber que a aliança que sua mãe fez foi para salvar o Condado, ele aceite você para que possa continuar com seus estudos.

— Acho que sim — falei. — Mas estou preocupado. E não me sinto nem um pouco à vontade. Tem muita coisa acontecendo.

— Tem sido difícil para nós dois, Tom. Mas daremos um jeito nisso tudo, não é? Sempre demos antes.

— Claro que daremos — falei com brandura.

Quando nos separamos, as coisas pareciam bem entre nós, mas era estranho deixar Alice no campo junto com as feiticeiras. Era como se pertencêssemos a mundos diferentes. Eu precisava esticar as pernas; por isso, contornei o perímetro da fazenda até o norte. O sol acabara de descer no horizonte, quando cheguei ao limite do morro do Carrasco e vi três vultos esperando nas sombras um pouco além da cerca. Eu os reconheci quando me aproximei. Eram Mab e as irmãs, três feiticeiras do clã Mouldheel.

Mab estava recostada contra uma árvore e me fitava. Eu me lembrei de que ela era uma garota bonita, mas a Mab que eu via agora estava verdadeiramente radiante, com um sorriso brilhante, olhos verdes cintilantes e cabelos muito louros.

Bem a tempo, lembrei-me de dois feitiços das trevas — *encantamento* e *fascinação*. O primeiro fazia uma feiticeira parecer muito mais atraente que o que realmente era; o segundo enfeitiçava um homem do mesmo modo que um arminho pode controlar uma lebre, e ele é facilmente manipulado para acreditar em tudo que a astuta feiticeira sugerir. Sem dúvida, Mab estava usando os dois poderes contra mim; por isso, resisti, respirando fundo e concentrando-me em aspectos menos favoráveis de sua aparência: o vestido marrom puído e os pés descalços e imundos.

Quando voltei a erguer os olhos, seus cabelos pareciam pálidos, em vez do tom dourado de antes, e seu sorriso não tinha o mesmo brilho. As irmãs — Beth e Jennet — estavam sentadas, com as pernas cruzadas, aos pés de Mab. Eram gêmeas e, com ou sem encantamento e fascinação, não eram nem de longe tão atraentes quanto a irmã mais velha. Tinham o nariz ligeiramente curvo, rosto anguloso e olhos penetrantes.

— Você não deveria estar aqui, Mab — falei, franzindo a testa. — Minha mãe quer que todas vocês fiquem na campina ao sul até partirmos.

— Você não parece muito amigável, Tom — queixou-se Mab. — Só passamos para cumprimentá-lo. Afinal, estamos do mesmo lado agora, não é? E você não vai me agradecer por salvar sua vida?

Olhei para ela confuso. O que ela queria dizer com aquilo?

— Estou falando da mênade que quase o matou, se não fosse por mim — continuou ela. — Eu previ o que ia acontecer e pedi a Alice que o avisasse. Sabia que você não iria olhar para mim em um espelho. Só espero que possamos voltar a ser amigos, só isso.

Nós nunca havíamos sido amigos realmente, e recordei como Mab podia ser cruel e perigosa. Em Pendle, ela não apenas assustara a pequena Mary, como também tentara matar Alice. Por isso, a ideia de ter a colaboração de feiticeiras malevolentes me incomodava tanto. A maioria usava magia de sangue ou de ossos. Elas podiam fazer isso com animais, mas preferiam usar humanos.

— Diga a Tom o que mais você previu, Mab! — falou Beth, pondo-se de pé e ficando ao lado da irmã mais velha.

— Isso! Conte. Quero ver a cara dele quando souber! — falou a outra gêmea, Jennet, pulando do outro lado de Mab.

— Não tenho certeza se deveria — falou Mab. — Isso apenas deixará o pobre Tom infeliz. Mas, talvez, não tão infeliz quanto antigamente... afinal, ele e Alice já não estão tão próximos assim. Não são mais tão amigos agora, não é? Mas eu podia ser sua amiga, Tom. Mais do que qualquer pessoa já foi. Eu seria...

— O que foi que você previu? — interrompi. Mab já tinha provado que podia usar um espelho para ver o futuro. E fiquei preocupado. O que ela vira sobre Alice?

— Eu vi Alice Deane morrer! — falou Mab, e seus olhos brilharam com prazer. — Uma feiticeira lâmia ferina estava com ela na boca. Arrastou-a para o covil escuro e, em seguida, chupou todo o sangue dela, até que seu coração parou de bater.

— Você está mentindo! — gritei, sentindo um aperto no coração e um nó na garganta. As profecias de Mab já tinham se cumprido antes. E eu não podia suportar a ideia de algo assim acontecer a Alice.

— Não preciso mentir, Tom. É verdade... como você descobrirá em breve. Previ isso há duas semanas. Usei sangue fresco — de uma pessoa jovem também. Não costumo errar quando faço isso. Acontecerá na Grécia, durante a viagem até a Ord. Se achar melhor, pode contar para Alice. Não que vá fazer alguma diferença.

—Você não irá conosco para a Grécia! — falei com raiva. —Vou falar com minha mãe sobre você. Não quero você perto de mim e de Alice!

— Se achar melhor, pode contar para ela também. Mas sua mãe não vai me mandar embora. Ela precisa de mim. A clarividência dela está diminuindo, enquanto a minha continua forte. Ela quer que eu descubra o que as mênades estão tramando. Não, você não irá se livrar de mim com tanta facilidade!

Sem dizer mais nem uma palavra, dei as costas para Mab e as irmãs, e voltei para a fazenda. Estava com muita raiva.

Ela ainda me chamou com uma voz aguda e queixosa.

— Será um verão ruim para você, Tom Ward. Muitas coisas ruins irão acontecer. Você se sentirá mais infeliz do que jamais se sentiu!

CAPÍTULO 7
A JORNADA

Finalmente, era hora de partir para Sunderland Point e começar nossa longa viagem por mar até a Grécia. Cinco carroças foram alugadas para nos levar — bem como nossas ferramentas e mantimentos — até a costa. Uma delas era coberta com uma lona escura para proteger minha mãe do sol.

As feiticeiras de Pendle partiram a pé na véspera. Mab e as duas irmãs eram parte do grupo de sete feiticeiras Mouldheel. Havia também nove Deane e onze representantes das Malkin, incluindo Grimalkin. Alice as acompanhava. Mas não tínhamos tido tempo de nos despedir.

A despedida de Jack, Ellie e James foi rápida e tristonha. Jack deu um abraço apertado em minha mãe. Quando se separaram, havia lágrimas nos olhos dele. Quando minha mãe subiu na carroça, percebi que suas bochechas também estavam úmidas. Fiz um grande esforço para afastar aquela visão de minha mente, mas era como se aquela fosse a última vez que se despediam — talvez eles nunca voltassem a se ver.

Também pensei em meu último encontro com o Caça-feitiço. Agora, estava partindo para uma terra estranha para enfrentar grandes perigos. Talvez nunca mais o visse. E queria, ao menos, ter dito adeus e agradecido por todos os seus conselhos e treinamento.

A jornada ocorreu sem incidentes, e chegamos a Sunderland Point, que fervilhava de atividade. A profundidade do canal não permitia que navios grandes se aproximassem da costa, mas, no estuário do rio, um grande navio de três mastros estava ancorado. Era o *Celeste*, o navio que fora contratado para nos levar por mar até a Grécia. Ele também parecia muito rápido — um dos navios mercantes mais velozes, partindo dos portos do Condado.

— Agora você entendeu por que eu precisava do dinheiro? — indagou minha mãe. — Não é barato contratar um navio como esse. Nem encontrar uma tripulação que aceite feiticeiras como passageiras.

Entre a costa e o navio, uma pequena embarcação ia e vinha carregada com os suprimentos. O sol do fim da tarde estava brilhando, mas havia uma brisa forte, e eu fitava a água agitada, nervoso.

Ouvi um latido de boas-vindas, e Patas correu até onde me encontrava com seus dois filhotes. Bill Arkwright caminhava pouco atrás dos cães.

— Pronto para a viagem, mestre Ward? Hoje não é um mau dia para partirmos — observou. — Entretanto, já há algumas ondas grandes e ficará pior ainda mais adiante. Mas tudo ficará bem, assim que você aprender a se equilibrar no convés.

Não disse nem uma palavra e virei os olhos na direção de Alice, que estava de pé, perto de um grupo de feiticeiras. Percebia-se que ela estava tão nervosa quanto eu, mas, ao ver que a estava fitando, deu um aceno rápido. Retribuí o cumprimento e lancei um olhar às feiticeiras, que observavam as águas turbulentas.

Para elas, o mar não representava um obstáculo, tal como a água corrente de um rio, mas o sal ainda era uma séria ameaça. Se afundassem no mar, elas morreriam. Mesmo os borrifos podiam lhes fazer mal; por isso, calçaram luvas e cobriram as pernas, e as Mouldheel, que costumavam andar descalças, agora usavam meias de lã. Elas também traziam capuzes de couro; eram bem justos e tinham pequenos buracos para os olhos, o nariz e a boca. No entanto, apesar de todas essas roupas, eu tinha certeza de que as feiticeiras ainda passariam a viagem bem encolhidas no porão do *Celeste*. Mamãe me dissera que a tripulação fora avisada sobre as passageiras, mas, na costa, elas estavam atraindo alguns olhares cautelosos, e a maior parte das pessoas mantinha distância.

Dois grandes barcos a remo foram usados para nos transportar em grupos de, mais ou menos, seis pessoas. Mamãe foi primeiro, acompanhada pelo capitão do *Celeste*. Depois, os barcos conduziram as feiticeiras, e lentamente seus gritos agudos e gemidos foram sumindo na distância. Alice, porém, não foi com elas, ficando ao meu lado.

—Você se importa se fizer a travessia com você, Tom? — perguntou, tímida.

— Claro que não — respondi.

Sendo assim, dividimos o último barco com Arkwright e os três cachorros. Os animais estavam agitados e foi difícil acalmá-los. Foram necessárias algumas palavras severas do mestre para persuadir Patas a ficar parada. O barco a remo inclinava e girava de modo preocupante, mas, por sorte, o trajeto não demorou. Foi muito fácil subir a escada de cordas até o convés, e a tripulação desceu uma cesta para os cães.

Mamãe e o capitão — um homem robusto com o rosto corado e costeletas proeminentes — estavam de pé, próximo ao mastro principal. Ela acenou para mim.

— Este é o capitão Baines — falou com um sorriso. — Ele é o melhor marinheiro do Condado.

— Bem, sem dúvida, nasci e cresci no Condado e entrei num navio pela primeira vez com menos idade que você, rapaz — falou o capitão —, porém, quanto a ser o melhor, tem quem questione isso. Nessa parte do mundo, há muitos marinheiros bons!

— O senhor está sendo modesto — retrucou minha mãe. — E não é educado contradizer uma senhora!

— Então, eu lhe devo minhas desculpas — falou o capitão, fazendo uma mesura. — Na verdade, devo muito à sua mãe — continuou, virando-se para mim. — Tenho dois garotinhos gêmeos — na semana passada, completaram cinco anos. E estariam mortos uma hora dessas, se não fosse por ela. Assim como minha esposa, ela é a melhor parteira do Condado.

Era verdade. Antes de retornar para a Grécia, mamãe tinha ajudado muitas mulheres do Condado com partos difíceis e salvara muitas vidas.

— Bem, não seria educado se eu não lhes mostrasse meu navio — continuou o capitão. — Ele será sua casa pelas próximas semanas, e é melhor vocês saberem onde estão pisando!

Ele nos mostrou as diferentes partes do porão, incluindo a cozinha e as provisões do contramestre, e imediatamente percebi o que o capitão queria dizer. Embora o *Celeste* parecesse grande visto da costa, na verdade, era uma embarcação pequena para um número tão grande de passageiros. As acomodações da tripulação, na frente do navio, pareciam minúsculas, mas o capitão afirmou que nem todos dormiam na mesma hora: havia três turnos de sentinela, para que, a qualquer hora, um terço da tripulação estivesse de serviço. As feiticeiras deveriam ficar na parte de trás, próximo à popa do *Celeste*, e eu e Bill Arkwright ficaríamos em aposentos separados. Além disso, havia duas cabines — a primeira era do capitão; a segunda fora reservada para minha mãe.

A cabine era pequena, mas bem-equipada. Além da cama, viam-se uma poltrona e uma mesa com duas cadeiras de madeira de espaldar reto. Toda a mobília era parafusada no chão, para evitar que saísse do lugar durante as tempestades. A vigia não deixava muita luz entrar, por isso, o capitão acendeu uma lanterna.

— Espero que a senhora fique confortável aqui, sra. Ward — falou. — E agora tenho que voltar para as minhas tarefas. Partiremos em uma hora.

— Sem dúvida, ficarei muito confortável, capitão — respondeu minha mãe, agradecendo com um sorriso.

Segui o capitão Baines de volta ao convés e percebi que a maré estava subindo rapidamente, o vento refrescara e o ar tinha cheiro de sal e alcatrão. As velas maiores foram desfraldadas, a âncora, içada, e, com um gemido, ao mesmo tempo que as velas estremeciam e se agitavam, o *Celeste* começou a deixar Sunderland Point. No início, o navio não se moveu muito. A tarde estava límpida, e o sol se encontrava bem acima do horizonte; portanto, havia muita coisa para vermos. Arkwright apontou para Cartmel e para o Velho Homem de Coniston, a montanha que visitáramos no ano anterior, ao norte.

— Passamos por maus bocados lá! — exclamou Alice.

Nós dois assentimos. Arkwright quase perdera a vida, e o companheiro de Patas, Caninos, fora morto pela feiticeira da água, Morwena.

A viagem por mar não era tão ruim quanto eu tinha imaginado, mas ainda estávamos apenas cruzando Morecambe Bay, que estava ao abrigo de ventos mais fortes. O mar aberto encontrava-se mais à frente, e, ao passarmos pelo estuário do rio Wyre, pude avistar uma linha de água branca e agitada mais adiante. No momento em que a alcançamos, o barco passou a inclinar e balançar de maneira alarmante. Pouco depois, meu estômago começou a se revirar e, durante dez minutos, esvaziei o conteúdo dele no mar.

— Quanto tempo leva para nos habituarmos ao movimento do navio? — perguntei a Arkwright, que sorria.

— Horas ou dias, talvez — respondeu ele, enquanto eu inspirava fundo. — Alguns pobres coitados nunca se habituam. Vamos torcer para que você tenha mais sorte, mestre Ward!

— Vou para o porão agora, Tom — disse Alice. — Os marinheiros não gostam de mulheres a bordo quando as coisas vão bem, pois acham que isso traz má sorte. Melhor sair da vista deles.

— Não, fique aqui, Alice. Mamãe alugou este navio — eles vão ter que aprender a lidar com isso!

Alice, porém, insistiu. Tentei descer com ela, mas as feiticeiras também não estavam lidando muito bem com o balanço do navio. Na escuridão do andar de baixo, o fedor de vômito era tão forte que rapidamente voltei para o ar fresco. À noite, segui o conselho de Arkwright e dormi em uma rede sob o céu estrelado, enquanto nos dirigíamos para o sul, seguindo a costa. Ao amanhecer, eu ainda não tinha me habituado ao balanço do navio, mas já me sentia muito melhor e consegui observar a tripulação, que corajosamente subia na mastreação e ajustava as velas. Eles não tinham tempo para nós — era como se não existíssemos —, mas eu não me importava. Eles sempre estavam ocupados, e, quando o navio estava balançando e inclinando muito forte, representava mais um perigo para os que estavam empoleirados nos mastros.

Arkwright sabia muitas coisas sobre viagens por mar, pois fizera algumas ao longo da costa, na época em que servira o exército. Ele me ensinou os nomes de várias partes do navio: que o lado esquerdo se chama "bombordo", enquanto o lado direito é o "estibordo", que a "proa" é a parte da frente do navio e a "popa", a parte traseira. Meu pai havia sido marinheiro; por isso, eu já sabia muitas das coisas que ele estava me contando, mas também aprendera boas maneiras e, por essa razão, ouvi educadamente tudo que ele tinha a dizer.

— Os navios do Condado sempre recebem nomes de mulheres — explicou ele. — "Celeste" — o nome deste navio —, por exemplo. Como seus estudos de latim devem ter-lhe ensinado, significa *celestial* e, sem dúvida, algumas mulheres o são. Mas, em uma tempestade forte, um navio pode ser cruel, se não for tratado da maneira correta ou se lhe faltarmos com o respeito. Algumas ondas podem atingir a altura de uma catedral; elas conseguem girar um navio como este e engoli-lo. É comum que navios desapareçam no mar e fiquem perdidos com toda sua tripulação. Acontece o tempo todo. A vida de marinheiro é muito difícil — a seu modo, é tão dura quanto a de um caça-feitiço.

Tínhamos navegado até a foz de um grande rio chamado Mersey e, ancorados, aguardávamos a maré alta. Ainda não havíamos deixado o Condado para trás, ao que parecia. Deveríamos aportar rapidamente em Liverpool para abastecer com provisões extras.

Ao contrário de Sunderland Point, Liverpool tinha um cais de madeira onde o *Celeste* podia ancorar. Quase todos aproveitamos a oportunidade de esticar as pernas; as feiticeiras, porém, permaneceram no convés inferior. Quando botei os pés no cais, tive uma sensação estranha — embora estivesse em terra firme, ela parecia estar se movendo debaixo dos meus pés.

Esperamos durante algum tempo os estivadores acabarem de carregar as provisões, para que pudéssemos partir na mesma maré. Era isso ou atrasar a partida até quase o anoitecer.

Ao voltar a bordo, parei ao lado de minha mãe, observando a tripulação desatracar o navio. Ela havia buscado a sombra formada pelo mastro principal e mantinha os olhos protegidos contra o sol, enquanto fitava ao longe, como se esperasse ver alguma coisa. Segui a direção do olhar dela e, olhando de esguelha, percebi seu rosto se iluminar, de repente, e se abrir num sorriso.

Alguém estava correndo na nossa direção. Para meu espanto, percebi que era meu mestre! Ele estava trazendo a bolsa e o bastão, e a capa ondulava às suas costas. Mas o *Celeste* já estava se afastando do cais, e a distância aumentava a cada segundo. O Caça-feitiço jogou a bolsa e o bastão em nossa direção. Os objetos pousaram no convés e rapidamente os recuperei, ao mesmo tempo que lançava um olhar de dúvida para a distância. Foi então que minha mãe deu um passo à frente e acenou para ele, indicando o navio.

Então, ele girou, dando alguns passos para trás; em seguida, correu direto para a beirada do cais. Meu coração foi parar na boca. Parecia impossível que conseguisse saltar uma tal distância. Mas foi o que fez: suas botas pousaram bem na beirada do convés. Ele se desequilibrou e começou a cair para trás.

Minha mãe deu mais um passo à frente, agarrando seu pulso; depois, ajudou-o a recobrar o equilíbrio, antes de puxá-lo para o convés em segurança. Ele parecia ter caído nos braços dela como se estivessem se abraçando, mas era apenas o movimento do barco. Dando um passo para trás, fez uma pequena mesura, antes de andar até onde eu estava. Pensei que tinha algo a me dizer, mas apenas pegou a bolsa e o bastão, e desceu para o convés inferior — sem nem mesmo lançar um olhar para mim.

— Fico feliz que o senhor esteja vindo conosco! — gritei atrás dele.

O Caça-feitiço nem se deu ao trabalho de olhar para trás.

— Será que ele está zangado comigo, mamãe? — indaguei.

— Acho que está mais zangado consigo mesmo — respondeu ela. — Dê-lhe um pouco de tempo. Mas, por enquanto, duvido que ele queira voltar a ser seu mestre.

— Por enquanto? A senhora acredita que, um dia, voltarei a ser seu aprendiz?

— Pode ser, mas não tenho certeza disso.

Um silêncio desceu sobre nós, e ouvimos os gritos da tripulação quando manobraram o *Celeste* através da foz do porto, para fora do estuário, navegando direto para o mar aberto. O navio recomeçou a balançar, e gaivotas barulhentas seguiam atrás de nós.

— Por que a senhora acha que ele mudou de ideia, mamãe?

— John Gregory é um homem corajoso, que sempre põe o dever acima das necessidades e desejos pessoais. E foi o que ele fez. Percebeu qual é a obrigação maior e a colocou acima de suas próprias crenças. Mas foi forçado a sacrificar alguns de seus princípios e, para um homem como ele, isso é muito difícil.

Apesar do que minha mãe me dissera, eu não estava inteiramente convencido de que se tratava apenas disso. O Caça-feitiço sempre dissera que não se podiam fazer alianças com as servas das trevas. Alguma coisa o fizera mudar de opinião — disso, eu tinha certeza.

CAPÍTULO 8
AS JOVENS SENHORAS

Os dias se passaram, e continuávamos rumando para o sul, sempre margeando a costa. Uma vez, uma tempestade ameaçou se formar, e aportamos em busca de abrigo, mas, durante boa parte da viagem, o tempo esteve ensolarado, com um bom vento soprando a nosso favor. Então, quando navegávamos para longe dos rochedos da terra natal, preparando-nos para atravessar o Canal, ouvi o que, ao longe, parecia ser um trovão.

— Será outra tempestade? — indaguei.

Bill Arkwright balançou a cabeça e franziu a testa.

— Não, mestre Ward, são canhões grandes. De dezoito libras, se não me engano. Próximo ao mar, está ocorrendo uma grande batalha. Vamos torcer para que ela nos acompanhe.

O invasor viera de uma aliança de países para o leste e o sudeste de nossa ilha. Era estranho estar tão próximo da frente de combate e, ao mesmo tempo, navegando em mar aberto.

Depois de atravessarmos o Canal, seguimos direto para uma grande tempestade no golfo de Biscaia. Trovões estalavam e ribombavam acima de nossas cabeças, do mesmo modo que os tiros de canhão que ouvíramos antes, e raios se bifurcavam, cruzando o céu. O barco era arremessado de um lado para o outro no oceano de águas furiosas, salpicado de espuma. Eu não era o único que temia afundar, mas a tripulação continuou a trabalhar tranquilamente, enquanto navegávamos para águas mais calmas, e o ar, ao longo do dia, parecia aquecer-se.

Por fim, ao passarmos por um estreito que minha mãe chamou de os pilares de Héracles, entramos no Mediterrâneo, um imenso mar continental.

— Quem era Héracles? — perguntei a ela. — Ele era grego?

— Era, sim, filho — um herói e um homem de grande força — respondeu. — O homem mais forte do mundo. Está vendo aquela imensa rocha ao norte? Ela se chama Gibraltar, e é um dos dois pilares. Héracles ergueu-a e a lançou lá!

Dei uma risada. Era ridículo! Ele teria que ser enorme para fazer aquilo, não?

— Pode rir, meu filho — censurou minha mãe —, mas a Grécia é uma terra que tem muitas histórias estranhas — e elas são mais verdadeiras do que você poderia imaginar.

— Mas ninguém consegue lançar uma rocha como aquela!

Minha mãe não respondeu; apenas sorriu de modo misterioso e se afastou. Nem bem dera meia dúzia de passos, acenou para mim; então, eu a segui até a cabine. Ela ainda não tinha me convidado a entrar, e fiquei imaginando o que poderia querer. Sem dúvida, era algo que precisava me contar quando estivéssemos a sós.

Mamãe abriu caminho na cabine escura, acendeu uma lanterna, colocando-a no centro da mesa, e fez um gesto para que eu me sentasse à sua frente.

— Acho que agora é uma boa hora para eu lhe contar um pouco mais sobre o que enfrentamos na Grécia — falou.

— Obrigado — respondi. — O fato de não saber muita coisa tem me incomodado.

— Eu sei, filho, mas temo que haja muita coisa que eu também não saiba. Receio que a Ordeen consiga passar pelo portal, antes de chegarmos. Como lhe disse, ela costuma fazer suas visitas a cada sete anos, mas não exatamente no mesmo dia.

— Então não temos como saber ao certo quando ela virá?

— Não. No entanto, quando a vinda dela estiver próxima, haverá sinais inequívocos. Primeiro, pássaros e animais fugirão da região. Em seguida, o céu se tornará amarelo e furacões varrerão a área a partir do ponto em que o portal se abre. Sempre tem sido assim. Três dias e três horas depois, estaremos todos mortos ou a Ordeen terá sido destruída.

— Temos mesmo uma chance de sucesso, mamãe? — indaguei. Era terrível. Tanta coisa dependia do que estávamos nos preparando para fazer.

— Sim, filho. Nós temos uma chance. Mas será por muito pouco. Quando a Ordeen aparecer na planície ao sul de Kalambaka, sua intenção será destruir a cidade, matando seus habitantes e chupando seu sangue. Quem conseguir escapar dos servos dela será morto e devorado pelas mênades. Ninguém irá escapar.

— E quanto aos moradores da cidade, mamãe? Por que vivem ali, se isso acontece a cada sete anos?

— É o lar deles, filho. São pessoas pobres. Em todo o mundo, existem pessoas que moram nas proximidades de vulcões ativos ou em áreas devastadas por terremotos ou enchentes. Elas não têm escolha. Pelo menos, em Kalambaka, sabem mais ou menos quando o perigo virá e fogem da região. Nas estradas, veem-se aglomerações de refugiados. Sem dúvida, alguns saem tarde demais para escapar; outros — velhos e doentes — simplesmente não podem se deslocar. E, dessa vez, como o poder da Ordeen aumentou muito, graças ao Maligno, nem mesmo os mosteiros estarão seguros. O ataque virá tanto da terra quanto do ar. Os morros de Meteora não serão um obstáculo para as lâmias aladas — as vaengir. O Maligno andou enviando números cada vez maiores delas para a Ordeen, mas, pelo menos, minhas irmãs não estão entre elas. Elas também são inimigas do Maligno.

— O que irá acontecer quando o portal se abrir? — indaguei, cheio de curiosidade. — A senhora já viu isso acontecer?

— Uma vez, filho. Apenas uma vez, há muitos anos, antes de conhecer seu pai. Nunca me esquecerei. Primeiro, uma coluna de fogo se ergue do chão, na direção do céu escuro e nublado. Normalmente, ela se desvanece, revelando a Ordeen em seu interior. Em seguida, cairá uma chuva torrencial, que resfriará as pedras da cidadela. Será nesse momento que deveremos entrar. Todas as entidades que passam pelo portal, vindas das trevas, precisam de um pouco de tempo para se ajustar e ganhar forças — explicou minha mãe. — E, lembre-se, é verdade o que o Maligno disse no verão passado. Ele lhe deu tempo para fugir de Pendle até a proteção do meu quarto especial no sítio. Portanto, temos que tirar vantagem do tempo aqui. Antes de a Ordeen e de seus seguidores terem plenos poderes, teremos que penetrar na Ord e destruir todos eles. É nossa única esperança.

Enquanto avançávamos na jornada, a indiferença da tripulação às incomuns passageiras transformou-se em hostilidade aberta. O capitão explicou que os marinheiros estavam começando a temer e desconfiar das feiticeiras de Pendle. Durante o turno da noite, um dos marinheiros desaparecera. No meio da tempestade, provavelmente ele tinha sido lançado ao mar, mas a tripulação suspeitava que as feiticeiras haviam tirado a vida do pobre homem para satisfazer sua sede de sangue. A viagem, portanto, tornava-se cada vez mais desassossegada, e todos nós desejávamos que acabasse rapidamente.

Fiel ao que dissera, o Caça-feitiço tinha interrompido minhas lições e mal falava comigo. E nem mesmo suportava olhar para Alice. Uma vez, quando estávamos conversando no convés, ele erguera os olhos, assumira uma expressão de desdém, e voltara para o convés inferior.

Então, Arkwright assumiu meu treinamento, concentrando-se em desenvolver minhas habilidades físicas como fizera no moinho. Mas era uma experiência nova lutar com bastões num convés que se inclinava e balançava com as ondas.

Quando nos aproximamos da Grécia e a temperatura subiu, o Caça-feitiço começou a dormir no convés, evitando o calor opressivo do porão. E, finalmente, voltou a falar comigo. Começou com um aceno de cabeça e um meio sorriso; depois, antes que me desse conta, ele já estava me ensinando novamente. Agora eu tinha a vantagem de ser treinado por dois caça-feitiços.

— Pegue seu caderno, rapaz — falou ele, debaixo de um céu noturno sem nuvens e com uma leve brisa soprando na direção do navio, enquanto rumávamos — finalmente, passando pelo estreito de Otranto — para o continente grego.

— Bem, mencionei os elementais do fogo quando ainda estávamos no Condado, e lhe disse que, um dia, trataria deles com você — continuou meu mestre. — Em nossa terra, é difícil encontrá-los; provavelmente, porque o clima é muito úmido. Mesmo no verão, não ficamos mais de uma semana sem um aguaceiro! Mas, como na Grécia o clima é quente e seco, nessas condições, os elementais do fogo podem prosperar. Como disse, eles são muito perigosos e, algumas vezes, assumem a forma de esferas cintilantes — umas são translúcidas; outras, opacas. Preste muita atenção no que estou lhe dizendo, pois, com certeza, nós os encontraremos na Grécia: eles passarão pelo portal com a Ordeen.

Mergulhei a ponta da caneta no potinho de tinta e comecei a escrever o mais rápido que podia. Esse conhecimento em breve seria muito importante.

— Em geral, os elementais opacos são mais quentes e mais perigosos — continuou o Caça-feitiço. — Quando não estão ao ar livre, costumam flutuar próximo ao teto para que possam se mover com rapidez, e é praticamente impossível desvencilhar-se deles. O contato com eles pode causar queimaduras graves — e, muitas vezes, termina numa morte dolorosa. Em casos mais extremos, tais elementais reduzem as vítimas a cinzas, de forma instantânea.

"E isso não é tudo, rapaz. Outros elementais, chamados *asteri*, são parecidos com uma estrela-do-mar, com cinco braços em chamas. Esses elementais agarram-se às paredes e tetos, e se lançam sobre a cabeça das vítimas inocentes. Uma vez que entrem em contato, você pode se considerar morto.

"Mas não há apenas notícias ruins. Sabe-se que é difícil se defender dos elementais do fogo, mas uma lâmina de liga metálica com a porcentagem correta de prata pode fazê-los explodir. O bastão de um caça-feitiço é particularmente útil, nesses casos. Se isso não resolver, a água pode enfraquecer um elemental do fogo e deixá-lo hibernando, até que as condições estejam mais secas. Durante um ataque, a água é um bom refúgio."

O Caça-feitiço fez uma pausa, dando-me tempo para registrar tudo no caderno. Quando terminei, minha curiosidade levou a melhor. Por que meu mestre sacrificara seus princípios para se juntar a nós na viagem para a Grécia? Eu sabia que ele não iria querer falar sobre isso, mas, de qualquer forma, tinha que perguntar.

— Sr. Gregory, por que o senhor veio conosco, afinal? O que o fez mudar de ideia? — indaguei.

Fixando os olhos em mim e seu rosto se encheu de raiva. Em seguida, sua expressão se tornou triste e resignada.

— Sua mãe me escreveu e me disse coisas que eu preferia não ter lido. Coisas nas quais eu não queria acreditar. Depois que a carta chegou em Chipenden, travei uma luta com minha consciência durante algum tempo e quase parti tarde demais.

Eu queria saber mais, mas, antes que pudesse falar, ouvimos um grito repentino da sentinela, bem acima de nossas cabeças. Pusemo-nos de pé e olhamos na direção da proa a estibordo. Como estávamos muito próximos da costa da Grécia, pensei que se tratasse de terra à vista.

Mas estava enganado. A tripulação começou a subir na mastreação, desfraldando cada ponto das velas disponíveis. Um imenso navio fora avistado a oeste, navegando ao pôr do sol. Tinha bandeiras pretas e estava se aproximando com rapidez. Embora o *Celeste* fosse um navio ligeiro, parecia que a outra embarcação era mais veloz ainda. Nossa tripulação estava agitada e trabalhava febrilmente. No entanto, o outro navio se aproximava num ritmo constante.

O capitão observou-o durante algum tempo com sua luneta.

— É um navio pirata... não temos a menor chance de escapar dele antes do anoitecer — falou, coçando as costeletas. — E não gostaria de me arriscar num combate, pois está fortemente armado.

O navio pirata exibia seus canhões, enquanto nós tínhamos apenas quatro pequenas colubrinas, duas de cada lado. Nem bem o capitão havia acabado de dizer essas palavras, ouvimos o barulho do disparo de um canhão. Uma bala atingiu a água, próximo à proa, fazendo subir um enorme borrifo de água. Os piratas tinham armamentos suficientes para afundar com facilidade o nosso navio.

Bill Arkwright balançou a cabeça e sorriu de modo sinistro.

— Não é tão ruim quanto parece, capitão. Basta não responder ao fogo. Sem dúvida, não podemos vencer uma luta que envolva disparos de canhões. No entanto, não chegaremos a esse ponto. A última coisa que querem é nos afundar. Os piratas pretendem ficar com este navio como um prêmio. Sem dúvida, sua intenção é cortar nossa garganta e nos lançar aos peixes, mas, quando nos abordarem, terão uma surpresa desagradável. — E se virou para mim com um sorriso cruel. — Vá até o convés inferior, mestre Ward, e diga às jovens senhoras lá embaixo qual é a nossa situação.

Sem perda de tempo, desci correndo para contar às feiticeiras de Pendle o que estava acontecendo. Grimalkin, sentada nos degraus, afiava uma das facas que costumava lançar.

— Já estávamos nos preparando, criança — falou ela. — Mab previu a ameaça há algumas horas. Para ser sincera, estamos aguardando a luta com ansiedade. Passamos tempo demais confinadas aqui embaixo, e minhas irmãs estão com sede de sangue.

Vi algumas das outras feiticeiras, e seus olhos cintilavam com crueldade, enquanto lambiam os lábios com prazer ao pensarem no sangue fresco que, em breve, seria delas. Suas unhas pareciam tão afiadas quanto as lâminas. Todas as armas estavam prontas para rasgar e perfurar a carne humana.

Ao voltar para o convés, vi o Caça-feitiço de pé ao lado de Bill Arkwright, e ambos estavam se preparando para o combate iminente. Arkwright sempre ansiava por partir algumas cabeças. Na verdade, ele estava sorrindo, na expectativa da ação próxima. Liberei a lâmina de meu bastão e dei um passo à frente para juntar-me a eles. O Caça-feitiço fez um gesto de assentimento com a cabeça, e Arkwright me deu um tapinha nas costas, encorajando-me.

O capitão e boa parte da tripulação estavam de pé entre os mastros, segurando seus porretes, porém, não pareciam nem um pouco dispostos a lutar. Certamente, deveríamos agradecer pela ajuda das feiticeiras de Pendle. Minha boca estava seca por causa do medo e da agitação; ainda assim, estava determinado a fazer o meu melhor. No entanto, naquele momento, senti um aperto firme em meu ombro. Era minha mãe.

— Não, filho — falou, afastando-me dos outros. — Mantenha-se o mais longe possível desta batalha. Não podemos permitir que você se machuque. Você tem coisas mais importantes a fazer na Grécia.

Tentei argumentar, mas minha mãe não mudou de ideia. Era frustrante saber que os outros podiam se arriscar, e eu não. Fiquei aborrecido por estar sendo paparicado, mas tinha que obedecer minha mãe. Por isso, fiquei de pé ao lado dela, furioso por não poder tomar parte na batalha que se aproximava.

Não tivemos que esperar muito. O navio pirata se avizinhou, e, em seguida, a tripulação lançou ganchos de escalada, aproximando as duas embarcações — o lado esquerdo do navio deles arranhou o lado direito do nosso navio. Alguns dos piratas caminhavam pelo convés de seu navio com passadas arrogantes. Armados com facas, alfanjes e porretes com pontas de pregos, pareciam ferozes e impiedosos. Outros aguardavam na mastreação, olhando para nós como abutres; para eles, não passávamos de pedaços de carne.

Antes mesmo que o primeiro dos piratas pulasse para o nosso navio, as feiticeiras subiram correndo, vindas do convés inferior e lideradas por Grimalkin. Com a cabeça coberta por um capuz e brandindo as armas, elas pareciam uma força com a qual podíamos contar. Algumas estavam babando, e a saliva escorria de suas bocas, indo parar na parte de baixo dos capuzes de couro, à medida que imaginavam o festim de sangue iminente. Outras estavam uivando feito cães de caça, e seus corpos tremiam com a agitação. Elas pareciam mortais e ferozes, mas nenhuma delas mostrava-se mais perigosa que Grimalkin, que segurava uma faca em cada mão, liderando-as para perto da amurada e formando a primeira linha de defesa. Alice também estava de pé ali, parecendo tão resoluta e determinada quanto o restante delas.

O capitão pirata, um homem enorme, que brandia um alfanje, foi o primeiro a pular para o convés do *Celeste*. Ele também foi o primeiro a morrer. Grimalkin retirou uma faca da bainha presa ao ombro e lançou-a diretamente na garganta dele. Ele mal teve tempo de expressar sua surpresa, antes que o alfanje escorregasse de suas mãos e seu corpo sem vida caísse no convés com uma pancada pesada.

Os outros piratas vieram a bordo no mesmo instante, e a luta começou. O Caça-feitiço e Arkwright não precisaram fazer muita coisa durante a ação; ficaram parados na popa, com as armas em prontidão. O capitão e sua tripulação também não foram necessários e, sem dúvida, pareciam aliviados por isso.

Parte do embate ocorreu em nosso próprio convés. Depois de um primeiro confronto violento com as feiticeiras, os piratas que ainda estavam de pé retiraram-se correndo para o próprio navio. Ao se darem conta do que estavam enfrentando e depois de testemunharem a morte do capitão, sem dúvida, eles prefeririam se retirar e nos partir em pedaços com tiros de canhão. No entanto, dessa vez, os ganchos de escalada trabalharam a nosso favor. Antes que pudessem desenganchá-los, separando, dessa forma, os navios, as feiticeiras partiram para o ataque. Guinchando e uivando com sede de sangue, abordaram o navio pirata e deram início ao massacre. Alice foi com elas.

Elas perseguiram os piratas em meio à mastreação, ao redor do convés e no convés inferior. Os tripulantes que resistiram e lutaram duraram poucos segundos, antes que seu sangue manchasse o convés. Apertei os olhos para ver que papel Alice desempenhava em tudo aquilo, e meu estômago se revirava de ansiedade ao pensar no perigo que ela estava enfrentando. A essa hora, o sol já havia se posto e a luz diminuía rapidamente; por isso, ela sumiu de minha vista.

As feiticeiras nos pouparam dos piores horrores, mas ouvimos os gritos dos piratas moribundos e seus pedidos de piedade não atendidos.

Caminhei ao lado de minha mãe para me juntar aos outros.

— É difícil ficar de braços cruzados e deixar que coisas como essa aconteçam, rapaz — queixou-se o Caça-feitiço, olhando-me fixo. Suspeitei que essas palavras também fossem dirigidas à minha mãe, que havia tomado as feiticeiras como aliadas. De qualquer forma, mesmo que fosse este o caso, minha mãe preferiu não responder.

— Concordo que não é bonito de se ver — falou Arkwright —, mas quantos pobres marinheiros perderam suas vidas nas mãos daqueles piratas? Quantos navios já afundaram por causa deles?

Sem dúvida, era verdade o que Arkwright acabara de dizer, e o Caça-feitiço não quis mais comentar o assunto. Finalmente, os gritos diminuíram e, então, todos cessaram ao mesmo tempo. Eu sabia que, ocultas pela escuridão, as feiticeiras estavam retirando o sangue e os ossos de que precisavam para seus rituais. E conhecia Alice muito bem para ter certeza de que ela não desempenharia nenhum papel naquilo.

O navio ficou ancorado até o raiar do dia, quando as feiticeiras salpicadas de sangue voltaram a se juntar ao *Celeste* e se retiraram para o refúgio no convés inferior da embarcação. Percebi o contraste entre Mab e Alice. Enquanto a primeira sorria satisfeita, regozijando-se com o que havia acabado de ocorrer, Alice estava parada ali, de braços cruzados e parecendo muito triste.

CAPÍTULO 9
O QUE EU SOU

Navegamos rumo ao norte, mudando de direção contra o vento, com a costa da Grécia sempre visível a estibordo. Percebi que era uma terra muito diferente da que eu estava acostumado. Viam-se folhagens também, com maciços de pinheiros e carvalhos, e estranhos ciprestes erguendo-se contra o céu, mas não havia pastagens verdejantes como no Condado, com suas chuvas torrenciais e ventos úmidos vindos do oeste. Era um país quente e árido, marcado por desertos secos, pelo sol que queimava nossas cabeças e pescoços, e por montanhas ressequidas.

Estávamos a menos de uma hora do porto de Igoumenitsa, mas o oceano e seus habitantes ainda não tinham se cansado de nós. A primeira coisa que percebi do perigo iminente foi um som distante, alto e agudo, audível mesmo com o barulho das ondas indo de encontro à praia rochosa. O Caça-feitiço e Arkwright se entreolharam, arregalando os olhos.

Nesse momento, o *Celeste* balançou, arremessando-nos para o convés, enquanto a proa começou a virar para estibordo. Pusemo-nos de pé sem perda de tempo, enquanto o navio virava a barlavento até que, para meu espanto, estávamos apontando diretamente para a costa, contra uma parede de rochas pontiagudas.

— Sereias! — gritou Arkwright.

Eu já havia lido sobre as sereias no Bestiário do Caça-feitiço. Eram criaturas marinhas, mulheres que usavam seus gritos estranhos e melodiosos para atrair os marinheiros para as rochas e destruir seus navios. Em seguida, elas arrastavam os marinheiros que se afogavam para as profundezas e se fartavam com sua carne. Um sétimo filho de um sétimo filho tinha um certo grau de imunidade contra seu chamado, mas um marinheiro comum podia ser facilmente enfeitiçado por sua voz hipnótica.

Segui os dois caça-feitiços até o timão. Os gritos das sereias estavam muito altos agora, cheios de uma intensidade aguda que me incomodou profundamente. Senti necessidade de responder ao chamado delas, mas fiz um esforço para não ceder e, aos poucos, a necessidade foi diminuindo. Grande parte da tripulação estava na proa, fitando na direção da fonte do poderoso canto da sereia. O capitão estava no leme, com olhos esbugalhados e os músculos dos braços nus retesados, ao mesmo tempo que dirigia o barco para as rochas negras, que nos aguardavam como imensas presas de uma fera voraz. Ele agarrava o timão como um louco, com os olhos fixos na praia à sua espera.

Eu podia ver as sereias agora, espalhadas sobre as rochas. Eram belas mulheres com olhos brilhantes, pele e cabelos dourados, e seu fascínio era muito poderoso, mas, à medida que me concentrava, tentando acalmar minha respiração, sua aparência começou a mudar e eu as vi como eram de verdade. Ainda tinham corpo de mulher, mas seus cabelos compridos e verdes estavam emaranhados com algas marinhas, seus rostos eram monstruosos, e presas imensas emergiam dos lábios inchados e grotescos. Contudo, o capitão e a tripulação estavam separados das esposas havia muitas semanas; sem a imunidade dos caça-feitiços, eles apenas podiam ver a ilusão.

Arkwright agarrou o capitão pelos ombros, tentando afastá-lo do timão. Durante o meu treinamento, eu tinha enfrentado Arkwright e lutado contra ele com meu bastão; portanto, por experiência própria, sabia que ele era extremamente forte — mas, mesmo assim, ele não foi capaz de arrancá-lo de lá. Quando o Caça-feitiço chegou para ajudá-lo, alguns dos marinheiros saíram da proa e começaram a vir em nossa direção, brandindo os porretes. Sua intenção era clara. Eles estavam desesperados para responder ao chamado das sereias e haviam percebido que estávamos tentando evitar que isso acontecesse.

— Para trás! — gritou o Caça-feitiço, dando um passo à frente e traçando um arco com o bastão. Mas os marinheiros continuaram andando, com os olhos cintilando de modo insano. Eles estavam sob o poder do canto das sereias, dispostos a fazer qualquer coisa para obedecer ao seu chamado. O Caça-feitiço agarrou o pulso do marinheiro mais próximo dele, fazendo com que o porrete fosse lançado de sua mão. O homem soltou um gemido de dor e deu um passo para trás.

Adiantei-me para ficar ao lado de John Gregory, segurando meu bastão diagonalmente, à minha frente, e assumindo uma posição defensiva. Nem eu, nem o Caça-feitiço liberamos a lâmina retrátil em nossos bastões. Afinal, era a tripulação do *Celeste* que estávamos enfrentando, e não queríamos causar nenhum dano permanente a qualquer um dos marinheiros. Por essa razão, Arkwright ainda estava lutando com o homem no leme, em vez de derrubá-lo com uma pancada na cabeça.

De repente, mamãe apareceu ao lado de Arkwright; olhei para trás e pude vê-la girando alguma coisa na palma de sua mão e introduzindo-a no ouvido esquerdo do capitão Baines. Arkwright virou a cabeça do capitão, e ela fez a mesma coisa no outro ouvido.

— Pode soltá-lo agora! — gritou ela, falando mais alto que o rugido das ondas batendo nas rochas, que agora estavam perigosamente próximas.

Mesmo não sabendo o que minha mãe tinha feito, a mudança no capitão foi imediata e dramática. Ele soltou um grito de pavor, seus olhos se encheram de aversão ao ver as sereias sobre as rochas em sua verdadeira forma, e começou a rodar o timão. Em resposta, o barco mudou de direção e começou a se afastar das sereias. Foi então que a tripulação partiu para cima de nós, mas o Caça-feitiço e eu usamos nossos bastões com sucesso, golpeando dois marinheiros e derrubando-os com uma pancada no convés. No momento seguinte, Arkwright estava do nosso lado, apontando o bastão na direção deles e se preparando para usá-lo, se fosse necessário. Mas então os gritos das sereias já haviam começado a desaparecer, ao mesmo tempo que navegamos pela costa na direção contrária, com o vento soprando na popa do navio e empurrando o *Celeste* rapidamente pela água.

Observei os rostos dos tripulantes à medida que o encanto das sereias começava a enfraquecer e eles podiam ver sua verdadeira forma. Agora as criaturas medonhas estavam sibilando enfurecidas e mostravam as presas, enquanto desciam das rochas pontiagudas para o mar.

— Coloquei cera nos ouvidos do capitão — explicou minha mãe. — Se você não pode ouvir o canto da sereia, então ele não tem poder sobre você. É um método simples, porém, eficaz, e foi usado muitas vezes pelo meu povo. As sereias sempre são um risco em nossas praias, mas pensei que este trecho da costa estivesse seguro. O poder das trevas, sem dúvida, está aumentando.

Poucos minutos depois, os gritos das sereias já não podiam ser ouvidos. Depois que o capitão tirou a cera dos ouvidos, minha mãe explicou aos confusos tripulantes do *Celeste* o que havia acontecido. O navio mudou de direção, e nós continuamos nossa viagem para o norte, mantendo, desta vez, uma distância considerável em relação às perigosas praias. Ainda nem tínhamos chegado à Grécia, e piratas e sereias já punham em risco a nossa sobrevivência.

Chegamos ao porto de Igoumenitsa no fim da manhã.

Enquanto nossas provisões eram descarregadas, continuamos a bordo, como se, no fundo, relutássemos em deixar a segurança da embarcação. Uma terra estranha nos aguardava, e o ar quente e com cheiro de especiarias trazia a promessa de perigos desconhecidos.

Depois, no fim da tarde, avistei uma nuvem de poeira na estrada que conduzia ao próprio porto, seguida por uma dúzia de homens de aparência cruel montados a cavalo, que galopavam na direção do cais. Todos trajavam vestes marrons e traziam as espadas presas aos quadris. Tinham barba, e seus rostos eram marcados por cicatrizes. Atrás deles, via-se uma carroça coberta com lona preta.

Eles pararam, formando uma fileira de frente para o navio, e aguardaram em silêncio. Mamãe saiu da cabine, usando um capuz e um véu, e parou no convés, fixando os olhos nos cavaleiros. Depois de um tempo, virou-se para mim.

— Eles são meus amigos, filho. Esta é uma terra perigosa, e os inimigos podem tentar nos interceptar a qualquer momento. Precisaremos deles, se as mênades atacarem. Venha conhecê-los...

Dizendo isso, ela me conduziu pela prancha até o local em que os cavaleiros aguardavam. Quando nos aproximamos, eles apearam dos cavalos e correram em nossa direção, com sorrisos ansiosos no rosto, formando um círculo em volta de minha mãe.

Mamãe virou-se de costas para o sol e ergueu o véu. Em seguida, falou algumas palavras breves com doçura na voz. Tentei ouvir o que estava dizendo. Parecia grego, mas apenas consegui entender uma ou outra palavra. Então, ela pôs a mão esquerda no meu ombro direito e falou "O yios", isto é, "filho". Um instante depois, "Exi", e repetiu esta palavra. Acho que ela apenas lhes disse que eu era um sétimo filho de um sétimo filho, e que era seu filho.

Não importa o que tenha dito, todos os pares de olhos estavam fixos em mim, e seus rostos voltaram a se iluminar com um sorriso.

— Este é Seilenos — falou mamãe, apontando para um homem alto e de cabelos pretos no centro do grupo. — Um bom amigo e um homem muito corajoso. Sua coragem só se compara ao amor pela comida e por um bom vinho! Ele é o que temos de mais parecido em meu país com um caça-feitiço do Condado. É um especialista em lâmias e elementais do fogo, e será muito útil se conseguirmos entrar na Ord.

Ela falou com ele brevemente — mais uma vez, não pude compreender as palavras —, e Seilenos acenou para mim com a cabeça.

— Eu lhe disse que sua vida é tão importante quanto a minha, e pedi que faça o que puder para sempre garantir a sua segurança — explicou minha mãe.

— E que idioma é esse, mamãe? — perguntei. — Parece grego, mas quase não posso compreender. Eles falam muito rápido.

— Você compreenderá sem problema a maioria das pessoas que encontrarmos, mas esses homens são da fronteira. É um dialeto que os habitantes do sul chamam de "bárbaro do norte".

— Está tudo bem — falou Seilenos, dando um passo à frente e abrindo um sorriso largo. — Eu falo algumas palavras do seu idioma. Sua boa mãe está me dizendo que você é um aprendiz, inimigo das trevas. Ensino você também. Conheço esta terra e seus perigos.

— Obrigado — falei, retribuindo o sorriso. — Ficarei grato por tudo que puder ajudar.

— De qualquer forma, filho — falou minha mãe —, não iniciaremos nossa jornada rumo ao leste até amanhã de manhã. Passaremos mais uma noite a bordo do *Celeste*. Será mais seguro assim. É melhor não partirmos até estarmos bem e prontos. Mas, nesse meio-tempo, quero lhe mostrar algo, e tenho que lhe explicar outras coisas. Partiremos em uma pequena viagem, mas devemos estar de volta antes de a noite cair. Viajaremos aqui...

Minha mãe abriu caminho até a carroça coberta com a lona preta. O condutor, que sorria mostrando os dentes, desceu e abriu a porta para ela. Fiquei surpreso ao constatar que o interior da carroça era muito frio. Eu teria gostado de olhar pela janela, mas era um pequeno sacrifício manter minha mãe em segurança, longe do sol quente.

Acompanhados pelos amigos guerreiros de minha mãe, nós nos dirigimos para o norte durante cerca de uma hora. Depois de algum tempo, nossa marcha diminuiu e parecíamos estar subindo. Viajamos em silêncio, sem dizer uma palavra um para o outro durante toda a jornada. Eu queria perguntar algumas coisas, mas algo na atitude de minha mãe me fez calar. Percebi que ela queria que eu esperasse até chegarmos ao nosso destino.

Quando paramos, eu a segui, piscando com a claridade da luz do dia.

Estávamos numa encosta rochosa; o reluzente mar azul parecia agora muito distante. À nossa frente, erguia-se uma imensa casa pintada de branco, com um jardim cercado de um muro alto. A tinta estava descascando das paredes e as venezianas das janelas também precisavam de uma boa pintura. Os cavaleiros não desmontaram, ficaram aguardando pacientemente enquanto minha mãe caminhava até a porta da frente.

Ela enfiou uma chave na fechadura, girou-a e abriu a porta, que produziu um gemido e um rangido. Era como se ninguém tivesse entrado naquele local havia muitos anos. Segui minha mãe direto para a obscuridade. Depois de entrar, ela ergueu o véu e me conduziu pela casa. Enquanto eu a seguia, captei um movimento do lado esquerdo. Primeiro, pensei que se tratasse de um rato, mas era um pequeno lagarto verde, que corria parede acima, na direção do teto. Mamãe usou uma chave para abrir a porta de trás, e, depois de baixar novamente o véu, caminhamos para o jardim murado.

Era um oásis surpreendente de vegetação. Embora precisasse de uma poda e estivesse sem cuidados, era um deleite para os olhos. Um olho d'água borbulhava no centro de uma fonte de pedra ornamentada e a água nutria uma massa de relva, arbustos e pequenas árvores.

— Está vendo isso, Tom? — falou minha mãe, apontando para uma pequena árvore nodosa, próximo à fonte. — É uma oliveira. Essas árvores vivem muito tempo, e as azeitonas que carregam fornecem um óleo nutritivo. Essa aqui tem mais de duzentos anos.

Sorri e assenti, mas uma onda de saudade de casa me invadiu. A árvore que mamãe tinha indicado era pequena — e em nada se comparava aos grandes carvalhos, freixos e sicômoros do Condado.

— Vamos sentar na sombra — sugeriu ela, e eu a segui até um banco colado na parede, em que não batia a luz do sol. Depois de nos sentarmos, ela voltou a erguer o véu. — Seu pai lhe falou sobre essa casa e o jardim, não foi? — indagou.

Por um momento, fiquei confuso. Depois, lembrei-me e sorri.

— Essa é a sua casa, mamãe? A casa em que a senhora ficou com meu pai, depois que ele a resgatou da rocha?

Pouco antes de morrer, meu pai havia me contado a história de como conhecera minha mãe. Ele fora marinheiro e, ao desembarcar na Grécia, encontrara-a nua e amarrada a uma rocha com uma corrente de prata. Ele a protegeu do sol — caso contrário, ela teria morrido. Depois, libertou-a da rocha, e ficaram juntos nessa casa, antes de voltar para o Condado e se casarem. Agora a corrente de prata que a aprisionara era uma das que eu usava para amarrar feiticeiras malevolentes.

Ela confirmou.

— Sim, é minha casa — eu queria que você a visse, mas trouxe você aqui para que pudéssemos ficar juntos sem sermos perturbados. Veja, há mais uma coisa que você precisa saber, filho — continuou ela. — Talvez não tenhamos outra chance de conversar a sós... Isso é muito difícil para mim... mas preciso lhe dizer o que sou.

— O que a senhora é, mamãe? — indaguei, e meu coração bateu mais forte no peito. Eu havia esperado um longo tempo para descobrir isso, mas, agora, com a verdade finalmente prestes a ser revelada, estava apavorado.

Minha mãe respirou fundo, e só voltou a falar depois de um longo tempo.

— Não sou humana, Tom. Nunca fui...

— Não importa, mamãe. Eu *sei* o que a senhora é. Descobri isso há muito tempo. A senhora é uma feiticeira lâmia, assim como suas irmãs. Uma das vaengir aladas. Mas a senhora foi "domesticada" há muito tempo. E é benevolente...

— Bem, imaginei que você fosse somar dois e dois e chegar a essa conclusão, mas, infelizmente, está enganado. Quem me dera que estivesse certo...

— Então, a senhora deve ser um híbrido — interrompi.

— Não, Tom, não sou um híbrido. O que sou é muito pior do que qualquer coisa que você já tenha imaginado...

Minha mãe se calou e virou o rosto para o lado. Seus olhos brilhavam, cheios de lágrimas. Meu coração bateu ainda mais forte. Eu não fazia ideia do que ela iria me dizer. Não importa o que fosse, era alguma coisa muito ruim.

— Veja, filho — continuou ela —, eu sou a *Lâmia*. A primeira...

Fiquei sem ar, e minha cabeça começou a girar. Eu tinha ouvido as palavras, mas elas não faziam sentido.

— O que a senhora está querendo dizer, mamãe? Eu sei que a senhora é uma lâmia. Uma lâmia doméstica e benevolente...

— Ouça com atenção o que vou lhe dizer, filho. Eu sou a Lâmia. A mãe de todas...

Meu peito começou a doer quando o que minha mãe acabara de me contar começou a fazer sentido.

— Não, mamãe! Não! Não pode ser verdade! — exclamei, lembrando-me do que estava escrito no Bestiário do Caça-feitiço: que os primeiros filhos da Lâmia tinham sido mortos pela deusa Hera, e que sua vingança fora terrível. Ela havia matado crianças. Depois, homens jovens. Tinha destruído mais vidas do que podíamos imaginar.

— Vejo pela expressão em seu rosto que você sabe o que fiz. Conhece meus crimes, não é? Tudo o que posso dizer em minha defesa é que fiquei enlouquecida pela perda de meus próprios filhos. Matei inocentes, e nunca me perdoarei por isso. Mas, por fim, voltei-me para a luz e passei minha longa vida tentando compensar, de algum modo, o que fiz.

— A senhora não pode ser a Lâmia, mamãe! No Bestiário do Caça-feitiço está escrito que ela foi morta por três de suas filhas, as primeiras feiticeiras lâmias. Elas a fizeram em pedaços e, com eles, alimentaram uma vara de javalis selvagens. A senhora não pode ser a Lâmia. Ela está morta.

— Não acredite em tudo o que lê nos livros, filho — disse minha mãe. — Muitas das histórias foram passadas de boca em boca e escritas muitos anos depois, quando a verdade já fora distorcida e embelezada. Sem dúvida, mais tarde, dei à luz trigêmeas — as primeiras feiticeiras lâmias. E também é verdade que tivemos uma discussão. Mas nunca lutamos. Embora as palavras delas tenham me ferido, nunca ergueram um dedo contra mim. Foi doloroso para mim, mas tivemos que nos separar. Elas estão mortas agora, mas suas filhas ferinas viveram para infestar a região da Grécia e tornar as travessias nas montanhas muito mais perigosas que em qualquer outra parte da Terra. Essa é a verdade.

Um pensamento me invadiu.

— Mas a senhora tem irmãs lâmias ferinas, mamãe. E a Lâmia não tinha irmãs. Ela foi a primeira lâmia. Como a senhora disse — a mãe de todas...

— Eu as chamo de *irmãs*, Tom, e é isso que são para mim, pois somos companheiras e inimigas da Ordeen e do Maligno há muitos anos, muito antes de eu viajar para o Condado com seu pai. Mas, na verdade, elas são minhas descendentes: filhas das filhas de minhas filhas, separadas por muitas gerações. Em espírito, porém, são minhas irmãs. É dessa forma que as considero.

Eu não conseguia pensar direito; não sabia o que dizer. Subitamente, as lágrimas escorreram de minhas bochechas. Envergonhado, tentei limpá-las. Minha mãe se inclinou em minha direção e me abraçou.

— Isso aconteceu há muito tempo, filho. Qualquer um que viva tanto tempo assim deixa de ser o mesmo ser humano, pois evolui e se transforma. Torna-se outra pessoa. Sei disso por experiência própria, pois foi isso que me aconteceu. Tenho pouco em comum com a Lâmia que matou tantas pessoas; sirvo à luz há muitos anos. Casei-me com seu pai para que pudesse lhe dar sete filhos. E você é meu presente para o Condado. Mais que isso — é meu presente para o mundo, pois cabe a você destruir o Maligno e dar início a uma nova era de luz. Quando fizer isso, minha penitência estará completa. E terei expiado meus terríveis crimes.

"Sei que é difícil de acreditar, mas tente ser forte e lembre-se de que você é mais que uma arma a ser usada contra as trevas. Você é meu filho e eu o amo, Tom. Não importa o que aconteça, acredite em mim."

Não pude pensar em nada para dizer, e voltamos para a casa em silêncio. Minha mãe trancou a porta e caminhamos de volta na direção da carroça. Ela parou por um instante, olhando para trás.

— Não voltarei aqui de novo — falou com voz triste. — As lembranças de seu pai são tão fortes que é como se eu o perdesse pela segunda vez.

Durante a viagem de volta ao navio, tentei digerir o que mamãe dissera. Ela havia me contado uma verdade terrível. Era quase impossível suportá-la.

CAPÍTULO 10
A DELEGAÇÃO DOS TREZE

Quando saí da rede, de madrugada, havia mais cinco carroças paradas no cais. Alice estava por ali, próxima a um grupo de feiticeiras de Pendle do clã Deane. Parecia perdida e infeliz, mas, quando desci a prancha de embarque, seu rosto se iluminou e ela correu em minha direção.

— Qual é o problema, Tom? — perguntou. — Aonde você foi ontem com sua mãe? Alguma notícia ruim? Você não parece muito satisfeito...

— Então somos dois — respondi.

Sem dizer nem mais uma palavra, começamos a nos afastar do barco e das outras pessoas. Alice parou e esperou com ansiedade, mas eu não podia lhe contar quem era minha mãe. Já era ruim o bastante que eu soubesse disso. Eu estava magoado e envergonhado do que ela fora um dia.

— Minha mãe me levou até a casa que dividiu com meu pai — disse. — Só isso.

— Mas o que ela lhe contou, Tom? Ela deve ter lhe dito alguma coisa que deixou você cabisbaixo!

— Foi triste, apenas isso. Voltar lá fez com que ela sentisse que estava perdendo papai mais uma vez. Mas ela queria que eu visse o lugar.

Alice não parecia muito convencida com a minha resposta e, ao voltarmos para o *Celeste*, vi que Mab Mouldheel nos observava. Ela podia ver que nenhum de nós estava feliz e exibia um grande sorriso zombeteiro.

Foi necessária mais de uma hora para carregar nossas provisões, e o sol já ia alto quando terminamos. As feiticeiras, finalmente, desembarcaram; algumas conseguiram arranjar espaço numa das carroças, mas a maioria delas foi a pé. Partimos rumo ao leste: a carroça de minha mãe, cercada por sua escolta, liderava o grupo. Em seguida, vinham as carroças com os suprimentos, e, depois, as feiticeiras, lideradas por Grimalkin. Alice estava ao lado dela.

Eu caminhava atrás com Bill Arkwright e o Caça-feitiço. Embora tivesse posto minha bolsa na carroça de mamãe, John Gregory continuava levando a dele, apesar do calor. Fiquei imaginando, mais uma vez, o que minha mãe tinha escrito para convencê-lo a se juntar a nós tão tardiamente, pulando para dentro do barco no último minuto. O que o fizera mudar de ideia? Será que ele sabia quem era ela de verdade? Não. Eu tinha certeza de que, se ele soubesse da minha verdadeira ascendência, não iria mais querer saber de mim. Eu teria sido banido para sempre, do mesmo modo que Alice.

Viajamos durante todo o dia, sob o cruel calor do sol, seguindo o vale do rio Kalamos na direção da cidade de Yiannena. Eu estava desanimado. Não conseguia parar de pensar na verdadeira identidade de minha mãe. No entanto, ninguém parecia bem-disposto. O sol era intenso, e acompanhar as carroças exigia o maior esforço de nossa parte.

Percorremos aldeias com casas de pedra pintadas de branco e olivais, atraindo alguns olhares curiosos. Fiquei me perguntando se haveria espiões entre eles, informando às mênades sobre o nosso progresso. Estávamos ali para combater a Ordeen e, portanto, éramos seus inimigos — com certeza, em algum momento, elas atacariam. E como nosso grupo e as mênades estavam se dirigindo para a Ord, parecia inevitável que nossos caminhos se cruzassem.

Eu estava acostumado com o zumbido preguiçoso dos insetos no verão no Condado, mas aqui eles se encontravam em toda parte. Havia enxames de bichinhos voadores que entravam em meu capuz e me picavam.

— Será que chove por aqui? — indaguei, erguendo os olhos para o céu azul e o sol escaldante.

— Costuma chover muito no inverno, acho — respondeu Arkwright —, e faz muito frio também. Sua mãe diz que é um local completamente diferente na primavera, com tapetes de flores silvestres.

— Eu gostaria de ver isso — observei. — Quem sabe? Se conseguirmos resolver as coisas por aqui, talvez possamos voltar um dia. Eu gostaria de ver mais do país de minha mãe. Mas que zumbido é esse? — Durante todo o tempo, ouvia esse barulho ao fundo, e ele estava começando a me incomodar.

— São as cigarras — um tipo de gafanhoto — explicou Arkwright. — Coisinhas barulhentas, não? No entanto, temos que evitar as criaturas maiores, mestre Ward — como os javalis selvagens. A carne deles é uma delícia, mas pode ser meio dolorido encarar suas presas. E ainda temos os lobos e até ursos.

— Sim. É uma região muito diferente da nossa — disse o Caça-feitiço. — A Grécia é muito mais selvagem e perigosa. Sem mencionar o poder das trevas. Além das mênades, existem lâmias no alto das montanhas — muitas delas —, para não falar da própria Ordeen e da horda de elementais do fogo , que atravessará o portal com ela.

As palavras do Caça-feitiço nos fizeram calar, e cada um ficou imerso em seus próprios pensamentos. Um grande perigo se encontrava mais à frente e tínhamos que lidar com ele, antes de podermos voltar para o Condado. Fiquei imaginando se, um dia, voltaríamos a ver suas praias de águas esverdeadas.

Fizemos uma parada durante algumas horas antes do pôr do sol, depois de percorrermos a aldeia de Kreatopolio, que significa *açougueiro*. Lá havia vários açougues, com carcaças de cordeiro penduradas do lado de fora, e conseguimos comprar carne fresca. Os amigos de minha mãe ergueram três tendas — a maior era para ela, e uma sentinela ficou de vigia do lado de fora durante toda a noite. Algumas feiticeiras usaram as outras tendas, mas a maioria dormiu sob o céu estrelado. Eu estava cansado e adormeci assim que fechei os olhos.

Embora tivéssemos que chegar ao nosso destino o mais rápido possível, minha mãe decidiu que deveríamos descansar ali por um dia, antes de prosseguir. Ela temia as mênades. As sentinelas saíam todas as manhãs para ver se havia algum perigo imediato.

Acordamos cedo e comemos pouco antes de o sol se levantar. Foi uma refeição simples — um pouco de queijo de cabra, chamado feta, e algumas fatias de pão sem manteiga.

— Eu daria tudo por um prato de ovos com bacon — reclamei, dirigindo-me a Arkwright.

— Eu também, mestre Ward — respondeu ele —, mas acredito que algumas das sentinelas que não estavam de vigia saíram para caçar um javali cedo pela manhã. Então, talvez, mais tarde, tenhamos uma refeição melhor. Caso contrário, temos o cordeiro que compramos ontem.

Depois do café, o Caça-feitiço, Arkwright e eu nos afastamos um pouco do acampamento e encontramos um pequeno bosque de oliveiras que serviu de abrigo contra o terrível sol matinal. No entanto, o Caça-feitiço parecia agitado e não conseguia ficar parado. Minutos depois, ergueu-se novamente.

— Ainda não temos informações suficientes! — queixou-se. — Irei falar com sua mãe, rapaz!

Ele se ausentou durante uma hora. Ao retornar, sua expressão era severa.

— Então? — indagou Bill Arkwright. — O senhor obteve alguma resposta?

O Caça-feitiço baixou o bastão e agachou-se entre nós sob a sombra de uma oliveira. Passou-se algum tempo até que ele respondesse.

— Parece que, assim que a Ordeen passa pelo portal, uma delegação de habitantes locais entra na cidadela da Ord — falou o Caça-feitiço. — É um ritual que nunca muda. Os membros da delegação esperam apaziguá-la e diminuir os efeitos de sua visita. Mas a verdade é que nada que tentem faz uma diferença real.

— Então, por que continuam fazendo isso? — perguntei. — Qual a razão, se não conseguem nada?

— É porque são humanos, rapaz. Os seres humanos têm esperança. Por mais difíceis que as coisas estejam, eles sempre se convencem de que podem mudá-las para melhor; que, desta vez, sua visita irá mudar o futuro.

— A Ordeen precisa de sangue humano para ser despertada de seu sono profundo no outro extremo do portal. Alguns poucos membros da delegação voltam, e os que retornam bradam e vociferam em delírio. O horror dessa experiência perturba a mente deles. Kalambaka está planejando enviar uma delegação de treze pessoas — o número costumeiro —, mas sua mãe tem outras ideias. Treze dos *nossos* irão no lugar deles.

Arkwright assobiou entredentes.

— Ela mencionou qual dos nossos?

O Caça-feitiço me olhou com uma expressão severa.

— Até agora, ela mencionou apenas um: você. Você fará parte da delegação.

A ideia me apavorou, mas tentei não demonstrar meus sentimentos. Tinha esperança de que o Caça-feitiço, Arkwright ou mamãe estivessem comigo. Pelo menos, eu não estaria sozinho.

— Com certeza, é um tipo de truque. Um modo de entrar e pegar o inimigo de surpresa, não é mesmo? — indagou Arkwright.

— Sim, a ideia é essa. Ela não planejou tudo detalhadamente, mas tem esperança de criar uma espécie de distração. O ataque principal seria iniciado enquanto a delegação finge tratar dos negócios de sempre. Ela irá contratar mercenários — um monte deles. Guerreiros ferozes do norte.

Pouco depois, Arkwright saiu com os cães e fiquei a sós com o Caça-feitiço. Ele parecia ansioso e ficava falando baixinho consigo mesmo, balançando a cabeça.

— Qual é o problema? — indaguei.

— Qual é o problema? O problema é toda essa história! Essa é simplesmente a situação mais perigosa em que me meti com os dois olhos abertos, rapaz. Se sobrevivermos a um provável ataque das mênades, teremos que cruzar os montes Pindo e, com certeza, eles estarão cheios de lâmias ferinas. E tudo isso antes de pormos os olhos na Ordeen...

Ao fazer referência às lâmias, pensei em Meg, o grande amor de meu mestre, e na irmã dela, a ferina Marcia. Ambas tinham sido enviadas de volta para a Grécia. Será que nosso caminho nos levaria para perto de onde elas estavam? Fiquei imaginando se ele ainda sentia falta de Meg.

— O senhor irá se encontrar com Meg, enquanto estivermos aqui? — indaguei.

O Caça-feitiço inclinou a cabeça e, por um momento, pensei que ele não fosse responder — ou que me diria com todas as letras para cuidar de meus próprios assuntos. Mas, então, ergueu a cabeça e vi tristeza em seus olhos; mesmo antes de começar a falar, eu sabia que ele refletira a respeito.

— Já pensei sobre isso, rapaz, mas decidi que não vale a pena. Veja, ela me disse para onde estava indo. Atualmente, deve estar morando em algum sítio remoto no sul do país. Como manteve distância das pessoas, deve ter voltado para a forma ferina. Eu mal a reconheceria. Daqui a mais ou menos um ano, ela não estará muito diferente da irmã, Marcia. Não tenho tido notícias dela e, até onde sei, ela até poderia estar morta. A mulher que eu conheci e amei, sem dúvida, se foi; portanto, gostaria de manter minhas últimas lembranças dela exatamente como eram...

Ele balançou a cabeça com tristeza e não consegui pensar em nada para dizer que pudesse fazê-lo sentir-se melhor. No entanto, para minha surpresa, ele estava sorrindo ao se levantar.

— Sabe, rapaz, meus velhos ossos nunca se sentiram melhor! Deve ser o calor e o clima seco. Sem dúvida, eles não tardarão em doer, quando retornarmos para o Condado. Mas, apesar de tudo, ficarei feliz em voltar para casa!

No fim da tarde, Seilenos e três de seus homens voltaram, após uma bem-sucedida caça ao javali. Os outros guerreiros passaram o dia fora explorando ou guardando o perímetro do acampamento.

À noite, comemos o javali selvagem e o cordeiro sob a luz das estrelas.

— Está tudo bem por enquanto — disse minha mãe. — Temos caça à vontade na área, e nossos homens informaram que não há sinal de atividade inimiga. Amanhã avançaremos em direção à Meteora.

Seilenos fixou os olhos no Caça-feitiço, que mal tocava na comida.

— Coma, sr. Gregory! — falou, dando um sorriso. — Em breve, teremos que combater as trevas. O senhor precisa reunir forças!

O Caça-feitiço retribuiu o olhar com ar de dúvida. Eu podia perceber que ele não gostava de Seilenos.

— No Condado, onde moramos, nós, caça-feitiços, não costumamos comer muito quando as trevas nos ameaçam — respondeu ele com frieza. — Quando as coisas se tornam difíceis, jejuamos e nos privamos de comida para que nossa mente e espírito estejam bem preparados para enfrentar os inimigos.

O caça-feitiço grego balançou a cabeça.

— Não consigo entender uma coisa dessas — gritou ele, erguendo as mãos em sinal de espanto. — Você acaba se enfraquecendo com práticas tão tolas. Vinho e comida dão força. Não é verdade? Você precisará de toda a sua força para enfrentar a salamandra!

— O que é uma salamandra? — perguntei.

— A salamandra é a forma mais elevada e poderosa de elemental do fogo. Mais poderosa até que o *asteri*. É um grande lagarto refestelando-se no centro de chamas terríveis. Ele também cospe fogo. E sopra vapor escaldante das narinas. Você precisa de muita comida para enfrentar uma criatura tão formidável! Trate de comer, jovem caça-feitiço! Em breve, precisará de todas as suas forças. Suas esposas não dão comida para vocês em casa? — perguntou Seilenos, olhando para Arkwright e, em seguida, para o Caça-feitiço.

— Não sou casado — resmungou Arkwright.

— Nós, caça-feitiços do Condado, não nos casamos — explicou John Gregory. — Esposa e filhos nos afastariam de nossa vocação, que é combater as trevas.

— Com certeza, uma bela esposa poderia ser uma distração — concordou Seilenos. — Felizmente, minha esposa é feia e tem uma língua afiada — completou, dando-me uma piscadela. — Também tenho cinco filhos pequenos para criar. Por isso, viajo com vocês. Para escapar da esposa e ganhar o dinheiro de sua boa mãe.

Eu estava faminto e comi até ficar satisfeito. Mesmo assim, comparado a Seilenos, fora pouco. Ele comeu até a barriga parecer que ia explodir, e foi aplaudido por seus homens, que pareciam divertir-se com seu apetite insaciável. Quando me ajeitei para dormir, ele ainda estava comendo — e bebendo bastante vinho.

Pensei no que o Caça-feitiço tinha dito mais cedo. Minha mãe não havia comentado sobre seus planos na hora do jantar; então, ela ainda devia estar pensando a respeito. Por que me escolhera como parte da delegação? A ideia estava me assustando, mas eu tinha que confiar no julgamento de minha mãe.

* * *

Pouco depois do amanhecer, continuamos nossa jornada para o leste.

Viajamos durante três dias, e cada etapa de nossa jornada era mais cansativa que a anterior. Era um dia quente e empoeirado, e o sol ardia impiedosamente. Depois do terceiro dia, nós nos aproximamos da cidade de Yiannena.

Por fim, vimos uma cadeia de montanhas no horizonte, que precisávamos cruzar para chegar a Meteora. Depois de duas noites, acampamos nas encostas inferiores, e os altos montes Pindo erguiam-se muito próximos. No dia seguinte, antes do meio-dia, começaríamos a subida. Além das montanhas, estava a planície de Kalambaka, onde a Ordeen iria emergir de seu terrível portal. Cada quilômetro nos aproximava ainda mais do derradeiro perigo.

CAPÍTULO 11
ATAQUE NOTURNO

Eu estava enrolado em minha capa a alguma distância da fogueira em que a comida era preparada. Fora um dia quente, mas as estrelas brilhavam intensamente, e a atmosfera estava começando a refrescar um pouco. Nem bem comecei a adormecer, fui despertado, de repente, por um barulho alto.

Parecia uma gargalhada selvagem, mas terminava num grito frenético. Olhei para a escuridão que se estendia além da fogueira. De imediato, o som se repetiu vindo de uma direção diferente e me pus de pé, cambaleando e agarrando meu bastão.

Eram as mênades — não tinha dúvida disso. Elas estavam se preparando para atacar. Outras pessoas se moviam a meu redor. À luz das brasas, vi a cabeça raspada de Bill Arkwright quando ele chutou a terra para apagar o brilho laranja do fogo, mergulhando a todos nós em relativa obscuridade. As outras fogueiras mais distantes também estavam sendo apagadas; portanto, as inimigas apenas podiam contar com a luz das estrelas para nos ver. Vi Arkwright agachar-se para ficar menos exposto, e fiz o mesmo.

Ouviram-se mais guinchos e gritos, e, dessa vez, eles vinham às nossas costas e pareciam muito mais próximos. Estávamos cercados: as mênades avançavam, prontas para atacar. Um vulto escuro correu direto para Arkwright, e ele o atingiu com o bastão. A mênade caiu aos pés dele com um grunhido, mas outras partiram para o ataque de todas as direções. Eu conseguia ouvir o barulho de pés batendo na terra ressequida. Girei para encarar uma agressora próxima ao ombro esquerdo, traçando um arco com o bastão. Consegui atingi-la na cabeça, e ela se desequilibrou e caiu. Pressionei o recesso em meu bastão, e a lâmina emergiu. Era um combate de vida e morte. As mênades estavam por toda parte, algumas me atingiam com longas lâminas cruéis, e outras atacavam com as mãos nuas. Algumas já tinham causado mortes. Da boca de uma delas, pingava sangue e viam-se pedaços de pele e de carne presos em seus dentes. Girei, tentando mantê-las afastadas. Eram muitas para enfrentar, e eu não tinha esperança de obter ajuda. Todos os outros estavam na mesma situação difícil. Elas eram muito mais numerosas que nós.

Minha única esperança era romper o círculo; por isso, ataquei, avançando e investindo com o bastão na direção do vulto diante de mim. A mênade caiu para trás, e pulei para o espaço aberto por cima do corpo dela. No entanto, ainda podia ouvir as mênades guinchando atrás de mim. Eu precisava me reunir aos outros — Bill Arkwright e o Caça-feitiço ou mesmo as feiticeiras de Pendle — e lutar ao lado deles.

Uma sombra surgiu à minha direita e, antes que pudesse virar e me defender, fui agarrado no pulso com força e puxado para a escuridão.

— Apenas me acompanhe, Tom — gritou uma voz que eu conhecia muito bem.

Era Alice!

— Aonde estamos indo? — indaguei.

— Não temos tempo para conversar agora. Precisamos sair daqui primeiro...

Segui Alice bem de perto. Corremos para longe do acampamento, avançando rumo ao leste. Os sons da perseguição diminuíram, mas, quando ela não demonstrou intenção de reduzir a marcha, eu a alcancei e segurei seu braço por trás

— Não darei nem um passo a mais, Alice.

Ela se virou para me encarar — seu rosto estava imerso na escuridão, mas os olhos brilhavam sob a luz das estrelas.

— Temos que voltar, Alice. Eles precisarão de toda ajuda. Não podemos sair dessa maneira. Não podemos abandoná-los, pensando apenas em nós mesmos.

— Sua mãe falou que, ao primeiro sinal de problema, eu tinha que tirá-lo dali. Sobretudo, se as mênades atacassem. *Leve Tom para um lugar seguro*, foi o que ela disse. *Se alguma coisa acontecer a ele, tudo terá sido em vão*. E ela me fez prometer que faria isso.

— Mas por que tudo terá sido em vão? Não consigo entender.

— Seja lá qual for o plano de sua mãe para derrotar a Ordeen, você é uma parte importante dele, Tom. Por isso, temos que mantê-lo em segurança. Precisamos continuar seguindo para o leste. Estaremos nas montanhas antes do amanhecer. E as mênades não nos encontrarão lá.

Algumas vezes, Alice escondia coisas de mim, mas nunca me havia dito uma mentira. Eu sabia que ela estava seguindo as instruções de minha mãe; por isso, continuei caminhando para o leste, embora relutasse em fazer isso. Eu ainda estava preocupado com o ataque no acampamento. Havia muitas mênades lá embaixo, mas eu sabia que os defensores iriam opor resistência. Além da guarda formada pelos guerreiros de minha mãe, havia as feiticeiras de Pendle, o Caça-feitiço e Bill Arkwright — que, sem dúvida, daria o melhor de si para partir alguns crânios.

— Por que nem você nem as feiticeiras de Pendle farejaram o ataque? — indaguei, de modo acusador. — Certamente, mamãe ou Mab teriam sabido que as mênades estavam a caminho e dariam o alarme também. O que deu errado, Alice?

Alice encolheu os ombros.

— Não sei a resposta para isso, Tom.

Fiquei preocupado, mas não disse mais nada e guardei minhas dúvidas para mim mesmo. Mamãe já me dissera que sua clarividência estava diminuindo. E eu tinha certeza de que o Maligno estava enfraquecendo todos os nossos poderes, tornando a missão ainda mais difícil.

— Venha, Tom. Vamos sair daqui! — gritou Alice com urgência na voz. — Sem dúvida, elas devem estar atrás de nós...

Por isso, corremos mais um pouco, antes de diminuirmos para um passo constante.

Quando alcançamos o sopé da montanha, a Lua ergueu-se acima da massa sólida e escura dos montes Pindo, à nossa frente. Com certeza, em alguma parte mais adiante, havia uma trilha que passava por eles, mas nós não estávamos no Condado, nem tínhamos conhecimento do terreno ou um mapa para nos guiar. Tudo o que eu sabia era que Meteora ficava, em alguma parte a leste, além da cordilheira. Por isso, escalamos a montanha da melhor maneira que podíamos, esperando encontrar nosso caminho.

Cerca de dez minutos depois, subíamos através de uma floresta de pinheiros — meu corpo estava começando a suar com o esforço —, quando Alice parou de súbito, com os olhos arregalados. Ela farejou o ar três vezes.

— As mênades *estão* nos seguindo. Não tenho dúvida. E uma delas está nos rastreando.

— Quantas são, Alice?

— Três ou quatro. Não estão muito longe daqui.

Olhei para trás, mas mesmo com a luz da Lua banhando o declive, não podia ver sinal de nossas perseguidoras no meio das árvores. Entretanto, Alice não costumava errar quando se tratava de farejar o perigo.

— Quanto mais alto subirmos, mais chances teremos de nos esconder e desviá-las de nossa trilha — falou.

Então, viramos e apertamos o passo. Pouco depois, deixamos as árvores para trás e o solo começou a ficar mais íngreme e rochoso. Ao olhar mais uma vez por cima do ombro, consegui distinguir quatro vultos escuros se movendo na trilha. Eles estavam se aproximando de nós com rapidez.

Seguíamos uma senda estreita entre dois imensos despenhadeiros que se erguiam de cada lado, quando, de repente, vimos uma caverna mais adiante, com sua boca escura conduzindo para baixo. A trilha levava direto para ela. E não havia outro lugar aonde pudéssemos ir.

— Podíamos despistá-las bem ali no escuro. Lá também é difícil de nos rastrearem — sugeriu Alice. Sem perder tempo, ela farejou a entrada da caverna. — Essa caverna parece bastante segura. Não há perigo aí dentro.

— Mas, e se não tiver saída, Alice? Se não encontrarmos uma passagem, ficaremos presos lá embaixo em plena escuridão.

— Não temos escolha, Tom. Ou entramos ou damos a volta e enfrentamos as mênades no caminho!

Ela tinha razão. Não havia alternativa. Fiz que sim com a cabeça e, depois de acender a vela que sempre trazia comigo com a pederneira, entramos na caverna. A descida começou gradualmente e o ar era muito mais frio que no lado de fora. De vez em quando, parávamos durante um segundo, mas não ouvíamos barulho de ninguém nos seguindo. Contudo, não demoraria muito para as mênades virem atrás de nós. E se chegássemos a um beco sem saída? Não valia a pena pensar nisso.

No entanto, o caminho até a entrada da caverna mostrava sinais de uso frequente, indicando que havia uma passagem. O túnel se inclinava para baixo de modo mais íngreme agora, e cada passo que dávamos nos levava mais para o fundo. De repente, ouvimos uma batida rítmica no interior da parede, em algum lugar à nossa direita. Quase que imediatamente, ouviu-se uma resposta na parede esquerda.

— O que é isso, Alice?

— Não sei — respondeu ela, arregalando os olhos. — Não são as mênades. Elas estão lá atrás. A menos que haja mais delas aqui no túnel.

A batida se tornou ainda mais furiosa, transformando-se numa pancada que parecia obra de algum tocador de tambor maluco e com muitos braços. Algumas vezes, os sons estavam acima de nós, mas, na maior parte do tempo, vinham dos lados, como se alguém — ou alguma criatura — estivesse nos acompanhando, movendo-se ao longo do túnel. Mas não conseguíamos ver coisa alguma. Ou as criaturas que faziam os sons eram invisíveis ou estavam, de algum modo, dentro da rocha. Poderia ser algum tipo de elemental? — foi o que me perguntei.

Por fim, o barulho das batidas diminuiu, e eu me senti muito melhor. Agora o túnel se estreitara e se tornara muito íngreme, o chão era irregular e salpicado de pedras soltas. Depois de alguns minutos, saímos para uma passagem mais ampla que se inclinava da esquerda para a direita. Até então, a caverna estivera seca, mas agora a água descia numa cascata na parede oposta e gotejava do teto acima de nós. Havia poças no chão. Seguimos pelo declive.

Pouco depois, a água debaixo de nossos pés se transformou num córrego raso que fluía rápido, e seguimos seu curso. Continuamos a caminhar, e nosso ânimo diminuía à medida que a confiança começava a desvanecer. A profundidade da água aumentava gradativamente; por fim, já chegava aos nossos joelhos, e a corrente era tão forte que tive dificuldade em me manter de pé. A essa altura, podíamos ouvir as mênades falando umas com as outras, atrás de nós, e os sons que faziam se aproximavam cada vez mais.

Tropeçando pelo caminho, com água até a altura das coxas, chegamos ao que, à primeira vista, parecia ser um beco sem saída. Mas o nível da água não estava mais subindo — se não houvesse uma saída, com certeza, a água já teria alcançado o teto da caverna. Somente quando nos aproximamos foi que percebi que a água estava muito agitada. Ela rebentava contra a parede de pedra sólida, antes de girar sobre si mesma. Era um grande redemoinho.

Em alguma parte abaixo de nós, conseguimos ouvir o eco de um estrondo alto de água que caía. Ela devia estar pingando por um buraco em uma caverna mais abaixo de nós. Depois, ouvimos gritos e guinchos furiosos. As mênades se aproximavam e estávamos presos diante da parede de pedra.

Em desespero, ergui a vela acima de nossas cabeças e examinei as paredes que nos cercavam. Vi uma inclinação íngreme de seixos para cima, à nossa direita — era uma área seca, acima da água. Para meu alívio, notei que ela nos conduzia para um pequeno túnel. Fiz um gesto apontando para cima, e Alice imediatamente começou a subir, apoiando-se nas pedras soltas. Eu a segui bem de perto, mas nossas perseguidoras estavam muito próximas agora. Podia ouvir o barulho de seus pés pisando nos seixos e, em seguida, caminhando com dificuldade pelo túnel atrás de nós.

Elas nos alcançariam em instantes, pensei. Seria melhor dar meia-volta e enfrentá-las? O túnel era muito estreito:

apenas uma delas poderia me enfrentar a cada vez. Isso diminuía as probabilidades contra nós. Decidi que, de fato, era hora de encará-las e lutar.

Entreguei a vela para Alice. Depois, segurando o bastão na minha frente num ângulo de quarenta e cinco graus, liberei a lâmina, lembrando-me de tudo que Arkwright me havia ensinado: respire lenta e profundamente e distribua bem o peso. Deixe o inimigo vir até você e dê o primeiro golpe. Esteja preparado para o contra-ataque...

As mênades estavam se preparando para atacar, colocando-se num estado de agitação, enquanto soltavam uma torrente de palavras em grego. Não podia entender o que falavam, mas apreendi o sentido geral. Elas estavam me dizendo o que pretendiam fazer comigo:

— *Arrancaremos seu coração! Beberemos seu sangue! Comeremos sua carne e trituraremos seus ossos!*

A primeira mênade correu em minha direção, brandindo uma faca e uma estaca de madeira de aparência sinistra. Seu rosto se contorcia, expressando algo mais que raiva. E ela avançou. Dei um passo para trás e a derrubei com um golpe forte na têmpora. A mênade que estava atrás dela partiu para cima de mim com mais cautela. Tinha olhos de louca, mas um rosto astuto, e esperava que eu fizesse o primeiro movimento. Não brandia nenhuma arma; suas mãos estavam bem abertas na frente dela. Se conseguisse me agarrar, começaria, sem perda de tempo, a quebrar meu corpo em pedaços. As outras se apressariam em ajudar, e esse seria o meu fim.

Ela abriu os lábios inchados, revelando as presas pontiagudas; foi então que um fedor nauseante soprou em minha direção — e era muito pior que o bafo de uma feiticeira que usava a magia de sangue ou de ossos. As mênades se alimentavam de carne putrefata, além de carne fresca, e viam-se tiras de carne podre entre seus dentes.

De repente, ouvi uma batida alta em algum lugar acima de mim — mas não tinha relação com as mênades. Quase que imediatamente, ouviu-se uma resposta, muito mais alta e próxima. Os sons começaram a aumentar num crescendo ensurdecedor. Em poucos segundos, espalharam-se ao nosso redor, transformando-se numa cacofonia de batidas ritmadas na pedra. E as batidas estavam ficando cada vez mais altas, até se tornarem um ribombar insistente e ameaçador.

A mênade perdeu a paciência e correu em minha direção. Usei meu bastão como uma lança, atingindo-a no ombro. Ela deu um guincho e cambaleou para trás. De uma só vez — provavelmente, por causa do ribombo — as pedras começaram a cair ao nosso redor, e ouvimos um estrondo ameaçador vindo do alto.

Alguma coisa me atingiu com um golpe de través na cabeça, e caí para trás, um pouco assustado. Fiz um esforço para me pôr de joelhos e avistei de relance o rosto apavorado de Alice; em seguida, o túnel veio abaixo com um rugido surdo e prolongado, dissonante e opressivo, e tudo ficou escuro.

Abri meus olhos e vi Alice curvada sobre mim. A vela queimara até quase o fim e agora restava pouco mais que um toco. Senti um gosto amargo na boca. Um pedaço de folha estava debaixo da minha língua — devia ser alguma erva curativa da algibeira de couro de Alice.

— Estava ficando preocupada, estava mesmo — observou. — Você ficou inconsciente durante horas.

Ela me ajudou a ficar de pé. Eu tinha uma dor de cabeça terrível e um galo do tamanho de um ovo no alto da cabeça. Mas não havia sinal de nossas agressoras.

— As mênades estão enterradas debaixo daquela pilha de cascalho, Tom; portanto, estamos seguros por enquanto.

— Vamos torcer que sim, Alice... elas são realmente muito fortes, e, se uma delas tiver sobrevivido, irá começar a mover aquelas rochas para nos pegar.

Alice assentiu e lançou um olhar às pedras que caíram.

— Fico imaginando que sons eram aqueles...

— Não gosto de pensar nisso, mas não importa qual tenha sido a causa, provavelmente também fez o túnel ruir.

— Precisamos encontrar um meio de sair daqui rápido, Tom. Essa vela não irá durar muito tempo.

Isso, se houvesse uma outra saída. Se não houvesse, tudo estaria acabado. Nunca seríamos capazes de deslocar as pedras que haviam caído. Alguns blocos eram grandes demais mesmo para nós dois os erguermos.

Continuamos descendo o túnel da maneira mais rápida que podíamos: a vela estava começando a derreter. Em breve, ficaríamos no escuro; talvez, nunca voltássemos a ver a luz do dia.

Foi então que percebi que a vela não estava bruxuleando apenas porque diminuía de tamanho. Ar fresco soprava na nossa direção. Mas será que a abertura nas rochas era grande o bastante? Foi o que me perguntei. Conseguiríamos passar por ela? Minhas esperanças cresceram. E, sim! Pouco depois, vimos luz à nossa frente. Então *havia* uma saída!

Minutos depois, gratos por estarmos livres do que poderia ter sido nossa sepultura, saímos em uma trilha alta. A encosta estava iluminada pela Lua, que se tornara mais pálida com a aproximação da aurora. Peguei o toco de vela da mão de Alice, soprei-o e enfiei-o no bolso da calça, para o caso de precisar dele depois. Então, sem dizer nem uma palavra, continuamos caminhando para o leste ao longo da senda que nos conduzia ainda mais profundamente nas montanhas.

Tínhamos que continuar avançando e encontrar um caminho através das montanhas para a planície do outro lado. Eu só esperava que minha mãe e os outros tivessem sobrevivido ao ataque das mênades. Se ainda estivessem vivos, continuariam a jornada até Meteora e nós os encontraríamos lá.

CAPÍTULO 12
LÂMIAS

Por fim, chegamos a uma bifurcação no caminho. As duas trilhas conduziam rumo ao leste, na direção da planície, mas qual delas deveríamos seguir?

— Qual desses caminhos, Alice? — indaguei.

Ela, por sua vez, farejou cada um deles.

— Não temos muita escolha — respondeu, franzindo a testa. — Nenhum deles é seguro. Esse é um lugar muito perigoso, com certeza.

— Que tipo de perigo?

— Lâmias. Um monte delas...

As lâmias escondiam-se em passagens como aquela, atacando os viajantes. Ao pensar nelas, fiquei muito nervoso — eu me lembrava do que Mab tinha previsto: Alice seria morta por uma lâmia ferina durante a jornada em direção à Ord. Estava em dúvida se deveria contar para Alice ou guardar segredo sobre aquilo. Mas por que deveria lhe dizer? Foi o que me perguntei. Ela estava alerta à ameaça das lâmias, de qualquer modo, e saber o que aconteceria certamente iria fazê-la ficar ainda mais preocupada.

Mas eu ainda temia que Mab estivesse certa.

— Talvez nós devêssemos ficar aqui por algum tempo, Alice — sugeri, erguendo os olhos para o céu, que já estava clareando. — O sol nascerá daqui a poucos instantes. Não falta nem meia hora para a aurora.

As lâmias não suportam a luz do sol — nesse momento, estaríamos em segurança —, mas Alice balançou a cabeça. — Desconfio que elas já nos farejaram. Elas saberão que estamos aqui, Tom. Se ficarmos parados, elas nos atacarão de todos os lados — e podiam chegar antes mesmo do nascer do sol. Melhor continuarmos andando.

O que ela dizia fazia sentido; portanto, num impulso, escolhi a trilha à minha esquerda. Ela subia íngreme durante algum tempo, antes de descer até um pequeno vale, onde rochedos escarpados se erguiam em direção ao céu, de ambos os lados. Mesmo quando o Sol estivesse alto no céu, essa região permaneceria na sombra. Enquanto descíamos com dificuldade, a Lua pálida sumiu de nossa vista, e comecei a ficar nervoso. À nossa direita, estava a entrada escura de uma pequena caverna. Então, comecei a perceber a plumagem dispersa ao nosso redor.

Eu já tinha visto essa plumagem no Condado. Era um sinal de que lâmias ferinas estavam por perto. Quando presas humanas não se mostravam disponíveis, elas se alimentavam de criaturas menores, como camundongos e pássaros, usando magia negra para mantê-los parados, enquanto rasgavam seus corpos e bebiam seu sangue.

Pouco depois, para meu horror, vimos mais sinais de perigo: uma segunda caverna e pedaços de pássaros mortos — asas, bicos, cabeças e pernas —, espalhados sobre as pedras manchadas de sangue, do lado de fora. Percebi, porém, que os restos eram antigos; não eram presas recentes.

— Pegamos a trilha errada, Alice! Precisamos voltar!

— Voltar ou andar muito mais rápido — argumentou ela, mas era tarde demais...

Ouvimos um silvo assustador e nos viramos, deparando com uma criatura grande correndo precipitadamente pela trilha de pedras bem atrás de nós. Era uma lâmia ferina. A criatura que era, pelo menos, uma vez e meia mais alta que eu estava apoiada nas quatro patas finas com as mãos grandes abertas, e cada um dos compridos dedos terminando em uma garra pontiaguda, de aparência mortal. Os cabelos compridos e gordurosos desciam sobre as costas com escamas e também por toda a face. O que podia ver de seus traços me indicou que a situação podia ser ainda pior. Não era a face inchada de uma feiticeira lâmia que tivesse se alimentado recentemente, tornando-se lenta e menos agressiva. Não. Era descarnada, cadavérica, e os olhos inchados estavam esbugalhados, mostrando uma fome voraz.

Girei, colocando-me na frente de Alice, e ergui meu bastão — as lâmias não gostavam de sorveira-brava. Dei um golpe forte e rápido na cabeça da criatura. Ouviu-se uma pancada abafada, quando a extremidade a atingiu e a lâmia recuou, silvando com raiva.

Continuei atacando, golpeando-a repetidas vezes. Foi então que ouvi outro silvo irritado atrás de mim: virei-me e vi uma segunda lâmia avançando na direção de Alice. Imediatamente, uma terceira caminhou com passos rápidos sobre um grande pedregulho à nossa direita.

A sorveira-brava não seria suficiente agora, por isso, pressionei o recesso próximo ao topo do bastão e, com um clique agudo, a lâmina retrátil emergiu da extremidade.

— Fique bem atrás de mim, Alice! — gritei. Se eu pudesse forçar a lâmia a voltar para o local onde a trilha se alargava, poderíamos passar por ela correndo e escapar.

Sem perda de tempo, impeli meu bastão com força na direção da lâmia à minha frente. Minha mira foi certeira, e a lâmina rasgou seu ombro direito, liberando um esguicho de sangue negro. A criatura gritou e se encolheu; então, avancei mais uma vez, golpeando-a com rapidez e mantendo-a afastada, tentando ficar concentrado. As lâmias têm uma velocidade incrível, e esse recuo lento poderia, a qualquer momento, transformar-se num rápido ataque frenético. Em um segundo, a lâmia podia estar em cima de mim, com as garras pregadas em meu corpo e os dentes vorazes mordendo a minha carne. Por isso, eu tinha que me concentrar e aguardar a chance de enfiar minha lâmina direto em seu coração. Dando um passo de cada vez, continuei a avançar. *Concentre-se!* — foi o que disse a mim mesmo. *Preste atenção! Concentre-se! Esteja pronto para o primeiro sinal de movimento.*

De repente, ouvi um grito atrás de mim. Alice. Lancei uma rápida olhada por cima do ombro. Ela não estava em parte alguma! Afastando-me da lâmia ferida, comecei a correr de volta ao longo da trilha, na direção do grito. Não havia sinal dela, e parei no meio do caminho. Será que eu me afastara tanto assim?

Desesperado, com o coração disparado e temendo que o pior tivesse ocorrido a Alice, rapidamente refiz meus passos até chegar a uma fissura na rocha. Viam-se penas e pedaços de pássaros no chão, diante dela. Será que Alice tinha sido arrastada para dentro da fissura? Um grito em seu interior confirmou aquela possibilidade, mas sua voz soou distante e, de certo modo, abafada. Esgueirei-me para dentro da abertura e avancei direto para a obscuridade crescente. Cheguei a outra caverna, muito menor que as outras — era apenas um buraco escuro que descia íngreme terra a dentro.

De repente, vi Alice olhando para trás, na minha direção. Seus olhos se fixaram nos meus e vi o medo, a dor e o desespero dela. As garras da lâmia estavam apertando seu ombro direito e havia sangue em sua garganta. A criatura arrastara-a para baixo, puxando-a pela cabeça mais fundo ainda em seu covil. A última coisa que vi foi o tornozelo esquerdo de Alice e o sapato de bico fino desaparecendo de minha vista. Tudo aconteceu muito rápido: antes que pudesse me mover, ela já se fora.

Corri na direção da abertura, joguei o bastão no chão, ajoelhei-me e enfiei a mão esquerda no buraco, em uma tentativa desesperada de agarrar o tornozelo de Alice. Mas ela já fora arrastada para muito longe. Enfiei a mão nos bolsos, procurando o toco de vela e a pederneira. Eu iria precisar de um pouco de luz para segui-la no escuro. Senti um bolo se formar na minha garganta. Os dentes da lâmia estavam enfiados bem fundo, e, talvez, a criatura já estivesse começando a drenar o sangue de Alice, pensei. Fora isso que Mab previra. E ela havia dito que ela morreria naquela escuridão. A feiticeira chuparia o sangue dela até o coração parar.

Ouvi o barulho de alguma coisa arranhando mais embaixo. Provavelmente, eu havia chegado tarde demais. Nervoso e temendo o que aconteceria com Alice, de repente, lembrei-me do desejo obscuro que Grimalkin me havia dado. Era errado usá-lo — pois significava invocar as trevas. Mas que escolha eu tinha? Como podia ir embora e deixar Alice morrer, quando eu tinha o poder de salvá-la? Lágrimas surgiram em meus olhos e minha garganta se fechou com a emoção. Eu não podia imaginar a vida sem Alice. Tinha que fazer isso.

Mas será que usá-lo salvaria Alice? Ele seria forte o suficiente?

— Desejo que Alice fique sã e salva! — gritei, e então repeti o desejo rapidamente, como Grimalkin havia me instruído. — Desejo que Alice fique sã e salva!

Não sei o que esperava que acontecesse. Sem dúvida, não imaginava que Alice simplesmente apareceria sã e salva a meu lado. Eu tinha esperança de vê-la rastejando desde o covil da lâmia até chegar a um local seguro. Mas tudo que pude ouvir foi o queixume do vento. Grimalkin dissera que o desejo continha anos de poder armazenado. Sem dúvida, alguma coisa deveria ter acontecido, não é?

Mas nada ocorrera — absolutamente nada —, e meu coração foi parar nas minhas botas. O desejo não havia funcionado. Será que eu tinha feito algo errado? Olhei para a abertura do covil da lâmia, e o arrependimento deu um nó em meu estômago. Por que eu perdera meu tempo, usando aquele desejo? Por que eu fora tão tolo? Eu deveria ter acendido minha vela e rastejado atrás dela.

Abri a pederneira, e foi então que percebi alguma coisa atrás de mim, à minha direita, e me lembrei da terceira lâmia. Na ânsia de salvar Alice, eu havia me esquecido completamente dela! Girei...

Mas não era a lâmia. Não. Era uma coisa muito pior. De pé ali, sorrindo para mim, estava o próprio Maligno.

Ele tinha a forma de Matthew Gilbert, o barqueiro que fora assassinado. Matthew fora um homem robusto, de modos tranquilos, com mãos grandes e um sorriso brando. Os dois primeiros botões da sua camisa estavam abertos, revelando o pelo castanho no peito amplo. Cada centímetro dele se parecia com o homem afável que uma vez exercera seu ofício ao longo do canal que levava de Caster a Kendal. Mas o Maligno havia me visitado nessa forma antes; por isso, eu sabia muito bem com quem estava lidando.

— Bem, Tom, hoje é um dia especial, não é? Esperei muito tempo por esse dia. Enfim, você fez uso das trevas.

Dei um passo para trás, alarmado com suas palavras, e balancei a cabeça — embora eu soubesse que estava mentindo até para mim mesmo. Como poderia negar? O Caça-feitiço tinha me avisado que o Maligno tentaria me conquistar para o seu lado, corrompendo-me aos poucos, até que minha alma não fosse mais minha e eu pertencesse a ele. E sugerira que Alice era o meio mais provável para o Maligno alcançar seu objetivo. E agora isso havia acontecido. Eu usara as trevas para salvar Alice.

— Não finja que não aconteceu! Afinal, você acaba de usar um desejo obscuro. Você acha que não sei disso? Quando você usou a magia das trevas, eu soube o que estava acontecendo; por isso, vim imediatamente. O desejo já salvou Alice. Em breve, ela estará com você — assim que eu sair e permitir que o tempo volte ao ritmo normal. Você já pode se mover, mas ninguém mais pode. Olhe ao seu redor — talvez você passe a acreditar em mim...

O Maligno podia alterar o fluxo do tempo; algumas vezes, podia interrompê-lo completamente. Ergui os olhos para a fissura na rocha e vi um pássaro, uma espécie de falcão, voando bem alto, próximo ao despenhadeiro mais acima, mas ele não estava se movendo. Estava quieto e parado contra o céu pálido.

— Você teve sorte em fugir e alcançar essas montanhas — continuou o Maligno. — O ataque pegou todos vocês de surpresa. As feiticeiras de Pendle que se opuseram a mim não perceberam a ameaça. Nem mesmo a esperta videntezinha Mouldheel. O poder de sua mãe reduziu-se a nada, pois obscureci a clarividência dela — venho fazendo isso há muitos meses. Como ela espera dominar um inimigo que tem o meu apoio? Diga-me!

Não disse nada. Enfrentar uma criatura tão terrível e poderosa quanto a Ordeen já era ruim o bastante. Mas, por trás dela, pronto a usar seu poder, que era muito maior que o dela, estava o Maligno. Minha mãe não podia ter esperança de derrotá-lo. Toda a ideia parecia destinada ao fracasso.

— Você ficou em silêncio, Tom. Sabe que estou certo. Então, agora, eu lhe direi mais. Explicarei como as coisas estão ruins. Em pouco tempo, será seu aniversário — você completará quinze anos, não é?

Não respondi, mas ele tinha razão. No dia 3 de agosto, eu ia completar quinze anos, e isso aconteceria em menos de uma semana.

— Sua mãe confia em você para levar adiante o esquema fadado ao fracasso — continuou ele. — Você quer saber o papel que desempenhará nessa tolice?

— Eu confio em minha mãe — respondi. — Sou filho dela e farei tudo o que ela quiser.

— Tudo? Isso é muita generosidade de sua parte, Tom. Muita mesmo. Mas você precisará ser generoso — extremamente generoso —, pois ela precisa muito de você. De sua vida, para falar a verdade. No seu décimo quinto aniversário, você será sacrificado para satisfazer a necessidade desesperada de vitória de sua mãe.

— Você está mentindo! — gritei, tremendo de raiva. — Minha mãe me ama. Ela ama a todos os filhos. E jamais faria uma coisa dessas!

— Jamais faria, Tom? Nem mesmo para o bem maior? Pessoas podem ser sacrificadas. Ela acredita na luz e está disposta a qualquer coisa para derrotar as trevas. Até a sacrificar o que mais ama. Até a sacrificar você, Tom. É isso que ela pretende fazer!

— Ela não faria isso. Simplesmente, não faria...

— Não? Tem certeza? Um sacrifício de sangue especial poderia lhe dar uma chance. E seu sangue é muito especial, Tom. O sangue de um sétimo filho de um sétimo filho...

Não respondi. Já havia dito o suficiente.

O Maligno estava se divertindo com a minha inquietação.

— E não é apenas isso — continuou ele. — Você também é o filho de sua mãe. E ela não é humana. Você sabe o que ela é? — Ele abriu um sorriso. — Ela já lhe contou, posso ver isso. Você é tão fácil de ler, Tom — como um livro aberto. Então, você sabe o que ela fez no passado. Como ela já foi cruel e sanguinária. Ela foi uma verdadeira serva das trevas. E, apesar da conversão à luz, está voltando à forma original. Pense em como será fácil para uma criatura assassina como ela sacrificar você por uma causa na qual acredita!

Tudo começou a escurecer e senti que estava caindo através do espaço — prestes a experimentar algum terrível impacto. Era como se eu tivesse sido jogado de um penhasco, e estivesse caindo sobre as rochas mais abaixo. Estava apavorado, esperando ser feito em pedaços a qualquer segundo.

CAPÍTULO 13
MEU SANGUE

Meu corpo inteiro subitamente sofreu um espasmo, mas não senti dor alguma. Abri os olhos e pisquei por causa da intensidade da luz do sol. Era o fim da manhã. Sentei-me muito ereto e olhei ao redor. Meu bastão estava do meu lado.

De repente, as lembranças vieram num turbilhão. Alice! A caverna!

De um salto, fiquei de pé. Estava numa trilha da montanha com despenhadeiros íngremes nos dois lados. Impossível dizer se era ou não o mesmo trajeto que eu estivera seguindo na noite anterior, mas não havia sinal da fissura na rocha com a caverna da lâmia, nem evidência dos restos de comida.

— Tom!

Virei-me e vi Alice caminhando ao longo da trilha na minha direção, e as lágrimas desciam por seu rosto. Achei que ela estava morta; então, sem pensar duas vezes, corri para ela e a envolvi com meus braços. Todas as minhas dúvidas desapareceram. Que me importava a opinião do Caça-feitiço? Naquele momento, depois de tudo que havíamos passado, eu não ligava. Alice retribuiu meu abraço e, durante um longo tempo, não nos movemos, até que ela deu um passo para trás, afastando-se um pouco de mim, e suas mãos repousaram de leve sobre meus ombros.

— Oh, Tom, a última noite realmente aconteceu? Estava escuro e os dentes da lâmia me rasgavam. Fui ficando cada vez mais fraca com a perda de sangue e pensei que estava tudo acabado. Que eu estava morrendo. Depois, no momento seguinte, o sol começou a brilhar. E não havia marca alguma em meu corpo. Será que foi apenas um pesadelo?

— Isso realmente aconteceu — respondi. — Mas, veja, Grimalkin me deu dois presentes — uma faca e um desejo obscuro. Então, quando a lâmia arrastou você para o covil, usei o desejo para salvá-la. Depois, seu pai apareceu.

Contei, então, o que o Maligno havia dito — até onde podia me lembrar; como ele me dissera que eu deveria ser sacrificado. Mas ainda não contara a Alice que mamãe era a Lâmia original. Não podia dizer isso em voz alta. Doía demais.

— Ele apenas está fazendo joguinhos conosco — falou Alice com voz amarga. — Está usando tudo para tirar vantagem, como sempre. E quanto a você ser um sacrifício — não dê importância a essa ideia. Sua mãe arriscou tudo para protegê-lo. Mesmo na noite passada, ela mandou você fugir para longe do perigo. Ele está mentindo, Tom. Como sempre faz...

— Talvez. Mas ele não estava mentindo, na primavera do ano passado, quando me contou que você era filha dele, não é? E o que disse na noite passada é possível. Embora mamãe me ame, ela poderia muito bem me sacrificar e suportar a dor — se isso trouxesse a vitória. Talvez ela esteja me protegendo para que possa me sacrificar, quando precisar.

— Sua mãe não faria isso, Tom.

— Nem mesmo se fosse a única maneira de derrotar as trevas? Lembre-se, ela me deu à luz por alguma razão. Uma vez, disse ao Caça-feitiço que eu era seu "presente para o Condado". Eu fui gerado com um objetivo.

— Mas ela lhe perguntaria primeiro. Assim como pediu que você lhe desse o dinheiro dos baús e viesse até a Grécia com ela.

Fiz uma pausa, lembrando-me do amor de minha mãe pela família.

— Acho que você está certa, Alice. Se tiver que acontecer, então, ela me pedirá.

— E o que você diria, Tom?

Não respondi. Eu nem mesmo queria pensar a respeito.

— Nós dois sabemos que você diria sim.

— Mas, de qualquer modo, isso seria em vão — falei com amargura. — O Maligno dará seu apoio à Ordeen, oferecendo-lhe todo seu poder, enquanto enfraquece o de minha mãe. Ele já fez isso com ela. Agora ela não consegue mais ver o futuro. Por isso precisa de Mab. Mesmo se a Ordeen fosse derrotada, ainda teríamos que lidar com o Maligno. Tudo isso parece inútil.

Sem dizer nem mais uma palavra, partimos novamente rumo ao leste, seguindo a trilha sinuosa através das montanhas. Passou-se um longo tempo, antes de voltarmos a falar.

Por fim, descemos em meio a uma floresta de pinheiros; em seguida, percorremos a planície árida rumo a Meteora. Eu sabia que os mosteiros haviam sido construídos sobre rochas altas; portanto, mesmo que vagássemos muito para o sul, ainda conseguiríamos vê-los a uma boa distância.

No segundo dia de nossa jornada, pensamos ver a poeira erguendo-se para o céu, no horizonte. Podia ter sido o grupo de minha mãe — ou, talvez, as mênades que os haviam atacado. Assim sendo, para evitar o risco de sermos capturados, mantivemos distância.

Então, na direção noroeste, vimos as rochas de Meteora. Quanto mais nos aproximávamos, mais espetaculares elas pareciam. Erguendo-se em meio a bosques de árvores e arbustos, assomavam acima de nós imensos pilares de pedra, esculpidos pelos elementos. E, nos cumes, estavam os famosos mosteiros. Parecia impossível que as construções pudessem ter sido feitas em alturas tão perigosas, sem mencionar a dificuldade de torná-las seguras o bastante para resistirem à destruição causada pelo clima e pelo tempo.

A pequena cidade murada de Kalambaka ficava no sopé das rochas, fazendo limite, ao sul, com os olivais. Cobrindo os olhos contra o sol, examinei o horizonte. Mamãe temera que pudéssemos chegar tarde demais, mas ainda não havia nenhum sinal da cidadela da Ordeen.

Contornamos a cidade e fizemos acampamento bem no fundo dos bosques sob os rochedos, escondendo-nos de quaisquer observadores. Somente os monges podiam olhar para nós, de suas fortalezas.

A cidade estava iluminada por lanternas penduradas em cordas entre as casas; elas se moviam para frente e para trás, quando o vento soprava. Na primeira noite, passamos algumas horas a observá-las: as estrelas, acima de nós, giravam lentamente no céu, de leste para oeste, ao mesmo tempo que, mais embaixo, as lanternas dançavam. Também fizemos uma boa refeição. Alice pegou alguns coelhos, e eles estavam tão suculentos quanto qualquer outro do Condado.

Na segunda noite, enquanto comíamos, Alice farejou perigo e ergueu-se com rapidez, levando um dedo aos lábios. Mas o aviso veio tarde demais.

Um vulto imenso saiu das árvores na direção da clareira onde comíamos. Ouvi uma baforada e um som metálico e, nesse momento, a lua crescente saiu de trás de uma nuvem, revelando uma aparição prateada e cintilante, diante de nosso olhar surpreso.

Era um cavaleiro trajando uma cota de malha, duas grandes espadas presas à sela. E que cavalo! Não se tratava de um animal de trote pesado, como os animais que costumavam arrastar os batelões ou puxar as carroças no Condado; era um cavalo puro-sangue, delicado e de porte majestoso, com um pescoço arqueado e um corpo adequado para correr. O cavaleiro era um guerreiro, da cabeça aos pés; tinha nariz aquilino e maçãs do rosto altas, cabelos compridos e um bigode volumoso, que lançava uma sombra sobre a boca.

O cavaleiro desembainhou a espada e, por um momento, pensei que sua intenção fosse nos atacar, mas ele indicou que deveríamos sair da clareira. Não discutimos; apenas demos meia-volta e nos dirigimos para as árvores.

Ao amanhecer, percebemos que o guerreiro era um batedor abrindo caminho para seus seguidores. Um grupo grande — havia, pelo menos, mil deles — estava se aproximando através da planície. As armaduras brilhavam ao sol como prata polida, e a poeira erguia-se atrás deles como nuvens de tempestade. Eles pareciam temíveis.

Montaram acampamento no limite das árvores bem ao norte da cidade. Estava curioso para saber quem eram eles.

— Você acredita que tenham alguma coisa a ver com a Ordeen, Alice? Será que eles também a apoiam?

— Não tenho certeza, Tom, mas sua mãe nunca mencionou guerreiros inimigos como esses, não é? Ela apenas comentou que iria contratar mercenários para nos proteger contra as mênades. Poderiam muito bem ser eles. Nesse caso, estariam do nosso lado. Mas eu não esperava tantos assim.

— Seria bom pensar assim, mas não podemos nos arriscar a chegar perto deles.

Por isso, mantivemos nossa distância, recuando ainda mais na direção das árvores e imaginando quem seriam — amigos ou inimigos. Enquanto esperávamos, Alice virou-se para mim, enfiou a mão no bolso do vestido e tirou de lá um pequeno cântaro de barro. Era o cântaro de sangue que ela havia me mostrado, certa vez, no Condado.

— Andei pensando muito no Maligno, ultimamente — disse ela. — Poderíamos mantê-lo longe — de você, pelo menos —, usando isso.

Eram dois os métodos empregados pelas feiticeiras para manter o Maligno longe delas. Um era lhe dar um filho. Grimalkin fizera justamente isso e, como resultado, ele era obrigado a manter distância dela. O outro era usar um cântaro de sangue. Alice dizia que este cântaro continha algumas gotas de sangue da feiticeira da água, Morwena, que morrera e que também era filha do Maligno. Se sangue dela fosse misturado ao meu, e eu o levasse comigo, ele não poderia se aproximar.

Balancei a cabeça, decidido. Eu já havia usado as trevas — com o desejo obscuro — e isso era ruim o bastante. Pouco a pouco, estava acontecendo: os temores do Caça-feitiço começavam a se tornar realidade. Eu estava cedendo. Em seguida, um pensamento invadiu minha mente. Lembrei-me do que meu mestre tinha dito alguns meses atrás, depois que lhe contara que Alice poderia ser filha do Maligno. Ele havia sugerido que ela não poderia ter tirado sangue de Morwena e que, provavelmente, apenas usara seu próprio sangue. O sangue de qualquer um dos filhos do Maligno resolveria.

— É seu sangue no cântaro, não é, Alice?

Por um momento, ela pareceu prestes a protestar; em seguida, assumiu uma expressão de desafio.

— Sim, Tom, *é* meu sangue. Você se sente melhor agora que sabe a verdade? Está satisfeito por descobrir que sou uma mentirosa? Bem, se é o sangue de Morwena ou o meu, não faz a menor diferença. Misture algumas gotas do seu sangue com ele e, sempre que você estiver com o cântaro, não terá que voltar a enfrentar nada como naquela noite nas montanhas, não é?

Baixei os olhos.

— E tem mais uma coisa — continuou ela. — Teríamos que ficar juntos para sempre, nesse caso. O cântaro de sangue protegeria você — e a mim também, se ficasse perto de você. Mas, se eu me afastasse dele, o Maligno estaria atrás de mim em um minuto para se vingar, pois saberia o que eu teria feito. Eu não me importaria nem um pouco de ficar perto de você, Tom. Na verdade, até ia gostar. E precisamos tirar vantagem de tudo que pudermos. De qualquer coisa que nos dê uma chance.

— Sei que você fez isso com a melhor das intenções, Alice, por isso não vou brigar com você. Mas isso não muda nada. Ainda me sinto da mesma maneira — não posso me arriscar a voltar a usar as trevas. E você acha que seria bom ficarmos presos assim? Eu sempre teria medo de que algo pudesse nos separar. Não ousaria perdê-la de vista! Como poderíamos viver dessa maneira?

Eu não me importava de acrescentar que, provavelmente, nós nos separaríamos assim que voltássemos ao Condado — caso conseguíssemos sobreviver a essa batalha. Se eu continuasse como aprendiz do Caça-feitiço, não haveria modo de meu mestre permitir que Alice voltasse a morar conosco em Chipenden.

Alice assentiu com tristeza e enfiou o cântaro no bolso mais uma vez.

Uma hora depois de amanhecer, Alice sentou-se muito ereta, apontando para algo ao longe.

— Olhe lá! — falou, virando-se para mim. — Acho que estou vendo a carroça de sua mãe!

Forçando os olhos, examinei o limite mais distante do acampamento dos guerreiros. Finalmente, vi o que poderia ser uma carroça escura.

— Você tem certeza, Alice? — indaguei.

— É difícil ver daqui, mas acho que sim — respondeu ela.

Eu ficara me atormentando, imaginando como poderia resgatar minha mãe de um tal bando de captores, mas então meus temores se dissiparam de uma vez. Alice, afinal, estava certa. Continuei observando e, após algum tempo, um pequeno grupo deixou o acampamento a pé e caminhou na direção das rochas. Uma mulher estava à frente deles. Uma mulher — usando um pesado véu e com a cabeça coberta sob a luz do sol.

— É sua mãe, Tom! Tenho certeza disso! — gritou Alice.

Um pouco mais atrás do vulto com capuz, caminhava um homem com um bastão. Pelo andar, eu podia dizer que era o Caça-feitiço. Outros os seguiam a distância. Reconheci Seilenos e mais dois dos membros da escolta, que nos havia encontrado em Igoumenitsa. Se, de fato, fosse minha mãe, ela não parecia ser, de modo algum, uma prisioneira.

Descemos, passando entre as árvores até o campo aberto. O vulto com o véu nos viu e imediatamente acenou, fazendo um gesto para que nos aproximássemos. Quando chegamos mais perto, afastou o véu, dando as costas para o sol. Alice tinha razão. Era minha mãe.

Ela sorriu — embora parecesse um pouco intimidada e formal. Havia uma ferocidade em seus olhos, e, sob o brilho da luz do sol, seu rosto parecia ainda mais jovem que antes. As linhas tênues ao redor de sua boca também tinham desaparecido.

— Muito bem, Alice — disse ela. — Você fez muito bem em buscar um lugar seguro para os dois. Por algum tempo, foi um combate difícil, mas enfrentamos as mênades, até que estes guerreiros viessem em nosso auxílio. São mercenários, contratados com parte do dinheiro que você me devolveu, filho. Estavam cavalgando para o oeste para nos encontrar e chegaram bem a tempo de expulsar nossas inimigas. Como disse, Tom, as mênades são numerosas e precisaremos desses homens, se quisermos mantê-las longe de nós e terminarmos nossa jornada.

— Todos estão bem? — indaguei. — Onde está Bill Arkwright?

— Sim, rapaz — respondeu o Caça-feitiço. — Apesar de alguns cortes e pequenos arranhões, todos estão bem. Bill está discutindo a estratégia com o líder dos mercenários. Eles estão planejando qual a melhor maneira de distribuir nossas forças, ao nos aproximarmos da Ord.

— Agora, venham conosco — ordenou minha mãe. — Não temos tempo a perder. Vamos visitar um dos mosteiros. Precisamos saber de algumas coisas.

— É aquele mosteiro, mamãe? — falei, apontando para a construção mais próxima, que se erguia em um alto cume à nossa direita.

— Não — respondeu ela, balançando a cabeça e voltando a cobrir o rosto com o véu que a protegia. — Aquele se chama Agios Stephanos (Santo Estêvão); embora seja espetacular e esteja mais próximo da cidade, não é o mais alto, nem o mais importante. Não. Temos uma longa jornada à nossa frente.

Caminhamos durante horas, sempre tendo à nossa frente os impressionantes penhascos e cumes arredondados de Meteora. Finalmente, aproximamo-nos de um mosteiro imponente, construído sobre uma rocha ampla e alta.

— Bem à nossa frente, está Megalos Meteoros (Grande Mosteiro ou Mosteiro da Transfiguração) — disse minha mãe. O maior mosteiro de todos. Tem 187 metros de altura, quase duas vezes a altura do campanário da Catedral de Priestown.

— Como foi que conseguiram construir uma coisa assim numa rocha tão alta? — perguntei, olhando para cima, espantado.

— Contam-se muitas histórias, filho — disse minha mãe —, mas parece que esse mosteiro foi fundado por um homem chamado Athanasios, há centenas de anos. Os monges viveram em cavernas das redondezas durante um longo tempo, e este foi o primeiro mosteiro a ser construído. Uma das histórias conta que Athanasios voou nas costas de uma águia para chegar ao topo... — E apontou para o local em que duas águias voavam bem acima de nós.

— Essa história é parecida com a de Héracles jogando a grande rocha! — falei com um sorriso.

— Sem dúvida, é parecida, Tom. É mais provável que ele tenha recebido ajuda dos habitantes locais, que sabiam muito bem como escalar as pedras.

— Então, como chegaremos lá no alto?

— Existem escadas, Tom. Um monte delas. Será uma subida difícil, mas imagine como deve ter sido difícil escavá-las na rocha. Apenas o sr. Gregory, você e eu subiremos. Alice deverá esperar aqui. Os monges me conhecem bem — conversei com eles muitas vezes —, mas mulheres não costumam ser bem-vindas lá em cima.

A escolta aguardou embaixo, junto com a desapontada Alice, enquanto eu seguia minha mãe e o Caça-feitiço nos degraus de pedra. Não havia corrimão, e uma queda brusca nos ameaçava de um dos lados. Por fim, chegamos a uma porta de ferro incrustada na rocha. Um monge a abriu e nos deixou passar em direção a mais lances de degraus íngremes. Então, chegamos ao cimo e vimos uma grande cúpula mais à frente.

— Esse é o *katholicon* — disse minha mãe com um sorriso.

Eu conhecia aquela palavra, que significava igreja ou capela principal.

— É para lá que estamos indo?

— Não. Vamos visitar o padre superior em seus aposentos privados.

Fomos conduzidos até uma pequena construção e, em seguida, para o interior de uma cela espartana, onde um monge, com um rosto acinzentado e delgado e a cabeça ainda mais raspada que a de Bill Arkwright estava agachado no chão de pedra. De olhos fechados, ele mal parecia respirar. Olhei para as paredes nuas de pedra e para a palha no canto que servia de cama — não eram os aposentos que eu imaginara para um padre tão importante, que dirigia o mosteiro.

A porta se fechou atrás de nós, mas o padre superior não esboçou nenhum gesto de reconhecimento, nem se moveu. Minha mãe pôs um dedo sobre os lábios para indicar que deveríamos permanecer em silêncio. Foi então que vi os lábios do monge se moverem de leve e percebi que ele estava rezando.

Quando, finalmente, abriu os olhos e, por sua vez, nos observou, vi que eles tinham a cor dos jacintos que iluminam os bosques do Condado na primavera. Ele fez um gesto para que nos aproximássemos dele; por isso, sentamos no chão ao mesmo tempo que o fitávamos.

— Este é meu amigo, o sr. Gregory, um inimigo das trevas — disse mamãe, fazendo um gesto com a cabeça na direção do Caça-feitiço.

O monge esboçou um sorriso. Em seguida, seus olhos fixaram-se nos meus.

— É seu filho? — indagou. Ele falava em grego, em um dialeto que consegui entender.

— Sim, padre — respondeu minha mãe, falando o mesmo idioma —, este é meu filho mais jovem, o sétimo, Thomas.

— Vocês têm um plano para entrar na Ord? — indagou o monge, virando-se mais uma vez para minha mãe.

— Se o senhor pudesse usar sua influência para persuadi-los a desistir, alguns de meus companheiros poderiam assumir o lugar da delegação de Kalambaka.

O monge franziu a testa.

— Para quê? — indagou. — O que você esperaria obter, correndo um tal risco?

— Alguns dos servos da Ordeen já estarão acordados quando a Ord aparecer pela primeira vez... somente aqueles que recebem a delegação. Desviaremos sua atenção e, enquanto eles estiverem distraídos, um grande ataque será preparado. Temos esperança de chegar à Ordeen e destruí-la, antes que ela esteja totalmente acordada.

— Você tomará parte no ritual de sangue do sacrifício? Irá tão longe assim?

— Há mais de um modo de romper as defesas da cidadela. Utilizarei o mesmo método empregado pelos antigos — um *cavalo de madeira* — acrescentou minha mãe de maneira misteriosa.

Eu não tinha a menor ideia do que ela queria dizer com aquilo, mas os olhos do monge, de repente, se iluminaram em sinal de compreensão; depois, ele fixou seus olhos em mim mais uma vez.

— O garoto sabe o que deve fazer? — indagou.

Mamãe balançou a cabeça.

— Eu lhe direi quando chegar a hora. Mas ele é um filho leal e obediente e fará o que for necessário.

Senti o coração apertado ao ouvir tais palavras e recordei-me do que o Maligno me dissera. Será que ele tinha dito a verdade? O padre superior usara a expressão "ritual de sangue do sacrifício". Será que eu ia ser sacrificado para obtermos a vitória?

Nesse momento, o Caça-feitiço falou pela primeira vez.

— Parece que muitas coisas não nos foram ditas; sem dúvida, descobriremos muito em breve a pior parte — falou, lançando um olhar desdenhoso à minha mãe. — Mas o que o senhor pode nos dizer, padre? Já houve algum sinal que indicasse com precisão quando a Ord passará pelo portal?

O padre superior balançou a cabeça.

— Não, mas será em breve — em questão de dias e não de semanas, acredito.

— Temos pouco tempo para nos preparar — disse minha mãe, pondo-se de pé. — Devemos nos despedir do senhor. Mas tenho que lhe perguntar mais uma vez, padre — o senhor pedirá à delegação para desistir, de modo que possamos ir no lugar ïeles?

O padre superior fez que sim com a cabeça.

— Farei como vocês me pedem; certamente, ficarão felizes em serem liberados de uma obrigação que, para muitos, constituía uma sentença de morte. Mas, antes de vocês irem, gostaria que ouvissem uma oração — falou ele. — Em particular, o garoto. Percebo que ele não tem ideia do nosso poder.

Assim, seguimos o padre superior desde a cela nua até a magnífica cúpula do *katholicon*. Eu estava um pouco irritado com o comentário dele. Como ele podia saber o que eu pensava? Na verdade, nunca acreditara que as orações pudessem obter coisa alguma, mas sempre acrescentara meu "Amém" quando papai dizia a oração antes do jantar da família. Eu respeitava quem tinha fé e rezava, do mesmo modo como meu pai me ensinara. Havia muitas maneiras de alcançar a luz.

A igreja era esplêndida, com mármore ornado e belos mosaicos. Cerca de uma centena de monges estava de pé, olhando para o altar com as mãos postas, como se já estivessem rezando, embora ainda não tivessem começado. De repente, começaram a cantar. Sua oração era um hino. E que hino!

Eu já ouvira os meninos do coral cantando na catedral de Priestown, mas, em comparação com aquilo, não passava de uma cantoria de taverna. As vozes dos monges se elevavam na cúpula num acorde perfeito, descendo e pairando ali como anjos. Era possível sentir a inacreditável força de todas aquelas vozes cantando em harmonia. Um som poderoso com uma única finalidade.

Será que aquelas orações *realmente* tinham o poder de manter a Ordeen a distância? Ao que parecia, sim. Mas o poder das trevas crescera e, dessa vez, a deusa com sede de sangue não se limitaria à planície. A menos que pudéssemos destruí-la primeiro, ela atacaria o Condado. E as chances de insucesso eram muito altas.

Nós nos despedimos do padre superior e saímos do *katholicon*, enquanto os hinos dos monges se extinguiam atrás de nós. Foi então que tive um relance do rosto do Caça-feitiço. Ele estava contorcido de raiva, tal como estivera quando me deixara no sítio e voltara correndo para Chipenden. Percebi que estava prestes a falar o que pensava; e que minha mãe iria receber todo o poder de seu desprezo.

CAPÍTULO 14

MAUS PRESSÁGIOS

— O ritual de sangue... o que mesmo ele envolve? — indagou o Caça-feitiço, fitando minha mãe com expressão severa.

Estávamos na tenda dela, sentados no chão, formando um círculo. Alice, à minha esquerda, e o Caça-feitiço, à direita. Também estavam presentes Bill Arkwright e Grimalkin. O Caça-feitiço dissera à minha mãe o que achava, assim que chegamos ao acampamento. Com educação, mas de modo firme, pedira para saber exatamente o que todos estávamos enfrentando, em especial, a delegação, chegando a acusar mamãe de omitir informações importantes, das quais precisávamos desesperadamente.

Essa reunião era o resultado de suas palavras duras. Mamãe tinha a expressão triste e séria. Percebi que ela não queria dizer algumas coisas — sem dúvida, não para aquele grupo. Acho que ela teria preferido conversar a sós comigo.

— Não sei de tudo, muito ao contrário — admitiu ela. — O que sei, ouvi em conversas com os sobreviventes das delegações anteriores. Algumas das histórias eram contraditórias, pois suas mentes foram perturbadas pela experiência. Parece que os servos da Ordeen pedem sangue. E irão querer o seu sangue, Tom.

— Meu sangue? Por que irão querer meu sangue?

— Porque você é o mais jovem, filho. Veja, cada vez que a delegação faz uma visita, eles levam o sangue do membro mais jovem. E nós queremos realmente lhes oferecer o seu sangue. Isto é muito importante.

— A senhora espera que seu filho ofereça a própria vida? — indagou o Caça-feitiço com raiva.

Mamãe balançou a cabeça, sorrindo.

— Desta vez, eles não irão matar o doador, embora isso tenha acontecido no passado. Desta vez, apenas receberão um cálice de sangue. — Seu olhar moveu-se do Caça-feitiço para mim. — Você conhece a história da queda de Troia? — perguntou ela.

Balancei a cabeça. Embora ela tivesse me ensinado grego, mamãe falara pouco da terra natal; minha vida na fazenda fora recheada de histórias do Condado, de seus ogros, feiticeiras e guerras.

— Em tempos antigos, nós, gregos, enfrentávamos uma longa e terrível guerra contra Troia — continuou ela. — Sitiamos a cidade durante muitos anos, e nossas forças acampavam do lado de fora dos muros inexpugnáveis. Por fim, nosso povo construiu um grande cavalo de madeira, deixou-o na planície diante de Troia e navegou para casa, fingindo ter desistido da luta. Os troianos acreditaram que o imenso cavalo de madeira era uma oferta para os deuses e o arrastaram para dentro da cidade, começando a comemorar a vitória.

"Mas era um truque. O cavalo era oco e, naquela noite, quando os troianos se retiraram para seus leitos, exaustos e bêbados, depois de beber vinho, os gregos que haviam se escondido no interior do animal saíram sorrateiramente e escancararam os portões da cidade, permitindo que o exército, que havia retornado, entrasse. Em seguida, começou o massacre: Troia foi incendiada, e a guerra, finalmente vencida. Filho, você será meu cavalo de Troia. Enganaremos os servos da Ordeen e romperemos as defesas da Ord."

— Como? — indaguei.

— A Ordeen precisa de um sacrifício com sangue humano para despertar do sono, nas trevas além do portal. Seu sangue a animará, dará vida a ela. Mas o seu sangue também é meu: o sangue da maior inimiga estará correndo nas veias dela. Isso a enfraquecerá, limitando seu terrível poder. E não apenas isso: compartilhar o mesmo sangue transformará vocês em parentes. Você terá acesso a lugares que normalmente não estariam abertos a você. Assim como eu. As defesas da Ordeen — ciladas, armadilhas e outras entidades das trevas — estarão enfraquecidas. Aqueles que a protegem têm sentidos que se harmonizam com o sangue. E podem não considerá-lo — ou a mim — como uma ameaça. É exatamente isso que espero conseguir.

A senhora diz apenas um cálice do sangue de Tom? — perguntou o Caça-feitiço. — Muitas vidas já foram tiradas antes. Por que seria diferente agora? É isso que quero saber!

— É feito um convite para que um membro da delegação se apresente para o combate — respondeu mamãe. — As regras não estão claras, mas se o campeão da delegação vencer, significará que a vida do doador não será exigida.

— O campeão da delegação já venceu alguma vez? — insistiu o Caça-feitiço.

— Normalmente, ninguém corajoso e forte o suficiente se apresenta. Dessa vez, nossa campeã será Grimalkin.

— E se ela perder? — indagou Arkwright, manifestando-se pela primeira vez.

— Eu vencerei — respondeu Grimalkin, tranquila — por isso, não é preciso responder à sua pergunta.

— Isso não é o suficiente! — insistiu ele. — Você não sabe o que irá enfrentar no interior da cidadela. Talvez seja algum demônio; alguma entidade das trevas que não possa ser derrotada por um mortal.

Grimalkin sorriu de maneira sinistra, abrindo os lábios e deixando à mostra os dentes com pontas afiadas.

— Se seus ossos forem cobertos por carne, eu a cortarei. Se respirar, farei cessar a respiração. Caso contrário — falou, encolhendo os ombros —, todos morreremos...

Mamãe suspirou e então, finalmente, respondeu à pergunta de Arkwright.

— Se Grimalkin perder, as vidas de todos os membros da delegação serão confiscadas de imediato, e nosso ataque principal fracassará. Cada um de nós irá perecer, além dos habitantes de Kalambaka e dos monges. Então, daqui a sete anos, a Ordeen estará livre para usar o portal e se materializar onde quiser...

Durante algum tempo, ninguém disse nada. A gravidade do que enfrentávamos e o desastre que seguiria nossa derrota eram terríveis demais de se contemplar. Foi o ex-soldado, Bill Arkwright, que nos tirou de nosso estupor.

—Vamos supor que Grimalkin seja bem-sucedida — começou ele. — No que se refere à nossa abordagem, já discuti a disposição dos mercenários com seus líderes. Não acredito que terão problemas para manter as mênades afastadas. Mas, e quanto ao ataque real? Como o restante de nós entrará na Ord?

— Existe apenas uma entrada que daria ao ataque uma chance real de sucesso — explicou minha mãe. — Cinquenta passos à esquerda do portão principal, no alto do muro, encontra-se uma imensa gárgula. É um crânio com chifres semelhantes aos de um veado, ramificando-se desde a testa. Abaixo dele, há um túnel que conduz para o pátio interno da Ord. É a rota que a delegação percorre para entrar — é o caminho mais fácil para dentro da cidadela. As feiticeiras de Pendle atacarão primeiro. Pouco depois, nossos mercenários deverão conseguir cavalgar e sitiar as defesas interiores.

— E se as defesas forem muitas? — perguntou Arkwright.

— Será um risco que teremos de correr. Se atacarmos cedo o bastante, tudo ficará bem. Como sabemos, os servos da Ordeen, que recebem a delegação, despertam assim que a Ord esfria. Mas estarão distraídos pela delegação e, com sorte, as feiticeiras de Pendle os matarão, assim que beberem o sangue de Tom. Essa é a minha esperança. Quanto ao restante dos servos, ainda teremos algumas horas, antes que fiquem totalmente alertas. Devemos alcançar a Ordeen e matá-la, antes que ela recobre as forças.

— Como quem está do lado de fora saberá que a delegação cumpriu sua tarefa? — indagou Arkwright.

— Grimalkin usará um espelho — falou mamãe.

Vi o rosto do Caça-feitiço ficar tenso, mas ele não disse nada.

— Uma vez dentro da Ord, como saberemos onde encontrar a Ordeen? — perguntei.

Mesmo antes de mamãe balançar a cabeça, pude notar pela expressão em seu rosto que ela não sabia.

— Achamos que ela estará em alguma parte longe das entradas principais, e que seja fácil de defender. É provável que ela esteja dormindo no topo de uma das três torres, mas também existe uma estrutura em forma de cúpula além delas. Uma vez no interior da cidadela, deveremos encontrar a Ordeen, embora ainda tenhamos que combater os habitantes das trevas.

Por um longo tempo após ouvir essas palavras sinistras, ninguém falou. Parecia que tínhamos muito pouca esperança de sucesso, e tenho certeza de que todos compartilhávamos essa opinião; talvez, até minha mãe. Depois, comecei a pensar na delegação. Minha mãe participaria dela?

— E quanto à delegação... quem irá comigo, mamãe?

— Grimalkin, Seilenos e mais dez membros da nossa escolta. Será muito perigoso, e nem todos voltarão. Apenas desejaria poder ir com você e dividir esses perigos, mas a Ordeen e seus servos me conhecem e sabem que sou inimiga deles. Temo que seria reconhecida imediatamente, e nosso plano falharia. No entanto, contei a Grimalkin tudo que sei sobre os prováveis perigos. Por exemplo, vocês passarão por uma mesa cheia de comidas e bebidas — mas não deverão comer ou beber nada. Isso é importante.

— A comida está envenenada? — indaguei.

— Não está envenenada. Está encantada. Está carregada de magia das trevas. Portanto, fique atento — advertiu minha mãe, e sua voz era quase um sussurro. — Não toque na comida nem na bebida. Quem comer a comida da Ordeen poderá nunca mais voltar para casa...

— Se Tom está indo direto para o perigo, então quero ir também! — gritou Alice, falando pela primeira vez.

Minha mãe balançou a cabeça.

— Seu lugar será a meu lado, Alice.

— Não! Isso não é bom o bastante! — disse ela, pondo-se de pé. — Tenho que ficar com Tom.

— Fique longe dele, garota — falou o Caça-feitiço.

— Ficar longe? Ele estaria morto, se não fosse por mim — e todos vocês sabem disso!

— Sente-se! — ordenou minha mãe.

— Não vou me sentar até a senhora me dar o que quero! — retrucou Alice, quase cuspindo as palavras. — A senhora me deve isso! E tem coisas que nem *a senhora* sabe ainda!

Minha mãe ficou de pé para encarar Alice, e seu rosto expressava raiva. Nesse momento, a lona da tenda começou a ondular. Era uma noite de calmaria, mas o vento estava se tornando mais forte. Instantes depois, soprava com força, ameaçando arrancar o tecido dos postes que o sustentavam.

Minha mãe saiu da tenda e ergueu os olhos para o céu.

— Está começando — falou, apontando na direção do horizonte. — É o primeiro dos presságios. A Ordeen está se preparando para passar pelo portal.

Um vendaval soprava forte vindo do sul e, no horizonte, via-se uma inequívoca tonalidade amarelada. Parecia que uma grande tempestade estava se formando. Aquele era o primeiro dos sinais. Minha mãe não tinha dúvidas. Assim sendo, fizemos nossos preparativos: iniciaríamos nossa jornada ao amanhecer.

Foi uma noite agitada, perturbada por animais voando do sul. Então, nosso acampamento foi invadido por um bando de ratos que corriam e guinchavam. Pássaros emitiam sons agudos por causa do pânico, enquanto batiam as asas, abrindo caminho em meio à escuridão rumo ao norte.

Cerca de uma hora antes do amanhecer, sem conseguir dormir, fui caminhar para esticar as pernas. Seilenos estava de pé, observando o céu. Ele me avistou e veio em minha direção, balançando a cabeça.

— Bem, jovem caça-feitiço, hoje vencemos ou morremos. Esta é uma terra perigosa. Também há muitos mistérios por aqui. E muitos perigos pela frente. Fique perto de mim, e tudo vai ficar bem. Seilenos sabe o que fazer. Pode me perguntar qualquer coisa, que explicarei. Sei tudo sobre elementais e lâmias. E eu o ensinarei...

Recordei-me dos sons misteriosos no túnel, antes do teto ruir. Estava curioso para saber quem fora o responsável por aquilo.

— Depois do ataque no acampamento, Alice e eu nos escondemos em uma caverna e enfrentamos algumas mênades, mas havia algo mais — estranhos sons de batida ao nosso redor. Depois, as pedras caíram e quase nos mataram.

— Sons de batida? De que tipo? Rápidos ou lentos?

— As batidas começaram lentas, mas depois ficaram muito mais rápidas. Eram batidas ritmadas e foram num crescendo, até que as rochas caíram, quase nos matando.

— Tiveram sorte de escapar com vida, jovem caça-feitiço. São elementais perigosos, que vivem em cavernas e se chamam *batedores*. Tentam afastar os seres humanos, usando, primeiro, o medo. Com sons de batidas assustadores. Em seguida, derrubam grandes rochas e tentam esmagar você. Quando ouvir os batedores — corra!

Provavelmente, esse era um bom conselho, mas estávamos enfrentando mênades perigosas e fomos forçados a ficar e lutar. Seilenos deu um tapinha em meu ombro e foi até uma das fogueiras onde o café da manhã estava sendo preparado. Fiquei onde estava, esperando que o sol nascesse.

Não que eu pudesse vê-lo — ao amanhecer, o céu encheu-se com uma bruma amarelada. O Caça-feitiço disse que precisávamos jejuar para nos prepararmos para enfrentar as trevas; por isso, não comemos nada no café. E Bill Arkwright, que não costumava ficar muito tempo sem comer, limitou-se a beliscar uma fatia fina de pão, enquanto Seilenos comeu até se empanturrar, dando risadas e balançando a cabeça ao ver que não tocáramos nossos pratos com cordeiro e javali.

— Comam! Vocês precisam de energia. Quem sabe quando comeremos novamente?

— Como eu lhe disse, fazemos as coisas diferente no Condado, e por uma boa razão — resmungou o Caça-feitiço. — Estou prestes a encarar o que poderá muito bem ser o maior perigo oferecido pelas trevas que já enfrentei em todos os anos de prática de meu ofício. Quero estar totalmente preparado e não tão empanturrado que nem consiga raciocinar!

Seilenos apenas deu mais uma risada e continuou a enfiar fatias grandes de carne na boca, regando-as com vinho tinto.

Quando nos preparamos para partir rumo ao sul, Alice juntou-se a mim, com um sorrisinho iluminando seu rosto.

— Sua mãe mudou de ideia, Tom — falou. — Serei parte da delegação, afinal.

— Você tem certeza de que quer fazer isso, Alice? Você não estaria mais segura com minha mãe? Não quero que algo aconteça a você.

— E eu não quero que algo aconteça a você. Por isso, ficarei a seu lado. Você está mais seguro onde estou, Tom. Confie em mim. E nós queremos estar juntos no seu aniversário, não é?

Sorri, fazendo que sim com a cabeça. Eu havia me esquecido do meu aniversário. Hoje era dia 3 de agosto. E eu tinha acabado de completar 15 anos.

Alice ainda não terminara. Eu podia sentir que ela queria dizer mais alguma coisa. Uma coisa da qual eu não iria gostar. Ela continuava a me olhar de relance e mordia o lábio inferior.

— Você entrará na Ord com Grimalkin, uma feiticeira assassina e serva das trevas. E você usou o desejo obscuro que ela lhe deu para me salvar. Então, qual a diferença entre fazer isso e usar o cântaro de sangue para manter o Maligno longe? — perguntou Alice. — Fique com o cântaro. Como um presente de aniversário meu para você.

— Pare com isso, Alice! — gritei, aborrecido. — Já é difícil o bastante sem você dizendo coisas como essa. Não piore tudo, por favor.

Alice ficou em silêncio.

Senti como se estivesse afundando cada vez mais. Até minha mãe estava me forçando a me envolver com as trevas. Eu sabia que ela não tinha escolha, e que eu tinha que tomar parte naquilo, contudo, os temores do Caça-feitiço pareciam bem fundados.

CAPÍTULO 15
A CIDADELA

Rumamos para o sul, enfrentando a onda humana dos que fugiam da Ord. Os refugiados estavam em toda parte. Alguns andavam a pé, agarrados a seus bens ou levando os filhos; outros carregavam o que podiam em pequenas carroças, que puxavam ou empurravam com as próprias mãos. Muitos continuavam a olhar para trás e nos advertiam aos gritos, sugerindo que fugíssemos com eles; estavam desesperados e temiam por si mesmos e por suas famílias.

Durante toda a manhã, percorremos a paisagem árida sob o nauseante céu amarelo. Furacões escuros tinham sido avistados no horizonte, movendo-se para o norte e destruindo tudo em seu caminho, mas, felizmente, não tinham passado perto de nós. Agora o vento diminuíra, e o ar ficava mais quente e opressivo a cada minuto. Eu estava levando meu bastão, bem como minha bolsa, que pegara na carroça de mamãe. A escolta caminhava atrás dela, e, depois, vinham as feiticeiras de Pendle, lideradas por Grimalkin. Eu seguia com Alice; Bill Arkwright e o Caça-feitiço nos acompanhavam, do lado direito, e os três cães seguiam seus passos. Bem atrás de nós, a algumas centenas de metros, pelo menos, estavam os mercenários a cavalo.

Alice e eu estávamos cansados e com medo do que viria pela frente; por isso, mal nos falávamos. Em determinado momento, Bill Arkwright se aproximou de mim.

— Bem, mestre Ward, o que está achando dessa região em comparação com o Condado? Já mudou de ideia? Gostaria de viver aqui? — indagou ele.

— Eu queria estar em casa — falei. — Sinto falta dos montes cobertos de verde e dos bosques... e até da chuva!

— Sim, sei o que você quer dizer. Esta é uma região muito seca, mas, pelo que sua mãe falou, acho que teremos um pouco de chuva muito em breve.

Ele estava se referindo ao dilúvio que cairia pouco depois do aparecimento da Ord.

— Gostaria de lhe fazer um pedido, mestre Ward. Se alguma coisa acontecer comigo, você cuidaria dos cães? Certamente, o sr. Gregory não iria querê-los em Chipenden — o ogro e os cães não se dariam muito bem! Mas você conseguiria encontrar um bom lar, em alguma parte, para eles, tenho certeza disso.

— Claro que sim.

— Bem, vamos torcer para que não seja necessário; que, em breve, todos estejamos em segurança no Condado. Temo que o perigo esteja bem à nossa frente, pior que qualquer outro que já enfrentamos antes. Por isso, se não nos encontrarmos novamente, quero apertar sua mão em sinal de amizade...

Arkwright esticou a mão, e a segurei. Com um aceno e um sorriso para Alice, saiu do meu lado. Fiquei triste: era como se estivéssemos nos despedindo para sempre.

Contudo, eu tinha que enfrentar outra despedida: dessa vez, do Caça-feitiço. Pouco depois, ele também apertou o passo, caminhando a meu lado. Ao se aproximar, percebi que Alice recuou, juntando-se a Grimalkin, que estava atrás de nós agora.

— Está nervoso, rapaz? — indagou meu mestre.

— Nervoso e com medo — respondi. — Estou respirando fundo, mas isso não parece estar ajudando muito.

— Bem, rapaz, irá ajudar. Continue respirando devagar e profundamente, e lembre-se de tudo que tentei lhe ensinar. E, ao entrar na cidadela, fique perto de mim. Quem sabe que perigos encontraremos por lá.

Ele me deu um tapinha no ombro; em seguida, voltou a se afastar. Fiquei imaginando se fizera isso porque não gostava de andar muito perto de Alice. Pouco depois, fizemos uma pausa para um rápido descanso e anotei em meu caderno o que Seilenos dissera sobre os batedores. Isso ajudou a me acalmar. Não importava que perigo nos ameaçava, eu tinha que continuar com o meu treinamento.

Quando voltamos a andar, tive mais uma visita — e eu e Alice podíamos muito bem ter ficado sem ela. Mab e suas duas irmãs de nariz adunco se aproximaram de nós.

— O que você andou aprontando, Tom? — perguntou Mab, olhando de relance para mim. — Não estou vendo nenhuma garota morta andando a seu lado. E ela deveria estar bem mortinha, a tal Alice Deane. Eu vi isso acontecer. Vi a lâmia chupando o sangue dela e rasgando-a com os dentes. Somente algo ligado às trevas poderia ter salvado Alice. É a única coisa que eu não veria. O que você anda aprontando, Tom? Deve ter se metido com as trevas, acho. É a única coisa que poderia ter feito isso! E o que o sr. Gregory pensa a respeito, hein?

Alice correu e empurrou Mab. Ela quase se desequilibrou e caiu.

— As coisas estão bastante ruins, sem ter que ouvir você falando bobagens. Vá embora! Deixe Tom em paz!

Mab voltou-se para Alice com as mãos esticadas, claramente com a intenção de cravar as unhas em seu rosto. Rapidamente me coloquei entre as duas; então, Mab deu de ombros e recuou.

— Já estamos indo — disse ela, ao mesmo tempo que a boca se contorcia num sorriso. — Vou deixar você pensando sobre tudo o que foi feito e dito. Você está muito perto das trevas agora, Tom. Mais perto que nunca...

Depois de dizer isso, Mab e as irmãs foram embora, deixando-me perdido em pensamentos. Continuei caminhando com Alice, mas nenhum de nós falava. O que eu podia dizer? Nós dois sabíamos que eu fizera uso das trevas. E o que me consolava era o fato de o Caça-feitiço não ouvir o que Mab tinha dito.

***

No fim da manhã, o tempo começou a mudar. O vento retornara, transformando-se numa ventania que sibilava em nossos ouvidos. Continuamos viajando em meio ao calor, mas agora nos sentíamos desconfortáveis.

Pouco depois, Alice apontou diretamente para a frente.

— Olhe aquilo, Tom. Nunca vi uma coisa assim antes!

Primeiro, não pude ver nada; depois, uma forma ameaçadora ergueu-se no horizonte.

— O que é isso? Um rochedo? Ou uma cordilheira negra de montanhas? — indaguei.

Alice balançou a cabeça.

— É uma nuvem, Tom. Uma nuvem bem esquisita e sombria, com certeza. Aquilo não é natural! Não gosto nada disso.

Em circunstâncias normais, uma nuvem tão assustadora teria anunciado uma tempestade violenta, seguida de um aguaceiro. Mas, ao nos aproximarmos, pude ver que ela tinha bordas curvadas como um grande prato ou escudo. Mais uma vez, o vento tinha cessado, e a temperatura começava a cair de modo alarmante; se, antes, definháramos com o calor, agora começávamos a tremer de frio e medo. De repente, nós nos precipitamos em um mundo crepuscular, e nossos rostos mergulharam nas sombras.

Olhei ao meu redor: Alice, Arkwright e o restante do grupo, incluindo as feiticeiras de Pendle, caminhavam muito lentamente, de cabeça baixa, como se estivessem oprimidos pelo peso da escuridão acima de nós. Apenas o Caça-feitiço mantinha a cabeça erguida.

Embora o vento não estivesse soprando, eu podia ver que a nuvem incomum e de mau agouro transformara-se num turbilhão, debatendo-se e girando muito acima de nós, como se um gigante a estivesse mexendo com um imenso bastão. Pouco depois, pude ouvir um guincho alto e agudo; de repente, no horizonte distante, vi uma coluna de luz de cor laranja.

— Mamãe nos falou sobre isso, Alice! — exclamei, apontando para a nossa frente. É o pilar de fogo. A Ord deve estar em alguma parte dentro dele.

Estávamos a, pelo menos, três quilômetros de distância da coluna ardente, mas não demorou para que sentisse seu calor na minha testa, apesar da queda de temperatura ao nosso redor. Caminhávamos para um redemoinho imenso e avermelhado, uma artéria gigantesca que pulsava, unindo céus e terras. Era dramático e perturbador, e parecia engrossar e dobrar ritmicamente: eu temia que fosse explodir, de repente, nos engolindo a todos. Raios surgiam de sua base, como bifurcações brancas e azuis, semelhantes a galhos de árvores irregulares, que se erguiam até a nuvem negra mais acima.

Embora em um eixo fixo, a coluna girava rapidamente em sentido anti-horário. A poeira revoluteava, formando um cogumelo na base e no cume, combinando-se com a substância que formava a nuvem, que girava em um turbilhão. O guincho agudo transformou-se num grito rouco e agora era possível sentir um odor pungente, difícil, num primeiro momento, de identificar; ele penetrou as narinas e eu podia sentir seu gosto no fim da língua.

— Tem cheiro de carne queimada! — gritou Alice, farejando o ar. — E parecem almas gritando no inferno. Elas estão queimando! Todas estão queimando!

Se isso fosse verdade, era o contrário do que diziam meus sentidos: era criação; não, cremação; era a carne renascendo do fogo. Se o que minha mãe me contara estava correto, a Ordeen e seus servos estavam entrando no nosso mundo em meio às chamas. Era um portal de fogo. O calor em meu rosto diminuiu um pouco; a fúria atenuou à medida que as cores percorreram todo o espectro: o carmesim lentamente se transmutara em bronze.

— Tem uma construção enorme! — gritou Alice, apontando, cheia de medo, para a nossa frente. — Olhe! Lá dentro! Você pode vê-la no interior das chamas! É a Ord...

Alice tinha razão. Eu podia ver o vórtice ficando mais lento e encolhendo, mas ele não estava perdendo força; ao contrário, ganhava mais definição; agora estava quase transparente, e era possível distinguir o formato da Ord em seu interior, o local sombrio em que habitava a Ordeen.

Havia três agulhas com a mesma altura, tão altas que quase tocavam a nuvem. Atrás delas, como se estivesse protegida, estava a cúpula sobre a qual minha mãe havia falado. As duas torres e a cúpula se erguiam a partir de um edifício imenso, que se assemelhava a uma grande catedral, embora fosse muito maior e mais magnífico que a de Priestown, a maior igreja do Condado. No entanto, se uma catedral não raro precisava de décadas para ser construída, esse edifício parecia ter se formado em questão de segundos.

O pilar de fogo havia desaparecido. Continuamos andando, nos aproximando cada vez mais da massa escura da Ord, que se erguia diante de nós como um animal gigantesco e assustador. Embora a escuridão do lado de fora aumentasse mais uma vez, via-se uma nova e estranha luz irradiando do interior da Ord. Ela reluzia, pelo lado de dentro, com um brilho cor de bronze, que aumentava enquanto eu a observava. Nesse momento, pela primeira vez, eu conseguia apreciar a estrutura em detalhes. Cada uma das agulhas contorcidas tinha compridas e estreitas janelas, arqueadas no topo como as de uma igreja. Estavam abertas e, através delas, as fogueiras em seu interior brilhavam ainda mais.

— Estou vendo coisas horríveis se movendo no interior das janelas — murmurou Alice, com o rosto cheio de espanto e terror. — Coisas vindas do inferno.

— É apenas a sua imaginação, Alice — falei. — Está muito distante para que se possa ver alguma coisa.

Mas, não obstante a minha reprimenda, eu *podia* ver movimento em algumas das janelas; eram figuras sem forma, que tremeluziam como espectros contra a luz. Eu não queria pensar no que elas poderiam ser. Então, meus olhos foram atraídos para a entrada principal — a maior das imensas portas que davam acesso à estrutura. Era alta e arqueada, e, embora, irradiasse brilho, em seu interior a escuridão era tão grande que, de repente, fui envolvido pelo medo do que ela escondia. A Ord atravessara o portal, vindo das trevas, e alguma coisa podia se ocultar dentro dela.

Estávamos nos aproximando agora: a cidadela era imensa, erguendo-se diante de nós e bloqueando a escuridão do céu.

Ouviu-se um grito de ordem atrás de nós e nos viramos para ver os guerreiros interrompendo a marcha, antes de mudarem a formação para dois crescentes, com as pontas voltadas para a Ord. Eram impressionantes, com as cotas de malha e as armas reluzentes. Eles haviam desempenhado a primeira de suas duas tarefas muito bem. As mênades tinham sido afastadas: ocasionalmente, pequenas patrulhas se separavam da força principal para levá-las para longe e caçá-las. Agora esses mercenários tinham pela frente uma tarefa ainda mais difícil: em breve, teriam que cavalgar direto para o centro da cidadela e enfrentar as criaturas das trevas em seu interior.

Continuamos andando. Ficara decidido que os mercenários não se aproximariam até a hora do ataque. Fitei a cidadela, examinando o muro externo e finalmente, meus olhos descobriram a entrada secundária que mamãe descrevera: acima dela, estava a gárgula com o esqueleto de enormes chifres de veado. Era por lá que a delegação iria entrar. Se fracassássemos, os servos de Ordeen sairiam pela entrada principal para destruir a região.

De repente, senti as primeiras gotas-d'água em meu rosto, que rapidamente se transformaram numa chuva quente e torrencial, descendo pelo ar parado. Enquanto a chuva caía, batendo com força no chão seco e duro, o vapor começou a subir da Ord, e me ocorreu a ideia caprichosa de que algum ferreiro invisível, depois de terminar sua obra, estava agora diminuindo o calor para temperá-la para a finalidade prevista.

Em poucos instantes, uma névoa branca e densa estava rolando em nossa direção, e a visibilidade se reduziu para uns poucos passos à nossa frente. Tudo se tornou estranhamente silencioso. Não demorou muito para que Grimalkin saísse da névoa, junto com Seilenos e os outros membros da escolta de mamãe que iriam formar a delegação dos treze.

Minha mãe se virou para mim, dando um tapinha em meu ombro para me encorajar.

— Chegou a hora. Você precisará ser corajoso, filho. Não será fácil. Mas você é forte o bastante para passar por isso.

— Será que as mênades já não alertaram a Ordeen sobre a nossa chegada? Será que não disseram que temos um exército de mercenários conosco?

Mamãe balançou a cabeça.

— Não. Elas não podem ter contato direto com a Ordeen. Apenas aguardam sua chegada e, então, tiram vantagem do horror que ela traz consigo, banqueteando-se com os mortos e os moribundos.

— Mas será que não fomos vistos, de algum modo? Será que os que já estão acordados na Ord não imaginaram qual seria a nossa intenção?

— Embora nossa escolta seja maior que o normal, homens armados costumam acompanhar a delegação até a Ord. Portanto, isso não é nenhuma novidade. Para os observadores em seu interior, os guerreiros reunidos são apenas um monte de carne e sangue aguardando para serem devorados. Eles não esperam o ataque que planejamos.

De repente, minha mãe me deu um abraço apertado. Quando me soltou, havia lágrimas em seus olhos. Ela tentou falar: a boca se abriu, mas não pronunciou nenhuma palavra.

Alguém saiu das sombras atrás dela. Era meu mestre. Pôs uma das mãos em meu ombro e me levou para um lado.

— Bem, rapaz, então é isso. Não gosto dos métodos de sua mãe e também não gosto das companhias dela, mas sei que ela pertence à luz e que está fazendo tudo isso para o nosso bem. Não importa o que tenha de enfrentar lá dentro, lembre-se de tudo que lhe ensinei, seja fiel a seus princípios e não se esqueça de que você é o melhor aprendiz que já tive.

Agradeci pelas palavras gentis, e demos as mãos.

— Apenas mais uma coisa — falou ele, quando me virei para partir. — Não sei por que sua mãe está enviando a pequena feiticeira com você. — E fez um gesto, apontando para Alice. — Ela parece acreditar que a garota irá protegê-lo. Espero, sinceramente, que ela faça isso. Mas nem por um momento esqueça de quem ela é filha. A mãe era uma feiticeira e o pai é o Demônio. Ela não é uma de nós, nem nunca será, por mais que tente. Você deve se lembrar disso, rapaz.

Suas palavras foram direto para o meu coração. Mas eu não sabia o que responder; por isso, apenas assenti, peguei o bastão e a bolsa, e caminhei para o local em que Grimalkin aguardava com Alice e os outros. Ela nos levou para a névoa, caminhando na direção da Ord.

CAPÍTULO 16
O CÁLICE

Enquanto caminhávamos, Grimalkin estava do meu lado direito, e Alice, do lado esquerdo. Quando olhei para trás, os dez guerreiros escolhidos da escolta de minha mãe, incluindo Seilenos, nos seguiam e mais pareciam silhuetas sombrias contra o denso nevoeiro.

Pouco depois, tudo ficou em silêncio, a não ser pelo ruído das botas e sapatos ao pisar no solo. Ainda estava chovendo — não tão forte, mas o solo rapidamente se transformara em lama.

E então, rápido demais, os muros estavam bem à nossa frente, imensas pedras úmidas cintilando na chuva. Tudo era muito sólido: eu mal podia acreditar que havia passado pelo portal de fogo para o nosso mundo. Viramos à esquerda, seguindo o muro mais um pouco até chegarmos à pequena entrada. Grimalkin não hesitou, enquanto nos conduzia até a gárgula, para dentro da Ord. Um túnel estendia-se à nossa frente, mas ela virou na entrada à esquerda e nós a seguimos por um corredor tão amplo que o centro da abóbada elevada acima de nossas cabeças se perdia na escuridão. Havia pouca luz. Eu não podia ver nenhuma tocha, mas uma luz difusa e baixa, que iluminava uniformemente. Bem à nossa frente, via-se uma comprida mesa de prata e bronze, cheia de carnes e frutas. Havia treze cadeiras de encostos altos entalhadas em mármore muito branco e estofadas em rica seda negra; sobre a mesa, diante de cada cadeira, uma taça dourada, ricamente forjada e cheia, até a borda, com vinho tinto.

À medida que a luz aumentava, viam-se as colunatas à direita e à esquerda, e pude perceber que o piso entre as fileiras de pilares era um delicado mosaico, representando grandes serpentes entrelaçadas. Eu seguia aquelas formas sinuosas pelo chão, quando parei em choque.

No meio do ambiente, havia um poço escuro. Por alguma razão, a abertura me encheu de medo. Comecei a tremer apavorado. Fiquei imaginando o que estaria ali dentro.

Todos nos sentamos; porém, recordando as instruções de minha mãe, ignorei a comida e a bebida sobre a mesa. As cadeiras foram colocadas de apenas um dos lados para que todos ficássemos de frente para o poço.

Ouvimos ecos de passadas; primeiro, ao longe, depois, aproximando-se cada vez mais. Devagar, uma cabeça saiu do poço como se tivesse sido erguida por mão gigante. Alguém subia os degraus lá dentro. Um vulto escuro apareceu, pisando no mosaico; um guerreiro coberto, da cabeça aos pés, com uma armadura negra. Na mão esquerda, trazia uma espada comprida; na direita, um grande cálice de cristal.

Caminhou em nossa direção com passos medidos, e tive alguns segundos para estudá-lo. Não havia buracos no elmo negro nem para a boca nem para o nariz, mas duas fendas horizontais se localizavam onde deveriam estar os olhos. No entanto, eu não podia vê-los — havia apenas a escuridão. A armadura era uma cota de malha negra e as botas, incomuns e mortais. Os dedos terminavam em pontas com farpas pontiagudas.

Ele parou próximo à nossa mesa e, quando falou, o medo invadiu meu coração. A voz que ressoou era fria e arrogante, com uma sonoridade metálica desagradável.

— *Por que não estão comendo os alimentos oferecidos para seu sustento? Por que não estão bebendo do vinho oferecido com tanta liberalidade?* — indagou ele, em tom de reprovação, e suas palavras ecoaram do teto ao chão, de parede a parede.

As perguntas nos puseram de pé, mas foi Grimalkin quem falou pelo restante de nós.

— Agradecemos sua hospitalidade — respondeu com voz calma e solene. — Mas, neste momento, não temos fome, nem sede.

— *Vocês tomaram esta decisão, mas, ainda assim, é exigida uma troca pelo que lhes oferecemos com tanta liberalidade. Encha o cálice para que minha senhora possa voltar à vida!*

E, dizendo isso, o guerreiro sombrio estendeu o recipiente na direção da feiticeira assassina.

— Com que devemos enchê-lo? — indagou Grimalkin.

Primeiramente, o guerreiro não respondeu. Virando a cabeça, parecia examinar a fileira, olhando cada um de nós.

Então, meu coração foi tomado pelo desespero. Eu ainda não conseguia ver seus olhos, mas sabia, com toda certeza, que seu olhar se fixara em mim.

— *Minha senhora precisa de sustento. Ela deve beber sangue quente do corpo do mais jovem aqui presente!* — declarou ele, apontando a lâmina diretamente para mim. — *Ofereçam a vida dele. Encham o cálice com o sangue de seu coração!*

Voltei a tremer. Apesar de tudo que me fora dito, embora soubesse que Grimalkin iria lutar por minha vida, sentia medo. Todo tipo de dúvidas começou a passar por minha mente e um medo gélido apertou meu coração. Será que ia morrer ali? Será que o Maligno falara a verdade, afinal? Desde o início, a intenção de minha mãe fora me sacrificar? Talvez o lento regresso a um estado ferino tivesse destruído todo amor humano que ela poderia ter sentido pelo filho.

Grimalkin balançou a cabeça.

— Você está pedindo muito! — gritou com voz alta e enérgica. — Exigimos o direito ao combate.

O guerreiro inclinou a cabeça.

— *É seu direito. Mas não aceite um tal desafio com tanta tranquilidade. Se eu vencer, suas vidas serão confiscadas imediatamente. Você ainda quer prosseguir?*

Grimalkin fez uma mesura, aceitando os termos dele. E, de repente, tudo ficou mais escuro. Ouvi suspiros e murmúrios ao nosso redor e, então, quando a luz voltou a encher o salão, vi que o guerreiro estava de pé com suas armas e em prontidão, no centro do piso de mosaicos. Ele não trazia mais o cálice. Em sua mão direita, erguia uma longa espada; na esquerda, um globo de metal cheio de pontas, preso a uma comprida corrente.

Grimalkin desembainhou duas espadas compridas e, com graça consumada, pulou por cima da mesa, aterrissando como um gato. Começou a caminhar na direção do vulto com armadura, aproximando-se lenta e furtivamente do oponente. E parecia que um sorriso se esboçava nos lábios da feiticeira assassina. Ela vivia para isso. E apreciaria a luta com aquele cavaleiro. Ela gostava de testar sua habilidade com um oponente digno, e eu sabia que ela encontrara alguém que a levaria até o limite. Grimalkin não temia morrer. Mas, se falhasse e fosse morta, então nossas vidas também seriam confiscadas.

O adversário deu um passo à frente e começou a girar o globo com pontas ao redor de sua cabeça. A corrente fez uma espiral, subindo cada vez mais, e a pesada esfera de metal em sua extremidade cortava o ar com força e velocidade suficientes para arrancar a cabeça do corpo de Grimalkin.

Mas não era à toa que ela era a assassina das feiticeiras Malkin. Calculando com perfeição seu ataque, penetrou a órbita do globo que girava e atingiu a fenda esquerda do elmo. Sua lâmina arranhou o metal, errando por menos que a largura de um dedo.

A espada do guerreiro era tão rápida quanto as facas de Grimalkin, e os dois trocaram golpes violentos, mas ela estava perto demais para que ele brandisse o globo, que pendia inútil em sua corrente, enquanto ela usava as duas lâminas contra sua espada. Durante algum tempo, parecia estar levando a melhor e pressionando-o duramente.

Então, foi a vez do guerreiro retomar o controle. A feiticeira assassina não tinha armadura, e agora, ao recuar, essa desvantagem se tornara evidente. Duas vezes, ele atingiu seu corpo com chutes, e as pontas ameaçaram estripá-la, mas ela girou como uma roda, com grande economia de movimentos, ficando bem perto para que ele não pudesse usar nem a corrente, nem o globo. Repetidas vezes, suas facas atingiram o corpo do oponente, emitindo ruídos metálicos, mas foram desviadas pela armadura que o recobria. Parecia impossível que ela pudesse sobreviver, quanto mais ganhar. Que chance tinha contra um adversário tão protegido? Os braços e pernas de Grimalkin estavam nus; sua pele, vulnerável.

De repente, me ocorreu que ela dera uma coisa que teria sido uma grande vantagem contra o inimigo. Se tivesse guardado a faca e o desejo obscuro, poderia tê-los usado naquele momento. Na verdade, ela havia feito um grande sacrifício.

Grimalkin girou, afastando-se do inimigo, e se moveu da esquerda para a direita, recuando em círculos até a nossa mesa. Fiquei preocupado. Não parecia ser uma tática adequada. A essa distância, o guerreiro poderia, mais uma vez, manejar o globo mortal com eficácia contra ela. Ele começou a girar a arma acima de sua cabeça, cada vez mais rápido, preparando-se para o golpe fatal. Grimalkin deu um passo na direção dele, como se ela mesma se colocasse na posição perfeita para o globo com pontas esmagá-la. Meu coração parou na boca. Pensei que tudo estivesse acabado.

Mas, quando a arma desceu, a feiticeira assassina já não estava mais lá. O globo atingiu a mesa com um terrível golpe, fazendo com que pratos e taças se chocassem contra o chão. Então, Grimalkin investiu contra ele, mirando na fenda do elmo que assinalava a posição do olho esquerdo invisível do inimigo. Sua lâmina atingiu o alvo, e um grito de dor encheu o salão.

Em um segundo, tudo escureceu, e o ar ficou gelado. Uma magia negra poderosa estava sendo usada. Senti-me tonto e estiquei o braço na direção da mesa para me equilibrar. O grande salão estava em silêncio quando o eco do grito desapareceu. Ainda na escuridão, vi dois olhos reluzentes se moverem na nossa direção, vindo do poço.

Mais uma vez, a luz voltou a aumentar uniformemente e todos estávamos sentados à mesa — embora eu não pudesse me lembrar de quando havia me sentado. Os pratos e taças que, havia um momento, espalhavam-se pelo chão, tinham retornado para seu lugar. Grimalkin voltara à posição original à mesa.

O guerreiro sombrio estava mais uma vez de pé à nossa frente, segurando o cálice de cristal e sua comprida espada. Era o mesmo homem? Será que tinha voltado à vida por meio de magia negra? Era como se a luta com Grimalkin nunca tivesse acontecido.

— *Minha senhora precisa de sustento. Ela deve beber sangue quente do corpo do mais jovem aqui presente!* — declarou ele, apontando a lâmina diretamente para mim. — *Encham o cálice!*

Quando o assustador guerreiro estendeu o cálice de cristal, meu coração bateu mais rápido em meu peito por causa do medo.

— Vencemos, criança! — murmurou Grimalkin no meu ouvido, e sua voz soou cheia de triunfo. — Ele não exige mais sua vida — apenas que enchamos o cálice. E isso é o que queremos.

Em silêncio, o guerreiro colocou o cálice de cristal sobre a toalha de seda vermelha. Grimalkin segurou-o, retirando uma pequena faca da bainha de couro. Virando-se para mim, disse:

— Enrole a manga, criança. Do braço direito...

Com dedos trêmulos, fiz o que ela me pedia.

— Agora, pegue o cálice, segurando-o sob o braço para recolher o sangue.

Ergui o braço nu e coloquei o recipiente ricamente forjado embaixo dele. Grimalkin fez um pequeno corte na pele. Eu mal o senti, mas o sangue começou a pingar; porém, parou de escorrer antes que o cálice estivesse cheio até a metade.

— Só mais um corte e estará acabado — falou ela.

Senti a lâmina mais uma vez e prendi a respiração quando a dor aguda me invadiu. Dessa vez, o sangue escorreu livremente e, para minha surpresa, o recipiente se tornou muito mais pesado. Encheu muito rápido, mas nem bem o sangue atingiu a borda, o fluxo interrompeu-se repentinamente. Vi que ele coagulara, formando uma fina linha vermelha, que contrastava com a pele pálida do meu braço.

A feiticeira assassina colocou o cálice sobre a mesa; o guerreiro ergueu-o, levando-o na direção do poço. Observamos enquanto ele descia os degraus, até desaparecer da vista; então, aguardamos em silêncio que ele estivesse a alguma distância do salão. Não podíamos correr o risco de ele ouvir a confusão e se virar para olhar. Era essencial que meu sangue fosse oferecido para a Ordeen. Os minutos passaram lentamente, mas, por fim, Grimalkin deu um sorriso e retirou um pequeno espelho da manga, preparando-se para sinalizar nosso sucesso.

No entanto, antes que pudesse fazer isso, tudo ficou escuro e senti novamente um calafrio. Olhos que reluziam com mais força ainda se moviam em nossa direção, vindo do poço. Será que os servos da Ordeen adivinharam nossa intenção?

De repente, notei que, apesar do silêncio intenso, agora o salão estava cheio de pessoas. E como eram estranhas e assustadoras!

Os homens, muito altos, tinham nariz e queixo pontudos, e rosto comprido. Devem ser demônios, pensei, com seus olhos cavernosos e as roupas frouxas e escuras que pendiam dos corpos como teias de aranha estendidas sobre salgueiros. Nos cintos, viam-se compridas espadas curvas.

Os demônios fizeram com que me recordasse de um antigo provérbio do Condado:

Nariz e queixo pontudo,

Só pode ser cria do chavelhudo!

Ao contrário dos homens, as mulheres eram atraentes, com curvas voluptuosas que revelavam a pele que cintilava como se tivesse acabado de ser ungida. E estavam dançando — girando de maneira rítmica ao som da batida de um tambor distante, que não podíamos ver. As mulheres dançavam sozinhas, enquanto os homens se aglomeravam na beira do espaço de dança, ou se escondiam na escuridão dos pilares, observando a cena com olhos famintos.

Olhei para a mesa e vi que todos do nosso grupo estavam hipnotizados pelas dançarinas. Seus estranhos movimentos continham algum tipo de encantamento. Grimalkin ainda tinha o espelho na mão, mas parecia não ser capaz de usá-lo. Estávamos indefesos. Será que tínhamos chegado tão perto do sucesso, mas, no último momento, fracassaríamos?

Então, percebi que algumas pessoas da escolta de minha mãe, e Seilenos entre eles, estavam comendo vorazmente o que havia em seus pratos e dando goles no vinho dos cálices dourados — apesar do que lhes fora advertido. Eu sabia que os caça-feitiços gregos não tinham a força de vontade e determinação de John Gregory — e isso, sem dúvida, seria sua ruína.

Virei-me novamente para as mulheres que dançavam diante do poço e vi que, embora cada uma tivesse dançado sozinha antes, agora giravam aos pares, mulher com mulher, seguindo os desenhos do mosaico das serpentes compridas. A batida do tambor estava ficando mais alta, mais rápida e mais frenética, e agora se ouvia mais de um tambor. Comecei a bater os pés e senti uma necessidade grande de me levantar do lugar. Lancei um olhar a Alice e vi que ela também estava se agarrando à cadeira, tentando não se juntar às dançarinas. Respirei lentamente e combati o impulso até que ele começasse a diminuir.

Depois, vi que uma das dançarinas era, na verdade, um homem — e eu o reconheci. Era Seilenos. Momentos antes, eu o vira comendo a comida proibida; agora ele se havia tornado parte daquela dança selvagem. Eu o perdera de vista por um instante, mas, então, ele voltou a girar no meu campo de visão, dessa vez muito mais perto da mesa. E pude ver que uma das mulheres tinha a boca no pescoço dele, e seus dentes penetravam a pele, ao mesmo tempo que o sangue gotejava em seu peito. O terror apareceu nos olhos esbugalhados, que giravam de maneira selvagem em suas órbitas. A barriga dele parecia agitar-se e as roupas estavam rasgadas, revelando feridas profundas nas costas. A mulher estava drenando o sangue de Seilenos. Ele girou para perto da massa de corpos próxima ao poço, e não voltei a vê-lo.

Fiquei agradecido pelo fato de que eu aprendera bem a lição do Caça-feitiço e fizera jejum antes de entrar na cidadela. O amor de Seilenos pela comida e pelo vinho custou-lhe a vida — e, talvez, sua alma!

Então, à minha direita, vi Grimalkin — seu rosto estava tenso pelo imenso esforço que fazia para enfrentar a poderosa magia negra que nos prendia a todos. Lentamente, levou o espelho à boca. Soltou o ar nele e, muito concentrada, começou a escrever com o dedo indicador. Era o sinal para o início do ataque.

CAPÍTULO 17

OS ELEMENTAIS DO FOGO

Por algum tempo, os vultos dançantes continuaram a girar freneticamente ao som do ritmo selvagem, mas, por fim, começaram a diminuir a velocidade. Os tambores tocaram mais devagar e, em seguida, silenciaram. Os demônios permaneceram imóveis, congelados no tempo, assim como ficamos minutos antes. Alguns inclinaram a cabeça e percebi que estavam escutando.

Ouvi ao longe barulho de pés que se aproximavam cada vez mais. As portas foram abertas com uma pancada, e as feiticeiras de Pendle irromperam no salão, com as facas em posição, e os rostos selvagens e ansiosos pela batalha. Havia Mouldheels entre elas, mas nem sinal de Mab e de suas duas irmãs. Será que elas não haviam se juntado ao ataque?

Mais uma vez, Grimalkin pulou por cima da mesa para juntar-se ao grupo. Se os demônios tinham algum encantamento, ou eles não os estavam usando ou não tinham efeito algum sobre o ataque violento das feiticeiras. Elas davam golpes à esquerda e à direita, girando as lâminas para obter um melhor resultado. Seus inimigos resistiam, desembainhando as espadas e revidando os ataques, mas, em pouco tempo, muitos deles jaziam mortos, e seu sangue formava poças no chão.

Tudo aconteceu tão rápido que não tivemos oportunidade de nos juntar à luta. Num instante, via-se um combate feroz; no outro, os demônios estavam recuando, descendo os degraus para dentro do poço. Mas era uma retirada ordenada. Alguns combatiam na retaguarda, enquanto as mulheres partiam em fuga. Em pouco tempo, só restaram as feiticeiras, fitando os degraus na escuridão.

Alice apertou meu braço com força, quando caminhamos para nos juntar às outras, mas elas já estavam dando as costas ao poço.

— É muito perigoso seguir os demônios — disse Grimalkin, virando-se para mim. — Imagino que seja exatamente isso que querem, pois desistiram e recuaram rápido demais. Com certeza, querem nos atrair para a escuridão para armarem uma emboscada. Seguiremos o caminho que sua mãe indicou, criança. Sugiro que você espere aqui até que os mercenários tenham iniciado o ataque. Eles já estão a caminho; assim, seguiremos em frente e penetraremos ainda mais fundo na cidadela.

Dizendo isso, ela conduziu as feiticeiras salpicadas de sangue para dentro do túnel, na direção do pátio interno.

— Melhor fazer o que ela diz, Tom — disse Alice, ainda segurando meu braço bem apertado. — Seguiremos daqui a pouco...

Alguns dos sobreviventes da escolta de minha mãe acenaram a cabeça, concordando. Sem seu líder, eles pareciam nervosos. Os corpos de Seilenos e de dois outros membros da escolta jaziam em poças de sangue, e seus olhos sem vida fitavam o teto alto.

— Vamos ficar mais perto da entrada — disse Alice, lançando um olhar nervoso na direção dos degraus. — Agora que as feiticeiras se foram, talvez os demônios voltem.

Parecia uma boa ideia; por isso, todos caminhamos até a entrada aberta.

Em instantes, ouvimos o galope de cavalos vindo em nossa direção e vimos os mercenários invadirem a entrada e o túnel para dar início ao ataque. Como eram inúmeros, levou muito tempo até que todos atravessassem. Quando os cascos dos últimos animais ecoaram, distantes, deixamos nossa posição e começamos a segui-los para o pátio interno.

Por um segundo, virei-me em direção à estrada. Não havia sinal de mamãe, nem do Caça-feitiço ou dos outros. Sem dúvida, eles já deviam estar aqui, não é? Foi o que pensei.

Déramos uns poucos passos no túnel quando o som de galopes foi ouvido novamente. E estava ficando cada vez mais alto! Os guerreiros estavam retornando. Estavam recuando! Mas o que saíra errado?

Uma montaria sem cavaleiro passou por nós e quase pisoteou Alice. Seus olhos se reviravam de medo, e sua boca espumava. Mais cavalos galopavam, alguns com os cavaleiros, que não traziam armas e tinham os olhos esbugalhados de terror. Sim, eles estavam batendo em retirada. Não restava dúvida. O grupo debandara. Mas o que fizera aqueles guerreiros fugirem assim?

À medida que mais deles precipitavam-se em nossa direção, percebi que corríamos o risco de ser esmagados. Empurrei Alice para dentro de um vão na parede do túnel, protegendo-a com meu corpo. Os cavalos forçavam a passagem por nós, enchendo o túnel com a batida de muitos casos. Parecia que ia durar para sempre, mas, por fim, tudo voltou a ficar em silêncio e me afastei da parede.

— Você está bem, Alice? — perguntei, pegando meu bastão e a bolsa.

Ela fez que sim com a cabeça.

— Onde esta a escolta de sua mãe? — indagou ela.

Olhei ao nosso redor. Outros três homens estavam mortos e seus corpos haviam sido pisoteados, mas não se via sinal dos demais. E onde estavam minha mãe, o Caça-feitiço e Arkwright? Será que estavam no túnel, atrás de nós? Será que haviam sido pisoteados durante a debandada? Um bolo se formou em minha garganta.

Chamei:

— Mamãe! Mamãe! — Mas não houve resposta, apenas um silêncio sinistro.

— Devíamos seguir as feiticeiras — sugeriu Alice. — Talvez sua mãe e o velho Gregory tenham se atrasado. Eles podiam nem estar no túnel quando os cavalos passaram.

Assenti e continuamos a andar. Eu ainda estava preocupado com minha mãe, mas também temia o que poderia estar nos esperando mais adiante. Não importa o que fosse, mil guerreiros a cavalo tinham fugido de medo, em vez de enfrentar o que havia pela frente. Seria a própria Ordeen? Será que ela já tinha recebido meu sangue e despertado?

Estávamos nos aproximando da extremidade do túnel e a névoa começava a girar na nossa direção. Um medo incomum consumiu minhas entranhas, e ondas de frio percorreram meu corpo como um vendaval, tentando me forçar para baixo.

— Você está sentindo isso, Tom? — perguntou Alice.

Fiz que sim com a cabeça. Para um caça-feitiço, qualquer grau de medo era perigoso ao enfrentar as trevas, pois tornava os inimigos da luz muito mais poderosos.

Continuamos seguindo em frente. Tentei bloquear o medo pensando nos momentos felizes de minha infância: quando eu me sentava no colo de minha mãe ou quando meu pai contava histórias sobre sua vida no mar. Fizemos um esforço para continuar andando, até que, finalmente, no meio da névoa, o elevado muro interno da Ord se ergueu bem diante de nós, com as imensas pedras ainda soltando vapor.

Chegamos ao amplo pátio de calçamento de pedra. No chão, viam-se cavalos mortos; guerreiros também, com olhos muito abertos e fixos, e os rostos contorcidos pelo terror.

— O que foi que os matou, Alice? — gritei. — Não há marcas neles. Nem uma ferida.

— Morreram de medo, Tom, foi isso. O medo congelou a mente deles e parou seu coração... Mas, veja! Lá está um portão aberto!

Diante de nós, incrustado no muro, via-se um imenso portão de madeira. Estava aberto, mas a escuridão nos aguardava dentro dele. Quando fixei minha vista, o desespero me invadiu e não senti vontade de me aproximar. De nada adiantara tudo aquilo. Os guerreiros tinham fugido ou morrido, e agora não havia chance de entrar e destruir a Ordeen antes que ela voltasse a ter poder.

Ficamos parados, olhando o portão aberto. O que Alice e eu poderíamos fazer sozinhos? E quanto tempo teríamos, antes que a Ordeen despertasse?

— Não tenho mais forças para entrar — falei, sabendo que estava sob o poder da magia negra que fora usada contra os mercenários. Não tenho coragem suficiente para isso... nem tenho força de vontade...

A única resposta de Alice foi balançar a cabeça, fatigada, concordando comigo.

Embora nenhum de nós tenha dito seus pensamentos em voz alta, parecia certo que as feiticeiras de Pendle estavam bem adiantadas em relação a nós. Mas não nos movemos. Fiquei imaginando o que podia ter acontecido à minha mãe e aos outros. Meu coração e minha coragem tinham me abandonado.

Não sei por quanto tempo ficamos lá parados, mas, de repente, ouvi sons de passos atrás de mim e girei para ver um vulto alto, usando capuz e trazendo um bastão e uma bolsa, sair do túnel. Para meu espanto, vi que era o Caça-feitiço. Bem atrás dele, estava Bill Arkwright, que parecia decidido, como se tivesse ânimo para partir algumas cabeças. Mas não havia sinal dos três cães.

Arkwright acenou para nós, mas o Caça-feitiço passou direto, sem lançar um olhar em nossa direção. Depois, quando chegou próximo ao portão, virou-se e fixou em mim os olhos que reluziam ferozmente.

— Vamos, rapaz, sem perda de tempo! — resmungou. — Temos um trabalho a fazer. E, se *nós* não fizermos, quem fará?

Fiz um esforço para dar um passo na sua direção; em seguida, dei outro. A cada vez, ficava mais fácil avançar, e os grilhões do medo começaram a afrouxar e se dissipar de minha mente. Percebi que, embora os guerreiros tivessem fugido ou morrido, nosso método de trabalho — além do fato de que os caça-feitiços eram os sétimos filhos de sétimos filhos — nos dava força para resistir. Mas, acima de tudo, o Caça-feitiço e sua determinação me ajudaram a dominar o pavor.

O treino de Alice como feiticeira também ajudaria — e, embora meu mestre não a tivesse convidado para se juntar a ele, nós dois passamos pelo portão, entrando na escuridão mais adiante.

— Alguém viu minha mãe? — perguntei aos dois caça-feitiços.

Ambos balançaram a cabeça.

— Nós nos separamos quando os cavalos saíram do túnel em disparada e vieram em nossa direção. Não se preocupe, rapaz — falou o Caça-feitiço. — Sua mãe sabe tomar conta de si mesma. Certamente, ela nos alcançará depois.

Suas palavras eram gentis, mas não me ajudaram a me sentir melhor.

— E onde estão Patas e os filhotes? — perguntei a Bill. — Estão em segurança?

— Estão bastante seguros, por enquanto — respondeu ele. — Não havia necessidade de trazê-los para este lugar. Foram treinados para lidar com feiticeiras da água e criaturas semelhantes. Que chance, porém, teriam contra um elemental do fogo?

Agora eu ouvia um estrondo distante de uma cascata de água e, muito mais perto de nós, os ecos de grandes gotas que se sucediam sobre a pedra. Também se ouvia o chiado do vapor. Um dilúvio caíra sobre a Ord, e grande parte penetrara a cidadela. Estiquei uma das mãos e toquei a parede. As pedras ainda estavam muito quentes.

O Caça-feitiço abriu a bolsa, retirando uma pequena lanterna, que acendeu e manteve erguida. Olhamos ao redor, e imediatamente vi que havia mais de um caminho livre para nós. Podia-se avistar uma passagem estreita, que se inclinava para cima, onde gavinhas de névoa se entrelaçavam; à nossa direita, estendia-se outro caminho, dessa vez, perfeitamente nivelado. O Caça-feitiço parou. Parecia estar escutando. Pensei ter ouvido um grito baixinho ao longe, mas ele não se repetiu e, alguns instantes depois, ele se virou para mim.

— Acho que o caminho que devemos seguir é o que nos leva para cima. Espero encontrar a Ordeen em uma das torres. O que você acha? — indagou, virando-se para Arkwright.

O outro caça-feitiço fez um breve aceno com a cabeça e meu mestre partiu, caminhando com determinação. Nós o seguimos, e Alice estava bem perto de mim.

Tínhamos caminhado por alguns minutos, quando a passagem chegou ao fim. Mais à frente, via-se uma rocha sólida, mas avistei, do nosso lado esquerdo, uma abertura. Sem hesitar, o Caça-feitiço passou por ela e ergueu a lanterna. Fomos atrás dele e entramos em um grande salão cheio de blocos de pedra ocupados por vultos que pareciam dormir, deitados de costas. Ao contrário das passagens, a câmara não estava totalmente imersa na escuridão; uma luz amarelada fraca, sem fonte aparente, a inundava.

As figuras deitadas de costas pareciam humanas, mas seus corpos eram compridos, tinham o rosto alongado, com queixo e nariz de bico fino e olhos encovados. Eram os demônios que havíamos visto observando as dançarinas no salão. Agora, porém, quando a lanterna iluminou os que estavam mais próximos, percebi que não estavam dormindo, mas, sim, mortos.

A garganta fora cortada e jaziam em poças do próprio sangue, que também se espalhara sobre o chão de pedra. Enquanto avançamos devagar, abrindo caminho entre os blocos, vimos pegadas cheias de sangue. Algumas foram feitas por sapatos de bico fino, mas havia marcas de pés descalços também — os pés das feiticeiras Mouldheel.

— As feiticeiras de Pendle não são as aliadas que eu gostaria, mas, pelo menos, não temos mais nada a temer nesta câmara — observou o Caça-feitiço.

— A Ord é imensa — falei. — Deve haver muitas câmaras. Pensem em quantas criaturas como estas devem estar por aí...

— Não vale a pena pensar nisso, rapaz. Temos que continuar. Pelo menos, se houver algum perigo, quem estiver a nossa frente o encontrará primeiro e nos dará o aviso.

O Caça-feitiço e Arkwright abriram caminho para fora da câmara, mas, quando estava prestes a segui-los, ouvi um grito atrás de mim e me virei para ver Alice paralisada, enquanto seu rosto era a máscara do terror. Um dos demônios acordara de repente, sentando-se no bloco de pedra; ele estava segurando seu braço bem apertado e a fitava com olhos malvados.

O corte na garganta continuava sangrando, mas, sem dúvida, não fora tão profundo, e ele acabara despertando e encontrando invasores em seu domínio. Seus olhos brilhavam furiosamente, e ele estendeu a mão para pegar a lâmina curva no cinto. Ia usá-la em Alice! Corri e o feri no peito com a extremidade de meu bastão. Ele soltou um suspiro ao sentir o contato da sorveira-brava e abriu a boca; saliva e sangue escorreram. Ele desembainhou a espada; por isso, eu o ataquei mais uma vez. A arma ficou rodando em sua mão; ele soltou o braço de Alice e girou para longe em seu leito de pedra, aterrissando de pé. Lentamente, virou o rosto para mim, e seus olhos estavam pouco acima do nível do bloco.

Antes que pudesse esboçar uma reação, ele deu um salto. Nenhum humano poderia ter pulado tão alto e com tal velocidade. Ele voou por cima do bloco e caiu em cima de mim, fazendo com que o bastão girasse de minha mão. Caí para trás, joguei o corpo para o lado e rolei para longe dele. Vi que o demônio estava prestes a atacar mais uma vez e percebi que tinha uma única chance. Levaria muito tempo para pegar a corrente de prata escondida no bolso de minha calça, mas eu podia tentar alcançar o ombro e desembainhar a faca que Grimalkin havia me dado. Mas nem bem o pensamento passou por minha mente, percebi que era tarde demais. O demônio já estava em cima de mim.

Duas coisas aconteceram ao mesmo tempo. Ouvi um clique, e alguma coisa passou por cima da minha cabeça como um dardo, atingindo a criatura na garganta. Ele caiu de joelhos, sufocando e, então, tombou para um lado. Depois de tentar respirar e estremecer, ficou imóvel.

Alice se aproximou de mim, segurando meu bastão. O clique que eu ouvira fora a lança sendo liberada, e ela agora estava coberta de sangue. O Caça-feitiço e Arkwright vieram correndo para a câmara. Observaram a criatura morta e, em seguida, Alice.

— Parece que Alice acaba de salvar sua vida, mestre Ward — falou Arkwright, ao mesmo tempo que eu tentava, ainda cambaleante, pôr-me de pé.

O Caça-feitiço não disse uma palavra. Como de costume, ele não conseguia elogiar Alice. Imediatamente, ouviu-se um resmungo do canto mais distante da câmara: outro dos servos da Ordeen começava a se mexer.

— As feiticeiras não foram tão minuciosas quanto pensamos — observou John Gregory. — Vamos embora. Não há razão para ficarmos nem mais um minuto aqui. O tempo é curto... e quem sabe com que criaturas nos depararemos?

Além da porta, havia outro corredor que conduzia, mais uma vez, para cima. Começamos a subir, e o Caça-feitiço ia à nossa frente. De repente, ele ergueu uma das mãos e parou, apontando em seguida para a parede à nossa esquerda. Uma pequena esfera brilhante — uma bolha de fogo translúcido — flutuava à altura de nossas cabeças. Não era maior que meu punho e, no início, pensei que estivesse presa à parede. Enquanto a observava, vi que flutuou pela passagem, desaparecendo em meio às pedras.

— O que era aquilo? — indaguei. — Um elemental do fogo?

— Sim, rapaz, acredito que sim. Como vivi no Condado úmido durante toda a minha vida, nunca pus os olhos em um desses. Mas, pelo que li, eles podem ser muito perigosos. No entanto, por causa da água que caiu sobre a Ord — e penetrou em seus muros — deve levar algum tempo até que se torne completamente ativo. E essa é mais uma razão para apertarmos o passo o máximo que pudermos! Onde está Seilenos? Ele sabe tudo sobre essas coisas...

— Está morto — expliquei, balançando a cabeça com tristeza. — Apesar do aviso de minha mãe, ele comeu a comida e bebeu o vinho que estavam sobre a mesa, e foi morto por um dos demônios.

— A voracidade matou o pobre homem — falou o Caça-feitiço com voz severa. — A maneira do Condado de enfrentar as trevas é a melhor. É uma pena. Precisávamos muito de um especialista aqui.

O corredor continuava a subir, tornando-se cada vez mais íngreme, e mais uma vez nos deparamos com uma parede de pedra bloqueando nosso caminho e uma abertura do lado esquerdo. No interior da câmara seguinte, a lanterna revelou mais blocos de pedra com demônios que jaziam sobre elas. Todos tinham sido mortos da mesma maneira que os outros, e havia muito sangue; no entanto, à medida que fomos avançando pelos blocos, Alice soltou um grito abafado de horror.

Dessa vez, o combate não tinha sido tão fácil para as feiticeiras. Uma delas fora morta. Tampouco havia muita coisa. Tudo que restara eram as pernas, abaixo dos joelhos, e os sapatos de bico fino. Acima deles, o corpo fora reduzido a cinzas negras, que ainda estavam fumegando. O ar estava empesteado com o odor de carne queimada.

— Que criatura fez isso? — indaguei. — Foi aquele globo cintilante que vimos antes?

— Isso ou algo parecido, rapaz. Algum tipo de elemental do fogo, sem dúvida. Vamos torcer para que tenha ido para outro lugar. A Ord está voltando à vida mais rápido que imaginávamos — disse o Caça-feitiço, e então seus olhos se arregalaram, alarmados.

Uma bola de fogo aparecera no ar cinco passos adiante de nós. Era muito mais ameaçadora que a bola translúcida que tínhamos visto antes. Ela era pouco maior que uma cabeça humana e opaca. Lançava chamas, pulsando ritmicamente e se expandindo e contraindo, a cada vez. Começou a deslizar em nossa direção, aumentando de tamanho muito rápido.

O Caça-feitiço atingiu-a com o bastão e ela recuou um pouco, antes de voltar a se aproximar. Mais uma vez, ele a golpeou, errando por menos de um centímetro; ela se lançou para cima de nós, passando acima de nossas cabeças com uma velocidade tremenda e partindo-se contra o muro na outra extremidade, soltando uma chuva de faíscas cor de laranja.

Caminhando a passos largos, o Caça-feitiço abriu caminho para fora da câmara. Olhando para trás, vi que a bola de fogo voltara a se formar na base da parede e novamente estava começando a flutuar atrás de nós. Do outro lado da entrada, degraus de pedra íngremes conduziam para cima, e subimos o mais rápido que pudemos. Olhei para trás, mais uma vez, com ansiedade, mas o elemental não parecia estar nos seguindo. Fiquei imaginando se ele estaria, de alguma forma, confinado à câmara. Talvez fosse sua obrigação guardá-la?

Os degraus transformaram-se numa espiral. Será que estamos no interior de uma das três agulhas? Foi o que pensei. Não era possível dizer, pois não havia janelas. Eu estava ficando cada vez mais nervoso. Mesmo que conseguíssemos destruir a própria Ordeen, o caminho estava cheio de elementais... e quem sabe que outras criaturas? Teríamos que descer os degraus novamente e, nesse momento, qualquer coisa que se escondesse nas sombras deveria estar totalmente acordada e seria perigosa. Como conseguiríamos fugir?

Instantes depois, encontramos mais uma ameaça. Uma Mouldheel jazia morta nos degraus, à nossa frente, e pudemos identificá-la pelos pés descalços e o vestido esfarrapado. No lugar da cabeça e dos ombros, uma bola laranja reluzente, com o formato de uma estrela-do-mar, contorcia-se e crepitava, movendo-se lentamente para baixo para consumir o que restara do corpo dela. Era um dos *asteri* sobre os quais o Caça-feitiço me alertara.

— Parece que ele caiu sobre a cabeça dela, enquanto ela passava — observou. — Não é um modo fácil de morrer...

Encolhidos contra as paredes de pedra, seguimos adiante, mantendo a maior distância possível da feiticeira morta e de seu terrível assassino. Mas foi então que o Caça-feitiço apontou mais à frente. Havia quatro ou cinco elementais semelhantes pendurados no teto alto, pulsando com fogo.

— Não tenho certeza se é melhor andar devagar ou correr — murmurou. — Vamos tentar andar lentamente e ficar juntos. Prepare seu bastão, rapaz!

O Caça-feitiço seguiu à nossa frente, com Alice atrás dele e Bill Arkwright no fim da fila. Mantivemos nossos bastões em prontidão. Minha boca secara com o medo. Subimos de modo lento e constante, passando por baixo dos dois primeiros elementais, em formato de estrela-do-mar. Talvez eles ainda estivessem adormecidos ou tivessem sido afetados pelo dilúvio. Era tudo que podíamos esperar...

Justo quando achamos que havíamos escapado do perigo, ouvimos um sibilo, e um grande elemental desceu direto para a cabeça do Caça-feitiço. Ele girou o bastão, e a lâmina partiu-o em dois pedaços, fazendo uma chuva de faíscas. O *asteri* caiu nos degraus atrás de nós. Olhei para trás e vi as faíscas se arrastando na direção umas das outras, tentando juntar-se novamente numa única criatura.

Corremos, mas continuamos olhando para o teto, procurando o perigo. Enfim, chegamos a um patamar. Deparamo-nos com três portas imensas, e percebi que elas deveriam ser as entradas para as três torres.

— Então, qual dos caminhos devemos seguir? — indagou o Caça-feitiço, fitando um lance de escada de cada vez.

— É isso que queremos saber! — respondeu Arkwright, dando de ombros. — Esse lugar é tão grande... nosso tempo se esgotará antes de percorrermos tudo. Não parece nada bom.

— Alice podia farejar o perigo — sugeri.

O Caça-feitiço franziu as sobrancelhas — sem dúvida, ele considerava que isso seria um uso das trevas.

Falei rápido, antes que ele pudesse recusar.

— Mamãe iria querer que usássemos todos os meios possíveis para sobreviver e matar a Ordeen!

— E eu já expliquei que não gosto de todos os métodos usados por sua mãe, e também não quero ter que usá-los! — falou rispidamente meu mestre.

— Deixe que Alice fareje — pedi em voz baixa. — Por favor...

— Acho que não temos outra escolha a não ser deixar a garota tentar — falou Arkwright.

O Caça-feitiço fechou os olhos, como se estivesse sentindo muita dor; em seguida, fez um aceno quase imperceptível.

No mesmo instante, Alice foi até a base do lance central de escadas e farejou duas vezes bem alto.

— Não posso dizer o que está lá em cima — admitiu ela —, pois foi por aqui que as feiticeiras passaram. Elas contaminaram o ar; por isso, não sei dizer o que há além delas.

— Então, faria sentido seguirmos por esses degraus — sugeriu o Caça-feitiço. — Pelo menos, dessa forma, poderíamos receber algum aviso, se elas se metessem em problemas. Além do mais, elas não farejaram esse caminho e o acharam seguro?

Mas, antes que Alice pudesse responder, ouviu-se um grito repentino vindo do túnel central, e pudemos ouvir o som de alguém descendo os degraus na nossa direção. O Caça-feitiço ergueu o bastão, e ouviu-se um clique quando liberou a lâmina retrátil.

No minuto seguinte, uma feiticeira apareceu no patamar, correndo e gritando, com os cabelos em chamas e os sapatos de bico fino ressoando no piso de mármore. Não tinha certeza se ela nos vira. Ainda gritando, continuou a descer os degraus até que nós a perdemos de vista. Então, uma segunda feiticeira apareceu, uma Mouldheel de pés descalços — uma das seguidoras de Mab. Arkwright a segurou pela manga esfarrapada e a ameaçou com seu bastão. Seus olhos estavam cheios de terror, seu rosto estava coberto de fuligem, mas ela não parecia ferida.

— Deixe-me ir! — gritou.

— O que aconteceu? — indagou ele.

— Demônios de fogo! Não tivemos chance. Estão mortas. Todas, mortas!

Depois de dizer isso, liberou-se do aperto de Arkwright e correu escada abaixo. Se ela estava falando a verdade, todas as feiticeiras poderiam estar mortas — inclusive Grimalkin e Mab. O poder da Ordeen era tal que elas não puderam farejar o perigo e tampouco eram páreo para os elementais do fogo.

Alice examinou a escada do lado esquerdo e balançou a cabeça.

— É perigoso lá em cima! — Parando na abertura do lado direito, assentiu devagar — Aqui tudo parece bem...

Em seguida, começamos a subir com cuidado — mais uma vez, o Caça-feitiço assumira a liderança. Parecia que estávamos subindo havia uma eternidade. Minhas pernas estavam ficando cansadas e pesadas como chumbo. Era terrível imaginar toda aquela estrutura passando por um portal, repleta de entidades sombrias — algumas delas eram desconhecidas e nem sequer haviam sido registradas no Bestiário do Caça-feitiço. E se, de repente, a Ord retornasse pelo portal, e nos levasse junto com ela? Era um pensamento assustador, e eu desejava que nós tivéssemos feito o que fosse necessário e estivéssemos em nosso caminho de volta, em vez de penetrando ainda mais profundamente, com um bando de perigos desconhecidos à nossa frente.

Finalmente, alcançamos o topo das escadas e nos deparamos com uma grande porta circular de bronze. Nela estava incrustado um imenso esqueleto. Não se via fechadura nem maçaneta, mas o Caça-feitiço pôs a mão sobre a escultura e empurrou. A porta se abriu sem fazer nenhum som. Segurando a lanterna bem alto, ele entrou em uma pequena sala octogonal. Olhamos ao redor espantados. Não havia outra porta. Que lugar era aquele? Para que servia?

Quase que imediatamente, recebi a resposta. Era uma armadilha! De repente, o chão se abriu sob nossos pés e ouvi Alice soltar um grito de medo. Em seguida, a lanterna se apagou, meu estômago se revirou, e caí no nada.

CAPÍTULO 18
UMA BARGANHA

Aterrissei na terra fofa, e o impacto me fez perder o fôlego, lançando o bastão e minha bolsa para longe. Estava totalmente escuro — eu não podia nem mesmo ver minha mão diante do rosto. Fiquei de joelhos. Debaixo de mim, havia lama, e a umidade começava a encharcar minha calça. Gritei pelo Caça-feitiço e por Alice, mas não obtive resposta.

No entanto, eu não estava sozinho. Percebi um movimento na escuridão ao meu redor. O que quer que fosse, andava em mais de duas patas, precipitando-se em minha direção. Com um sobressalto, senti alguma coisa tocando meu tornozelo pouco acima de minha bota. Era um toque delicado, quase uma carícia, e fiquei imaginando, por um momento, se talvez fosse algo que eu não precisava temer. Mas, então, o primeiro contato delicado transformou-se em um aperto muito forte, e senti dentes afiados rasgando minha perna.

Esperei que aquela criatura fosse morder até os ossos e até mesmo arrancar meu pé, porém, ela começou a me arrastar. Não me atrevi a resistir. Impotente, eu batia contra o chão; em seguida, senti a superfície embaixo de mim mudar, tornando-se dura e fria. Ouvi as patas da criatura estalando pelo chão. Depois, ela parou, soltando minha perna e afastando-se rapidamente.

Nas proximidades, ouvi pessoas rindo. Tive a impressão de que riam de mim, tentando, de algum modo, me provocar. Fiquei parado e não disse nem uma palavra. Eu havia perdido meu bastão e a bolsa durante a queda e, a não ser pela corrente de prata no bolso da calça, estava indefeso.

De repente, o chão abaixo de mim começou a oscilar de maneira alarmante e ouvi o ranger de correntes. Instintivamente, sentei-me muito ereto e estiquei minhas mãos, buscando apoio. A zombaria parecia diminuir abaixo de mim. Ou era isso ou, de algum modo, eu estava sendo erguido. Os sons se tornaram cada vez mais fracos e, em seguida, desapareceram. Houve um leve movimento do ar em meu rosto. Eu *estava* me movendo para cima na escuridão!

Sentindo-me como um minúsculo camundongo no cesto de um gato, continuei perfeitamente parado e em silêncio. O menor movimento poderia precipitar um ataque. Qualquer coisa poderia estar escondida naquela escuridão e eu não queria atrair sua atenção. Mas, então, comecei a tomar consciência das formas ao meu redor — tudo estava ficando cada vez mais claro. Eu havia temido o escuro, mas agora a luz me mostrava que minha situação era desesperadora.

A superfície abaixo de mim era metálica, corroída por ferrugem e arranhões. Quando a luz se intensificou, vi que estava sentado numa travessa funda e circular de metal, suspensa no topo da agulha acima de mim. Três correntes enferrujadas estavam presas à borda externa: exceto pelo tamanho imenso, era muito semelhante ao prato da isca que os caça-feitiços costumavam usar para atrair um ogro para a cova. Será que eu serviria de isca para alguma criatura — algum imenso predador? Refleti sobre isso apavorado.

Havia outras correntes ao meu redor, e elas também pareciam estar se mexendo. Acima de mim, ouvi um estrondo profundo. Será que estava muito distante do solo? Quando me movi para ver sobre a borda da travessa, ela começou a balançar de modo assustador. Embaixo, havia um abismo imenso. E, ao meu redor, eu podia ver outras bandejas se elevando na agulha. Eu estava preso numa armadilha. E não havia meio de descer.

As paredes também estavam ficando cada vez mais próximas, à medida que a agulha se estreitava. Agora eu podia ver a textura das pedras — e mais alguma coisa: algumas criaturas estavam dependuradas nas paredes — eram tantas, que mais parecia uma colônia de insetos, como o centro lotado de uma colmeia. O que eram aquelas criaturas?

Quanto mais eu subia, mais próximas de mim ficavam as paredes; de repente, compreendi exatamente o que estava vendo. Senti um aperto no peito. Eu estava olhando para uma grande horda de lâmias, as vaengir.

Havia centenas delas. Cada uma tinha quatro membros, e as pesadas patas traseiras tinham garras muito afiadas; os membros dianteiros pareciam braços humanos com mãos delicadas. Um par de asas de inseto dobrava-se em suas costas, ocultando um par interno, mais leve. Depois do dilúvio, elas batiam as asas para que secassem. Do lado de fora, na planície, em breve, estaria escuro, e, quando suas asas estivessem secas, elas poderiam sair da Ord e se arriscar para fora do escudo de nuvens, atacando Kalambaka e os monges de Meteora.

Eu podia ver que as lâmias estavam me observando através dos olhos inchados, com as feições descarnadas e inquietas; elas pareciam famintas. O ruído surdo na parte de cima ficou ainda mais alto, transformando-se num retinido que feria meus tímpanos. Ergui os olhos. Acima de minha cabeça, via-se um fuso imenso, que girava lentamente, erguendo as correntes e puxando as bandejas de metal para cima.

Baixei os olhos para as outras travessas e vi formas humanas estateladas em alguns delas — se estavam vivas ou mortas, não sabia dizer, pois se encontravam muito abaixo de mim. Nenhuma delas parecia estar se movendo. De repente, compreendi...

Éramos a comida das lâmias! O alimento que lhes daria força para voar! O horror do que eu enfrentava fez com que todo o meu corpo estremecesse. Eu seria partido em pedaços. Lentamente, respirando fundo, fiz um esforço para diminuir o medo. Eu tinha que pensar nos outros. Será que o Caça-feitiço, Arkwright e Alice estavam na mesma situação que eu, sendo erguidos para alimentar as vorazes hordas de lâmias?

Ouviu-se uma pancada e o retinido cessou. Baixei os olhos mais uma vez e percebi que estava bem no centro da torre, na bandeja mais alta.

Depois, senti que minha travessa começava a subir. Olhei para as outras bandejas abaixo de mim, mas elas não estavam se movendo; estavam ficando para trás. Momentos depois, passei por um grande cilindro fixo de metal, coberto de correntes enferrujadas, um dos mecanismos com os quais foram erguidas as outras bandejas. Eu devia estar suspenso por um sistema diferente. No mesmo instante, acima de mim, vi uma coisa que parecia uma nuvem negra em ebulição, muito semelhante à nuvem acima da Ord, mas em seu interior. Estremeci ao me aproximar dela. Ela me encheu de medo. Um minuto depois, eu estava dentro dela, incapaz de ver a mão diante do meu rosto. A bandeja parou e fiquei suspenso lá por vários instantes, na mais completa escuridão.

Então, a nuvem negra começou a retroceder, ficando cada vez mais fina, e pude olhar ao meu redor. Eu estava parado no interior de uma travessa metálica enferrujada. Abaixo de mim, estendia-se o imenso vazio por meio do qual eu havia subido. Eu fora erguido até uma pequena sala de mármore negro; não passava de um cubo, sem portas nem janelas e com apenas duas peças de mobília: um grande espelho circular na parede do meu lado esquerdo — e um trono.

Comecei a tremer porque já vira aquele trono antes, na primavera, antes de encontrar a mênade assassina ou mesmo de ter ouvido sobre a Ordeen. Era o trono no qual o Maligno estivera sentado quando conversei com ele no batelão negro, na primavera do ano passado. Tinha um entalhe complexo: no braço esquerdo, via-se um dragão cruel, que erguia as patas de modo agressivo; no direito, havia uma cobra com língua bifurcada, e seu corpo comprido descia pela lateral do trono, enrolando-se ao redor da perna em forma de pata.

Dei um passo para fora da bandeja, pondo os pés no piso de mármore. Olhei direto à minha frente, temendo baixar os olhos para o abismo. Ao fazer isso, um calafrio percorreu minha espinha; era um aviso de que eu estava na presença de um perigoso servo das trevas. Eu sabia o que estava acontecendo, pois já sentira isso antes. Não podia me mover. Tampouco estava respirando, mas também não sentia vontade de respirar. O tempo estava parado. Parado para mim e para tudo que me cercava. Isso podia significar apenas uma coisa. O Maligno...

E, de repente, lá estava ele, sentado no trono ornamentado, mais uma vez, na forma de Matthew Gilbert.

— Eu lhe mostrarei uma coisa agora, Tom — falou, e sua voz estava cheia de malícia. — O futuro. O que acontecerá nas próximas horas. Somente você poderá impedir isso. Olhe no espelho!

Senti meu coração disparar no peito. Estava respirando de novo, mas, ao meu redor, tudo continuava totalmente parado. Embora estivesse livre para me mover, o tempo ainda estava congelado. Incapaz de me controlar, fiz o que ele havia ordenado e olhei para o espelho. Tudo estava escuro e, por um instante, senti como se estivesse caindo, mas, em seguida, eu estava olhando para as bandejas de metal em alguma parte acima de minha cabeça, e podia ver todas elas, pois meus olhos estavam mais límpidos e atentos do que jamais estiveram.

Algumas das travessas estavam cheias de sangue; outras, tinham pessoas nelas. Carne e sangue — tudo aquilo serviria de comida. Alimento para as lâmias. Eu podia ver o Caça-feitiço em uma delas; ele não estava segurando o bastão e parecia velho e frágil, erguendo os olhos assustados e sem esperança. Em outra, vi Alice, segurando a borda da bandeja até os nós dos dedos ficarem brancos. Mas minha mãe não estava lá e, por alguma razão, isso me deu esperança.

Nem bem esse pensamento passou pela minha mente, ouvi o bater de muitas asas, e o bando das vaengir voou sobre as bandejas com as patas esticadas. Elas formavam uma massa escura e faminta, com asas que batiam com força e obstruíam minha vista, mas ouvi Alice gritar.

Eu estava impotente, incapaz de ir em seu auxílio. Não podia fazer nada por eles; nem mesmo cobrir meus próprios ouvidos para bloquear o terrível som de gritos e de carne sendo dilacerada.

A visão mudou, e eu estava do lado de fora da Ord, observando os servos da Ordeen cavalgarem para fora dos portões. Eram milhares deles, com lanças e cimitarras em posição, e cada um daqueles rostos compridos marcado por pensamentos cruéis. Eram todos homens; não havia sinal das mulheres. O tempo parecia acelerar, e eu os observei se aproximando de Kalambaka, ultrapassando os guerreiros que fugiram da Ord. As criaturas os golpeavam sem piedade ou os erguiam para beber seu sangue, antes de lançar os corpos quebrados de volta à terra. Atrás deles, vinham as hordas de mênades, empanturrando-se com a carne dos mortos e dos moribundos.

Na cidade murada, atacaram todos aqueles que haviam se recusado a partir, ou que não conseguiram fugir. Homens e mulheres desarmados sofreram o mesmo destino. As crianças, e mesmo os bebês, foram arrancados dos braços de suas mães, drenados e, em seguida, lançados contra as paredes sujas de sangue. Mais uma vez, as mênades precipitaram-se sobre os corpos quebrados, rasgando a pele das vítimas. Em seguida, vi as vaengir descerem sobre os mosteiros de Meteora; sua altura elevada não era uma proteção contra um ataque aéreo tão feroz. Vi corpos caindo feito bonecas quebradas; o chão do *katholicon* estava cheio de sangue. Os hinos não mais soariam como anjos, enchendo sua cúpula; nem as orações dos monges fortaleceriam a luz. A Ordeen estava livre agora para aparecer onde bem entendesse. E o Condado também corria risco.

— Esse é o futuro, Tom! — gritou o Maligno. — Os eventos que lhe mostrei ocorrerão daqui a uns poucos instantes, começando com as mortes de seu mestre, Alice e Arkwright. Isto é, a menos que você tome as medidas necessárias para evitar isso. Posso ajudá-lo. Só quero uma coisa de você: quero que você me dê sua alma. Em troca, ofereço-lhe a chance de destruir a inimiga de sua mãe.

A visão desapareceu e fiquei olhando para meu próprio reflexo. Virei-me para o Maligno.

— Minha alma? — indaguei espantado. — Você seria dono da minha alma?

— Sim. Ela pertenceria a mim. Seria minha para usá-la como quisesse.

Dono da minha alma? O que isso significava? Quais seriam as consequências? Estar morto e preso para sempre num inferno vivo? Nas próprias trevas?

O rosto que me fitava do trono não estava mais sorrindo. Seus olhos eram severos e cruéis.

— Daqui a três dias, se você sobreviver, virei buscar a sua alma. Isso lhe dará tempo suficiente para realizar a vontade de sua mãe e chegar a um local seguro. Não vou matá-lo. Não. Os termos deste contrato são tais que, quando eu vier atrás de você, o hálito deixará seu corpo e você morrerá. Sua alma ficará em minhas mãos. E você sobreviverá como minha propriedade, submetendo-se à minha vontade. As peias que me amarram não importarão mais. Não irei matá-lo; por isso, meu reinado não se limitará a apenas cem anos. Você terá concordado em me entregar sua vida; por isso, desaparecerá deste mundo por sua própria vontade. Assim, estarei livre para usar meus próprios meios e obter, finalmente, o domínio deste mundo. Levará tempo — um longo tempo —, mas sou paciente.

Balancei a cabeça.

— Não. É loucura. Você está me pedindo muita coisa. Não posso concordar com isso.

— Por que não, Tom? É a coisa certa a fazer. Faça este sacrifício e deixe sua alma sob a minha guarda. Você conseguirá tudo o que quer: posso dar a você a chance de evitar todas as mortes que mostrei E você ainda evitará um perigo futuro para o Condado. É sua a decisão, Tom. Mas você viu o que está para acontecer. Ninguém, além de você, poderá impedir isso!

Eu só podia evitar a morte de Alice, Arkwright e do Caça-feitiço, se concordasse com o Maligno. E milhares de outros seres humanos morreriam, a Ordeen triunfaria e, dali a sete anos, quando ela se vingasse de minha mãe e destruísse a tudo e a todos que ela amava, seria a vez de o Condado sofrer um destino semelhante. Mas, para evitar aquilo, eu perderia minha própria alma. Era uma coisa terrível. Será que aquele sacrifício valeria a pena? O que o Maligno queria dizer ao falar de uma "chance"?

— Quanta "*chance*" eu teria, em troca da minha alma? — indaguei. — E que tipo de ajuda eu teria agora?

— Duas coisas: primeiro, eu atrasaria o despertar da Ordeen. Uma hora é o máximo que posso fazer. Sem dúvida, alguns dos servos acordam muito antes dela. Outros estão começando a se agitar. Você deve evitá-los ou lidar com eles da melhor maneira que puder. Porém, em segundo lugar e mais importante, posso lhe dizer onde fica a Ordeen.

Mais de uma vez, no passado, servos das trevas haviam me dado chances semelhantes. Golgoth, um dos deuses antigos, tinha me oferecido minha vida e minha alma em troca de libertá-lo de um pentáculo que o amarrava. Eu recusara a oferta. Isso não importava; minha obrigação era com o Condado. Em Pendle, a feiticeira Wurmalde também tinha exigido uma coisa de mim — as chaves dos baús de mamãe. Ela tinha esperança de encontrar um poder tremendo para as trevas neles. Embora as vidas de Jack, Ellie e da filhinha deles,

Mary, dependessem do meu acordo, mais uma vez havia recusado.

Mas a oferta atual era diferente. Não se tratava apenas da minha vida que estava em jogo; nem das vidas dos membros da minha família. Sim, minha alma pertenceria ao Maligno — as trevas personificadas. Mas eu também estaria salvando o Condado de uma visita futura. E somente se o Maligno me levasse para seu lado é que poderia dominar a Terra até o fim dos tempos. Isso não iria acontecer — ele simplesmente ganhara a minha parte imortal. A Ord era uma estrutura enorme e complexa. Saber a localização precisa da inimiga de minha mãe nos daria uma chance real de sucesso, pensei.

Eu estava muito tentado a aceitar a oferta. O que mais poderia fazer? E ainda nos daria tempo — algo de que todos precisávamos desesperadamente. Além disso, mais um detalhe me dava esperança. Não havia evidência de que minha mãe estivesse morta e, se ela ainda estivesse viva, então, qualquer coisa era possível. Talvez ela descobrisse um modo de me salvar, um meio pelo qual eu me libertaria da barganha que estava prestes a fazer.

— Muito bem — falei, estremecendo ao pensar no que iria entregar ao controle do Maligno. — Entrego minha alma, em troca do que você me oferece.

— Daqui a três dias, retornarei para buscá-la. Estamos acordados, então?

Fiz que sim com a cabeça.

— Sim. Estamos acordados — falei, e meu coração foi parar nas botas.

— Que assim seja. Então, eis a informação de que você precisa. A Ordeen não será encontrada dentro de nenhuma das três torres. Elas são o lar dos servos e somente contêm armadilhas e morte para quem entrar. No entanto, atrás delas, vê-se uma cúpula, no telhado da estrutura principal. É lá que você a encontrará. Cuidado, porém, ao percorrer o telhado — existem muitos perigos por lá. E, lembre-se, você tem apenas uma hora até que a Ordeen acorde.

Depois de me entregar a segunda parte do que havia me prometido, o Maligno sorriu e fez um gesto de que eu deveria voltar para o meu lugar na bandeja. Nem bem eu fizera isso, o cômodo começou a escurecer, e a nuvem ficou mais densa e agitada ao meu redor. A última coisa que vi foi seu rosto com uma expressão de satisfação maldosa. O que mais eu poderia ter feito?, perguntei a mim mesmo. Como eu poderia permitir que tantas pessoas morressem? Pelo menos, isso nos dava uma chance de impedir um massacre. O que era minha alma comparada a isso?

Eu tinha feito uma barganha com o Maligno. Em três dias, a menos que minha mãe pudesse me ajudar, teria que pagar um preço terrível por essa chance de vitória.

CAPÍTULO 19
SEU DESTINO

A bandeja inclinou para um lado e começou a descer, ao mesmo tempo que a nuvem se dissipava rapidamente, revelando o interior da agulha torcida mais uma vez. As lâmias ainda estavam lá, agarradas nas pedras, mas não se moviam. Assim que passei pelo cilindro, ele começou a girar lentamente, com uma pancada surda e um chiado, enquanto as correntes das outras bandejas cediam à força da gravidade. Olhei por cima da borda e vi as bandejas descendo à minha frente. Embora eu as examinasse, procurando aquelas em que estavam o Caça-feitiço, Alice e Arkwright, elas desapareceram de minha vista.

Lembrei-me da escuridão das regiões inferiores e, nem bem pensara nisso, a luz a meu redor desvaneceu; a descida agora ocorria na escuridão completa. Por fim, com uma pancada, minha bandeja chegou ao chão.

Por um instante, não me movi, esperando na escuridão, sem me atrever a respirar. Ouvi pancadas surdas perto de mim, quando as outras bandejas tocaram o chão macio. Lembrei-me da criatura que, oculta pela escuridão, apertara minha perna com os dentes e me arrastara para o prato. E se ela ainda estivesse escondida nos arredores? Fiz um esforço para me acalmar. A criatura invisível cumprira sua finalidade, colocando-me no lugar onde eu seria levado para me encontrar com o Maligno. Sem dúvida, agora ela não me incomodaria, não é? Afinal, tínhamos feito uma barganha e eu ganhara uma hora para encontrar a Ordeen, antes que ela estivesse completamente desperta. Mas será que eu podia confiar no Maligno? Será que ele ia cumprir nosso acordo?

Vi um movimento à minha direita e me encolhi, mas, um minuto depois, uma luz cintilou e consegui ver um vulto erguendo uma lanterna. Para meu alívio, era o Caça-feitiço. Ele se aproximou de mim devagar, lançando um olhar preocupado de um lado para outro. Atrás dele, estava Arkwright. Quando desci da travessa de metal, meus pés afundaram na lama e outro vulto saiu das trevas na direção da lanterna: era Alice.

— Pensei que estivéssemos acabados — observou o Caça-feitiço. — Num instante, estava esperando para ter meu sangue drenado e, no seguinte, estou aqui. Parece bom demais para ser verdade...

Ele lançou um olhar a todos nós, um de cada vez, mas eu não disse nada, embora pudesse sentir os olhos de Alice me observando atentamente.

— Então, vamos ver o que mais podemos descobrir — disse meu mestre. — Eu ia me sentir melhor com o bastão nas mãos.

Seguimos o Caça-feitiço, procurando nos manter no interior do círculo amarelo de luz, lançado pela lanterna. Em poucos minutos, encontramos seu bastão e a bolsa; depois, o de Arkwright e, finalmente, os meus pertences.

— Eu me sinto muito melhor agora! — exclamou Arkwright.

— Quase como se alguém estivesse nos ajudando — observou o Caça-feitiço. — Fico imaginando se sua mãe tem algo a ver com isso...

— Seria bom pensar que sim. Só espero que ela esteja bem — falei, torcendo para que ele não suspeitasse do meu papel no que tinha acontecido.

— Bem, parece que nos deram uma segunda chance — continuou —, então, melhor aproveitar. Não sei quanto tempo temos antes que este lugar desperte completamente; portanto, é melhor corrermos. Mas a pergunta é: em que direção?

Agora eu sabia onde encontrar a Ordeen, mas como podia dizer isso a ele sem revelar a fonte do meu conhecimento?

— Precisamos chegar à base daqueles três lances de escada de novo — continuou meu mestre. — Cada um deve levar para o interior de uma torre diferente. Este último era uma armadilha. O do centro abrigava os elementais que mataram as feiticeiras. Isso só nos deixa uma opção.

— Meus instintos me dizem que não a encontraremos em uma das torres — falei, medindo as palavras com cuidado. — Cada uma delas contém uma armadilha como a que quase nos matou. Acredito que ela esteja na cúpula sobre o telhado da estrutura principal... aquela que mamãe mencionou. Minha mãe disse que, se a Ordeen não estivesse nas torres, poderia estar lá.

O Caça-feitiço coçou a barba e refletiu sobre o que eu havia dito.

— Bem, rapaz, como eu lhe disse muitas vezes antes, você sempre deve confiar em seus instintos. Se você e sua mãe concordam, estou inclinado a continuar com isso. Mas, como saímos daqui? — perguntou, virando a cabeça e segurando mais alto a lanterna.

A não ser pela área iluminada, estávamos cercados pelas trevas; não conseguíamos nem ver as paredes. Mas o Caça-feitiço começou a andar a passos rápidos e nós o seguimos. De uma janela estreita, tivemos uma visão cruel de uma paisagem de pesadelo composta por contrafortes, torreões e poças de água escuras. Não nos detivemos e passamos por uma porta estreita, descendo alguns degraus até que estivéssemos de pé no telhado da estrutura principal da Ord por trás das torres.

Havia alguns pequenos torreões e protuberâncias esquisitas à nossa frente; mais além, pudemos divisar a cúpula que se elevava. Caminhamos em fila única — o Caça-feitiço, na frente, Alice, atrás de mim, e Arkwright fechando a fila. Ao longe, a nuvem negra ainda estava em ebulição e uma chuva fina escorria pelo nosso rosto. O Caça-feitiço ainda erguia a lanterna — embora, no momento, não fosse necessário, pois a Ord irradiava um brilho cor de bronze.

Havia muita água no telhado, formando piscinas profundas nos buracos. Pouco depois, estávamos caminhando por uma leve inclinação, ao lado de uma vala cheia de água parada; prateleiras de pedra erguiam-se de cada lado, cercando-nos.

De repente, uma luz amarelo-clara brilhou sobre nós, vindo de cima. Ergui os olhos e avistei a Lua em quarto minguante, pouco antes de voltar a ser encoberta. Estávamos nos aproximando do que parecia a entrada de um túnel, mas, quando entrei, pude perceber que não estávamos totalmente separados do céu.

Mais uma vez, a Lua voltou a aparecer, brilhando através do que pareciam ser as barras de uma gaiola. Era quase como se estivéssemos no interior do esqueleto de um animal gigante, olhando por entre o arco das costelas. Agarrados à pedra, estavam os mortos atormentados. Alguns se penduravam pelas mãos, outros, com os quatro membros. No chão, ao nosso redor, podíamos ver mais mortos ainda.

— Oh, não gosto nem um pouco deste lugar! — Queixou-se Alice, com os olhos bem abertos e assustados.

Como aprendiz do Caça-feitiço, eu encontrara um monte de almas aprisionadas antes, mas isto era muito pior. Algumas eram nitidamente humanas — infelizes desprezíveis em trapos esfarrapados que, ou estendiam seu braço para nós e pediam socorro, ou apenas tagarelavam sem coerência. Isso já era muito ruim, mas os outros eram parcialmente humanos e se assemelhavam a criaturas saídas de um pesadelo. Uma delas assumira a forma de um homem nu, mas tinha muitas pernas e braços como uma imensa aranha contraída e sua pele estava coberta de tumores e verrugas; outra das criaturas tinha a cabeça de um rato com grandes bigodes e um corpo sinuoso, que terminava em uma cauda, em vez de patas.

— O que são essas criaturas? — perguntei ao Caça-feitiço. — E o que estão fazendo aqui?

Ele virou o rosto para mim e balançou a cabeça.

— Não sei dizer com certeza, rapaz, mas suspeito que, em sua maioria, são almas aprisionadas. Alguns desses espíritos podem ter ficado aqui durante muitos anos, amarrados à Ord, cada vez que ela passava pelo portal. Outras decaíram a tal ponto de sua antiga humanidade, que mal podem ser reconhecidas. Nós as chamamos de "espíritos sub-humanos", pois sua alma degenerou e decaiu em relação ao que já foram. Temo que, mesmo que tivéssemos tempo, não há nada a fazer por esses infelizes. Não sei que crimes cometeram na Terra para serem aprisionados neste lugar, mas estão tão distantes da luz que não podem mais alcançá-la. Somente a destruição da Ord os libertaria.

Almas aprisionadas? Senti vontade de vomitar, ao pensar que, em três dias, eu poderia sofrer destino semelhante.

Balançando a cabeça, o Caça-feitiço continuou caminhando até que passamos pelo assustador túnel; as vozes queixosas e tagarelas desapareceram com a distância. A vala chegara ao fim, mas, além dela, o telhado se inclinava de maneira ainda mais íngreme. Direto à nossa frente, estava a cúpula que guardava a Ordeen adormecida. Eu podia ver uma entrada estreita em sua base — um pequeno buraco oval e escuro que me encheu de medo. Não havia portas, mas, quando o Caça-feitiço tentou abrir caminho para o seu interior, recuou, de repente, como se tivesse se deparado com um obstáculo.

Esfregou a testa por algum tempo; em seguida, deu um passo para trás e golpeou a abertura com a base do bastão. Ele parecia estar atingindo o ar vazio, mas ouviu-se uma pancada surda quando tocou em alguma porta invisível.

— Posso sentir uma espécie de barreira — disse ele, explorando a área com a palma da mão. — É muito lisa, porém, muito sólida. Temos que torcer para que haja outro meio de entrar.

Mas, quando tentei tocar o local que ele estava indicando, minha mão passou pela do Caça-feitiço. Respirei fundo e dei um passo à frente, cruzando a barreira com facilidade. De imediato, senti que havia uma grande distância entre mim e os outros. Eu ainda podia vê-los através da entrada, mas eles pareciam sombras e não havia nenhum brilho cor de bronze iluminando todas as coisas. Eu estava na completa escuridão e num mundo silencioso — e tudo o que percebia era um imenso espaço fechado.

Dei um passo para trás, voltando para o lado deles e imediatamente fui envolvido pelo som; isso me lembrou a ocasião na qual Arkwright me ensinara a nadar. Ele me jogou no canal e pensei que estava me afogando. Quando me puxou pela nuca, eu havia saído do mundo silencioso debaixo d'água e fora atingido pelo som. Agora ocorria a mesma coisa; ouvi vozes ansiosas e os gritos de alarme de Alice.

— Oh, Tom, pensei que tínhamos perdido você! Você simplesmente parecia ter desaparecido! — disse ela com desespero na voz.

— Eu podia ver vocês — falei. — Mas eram como sombras, e eu não podia ouvi-los.

Nesse instante, Alice se aproximou da barreira invisível e tentou atravessá-la, mas sem sucesso. Arkwright também a testou, primeiro, com o bastão, depois, com a mão.

— Por que Tom pode passar e nós, não? — indagou ele.

O Caça-feitiço não respondeu diretamente para ele. Fixando os olhos cintilantes em mim, disse:

— Isso é coisa de sua mãe, rapaz. Lembra-se do que ela nos disse? Que, ao dar o seu sangue, você teria acesso a lugares aos quais normalmente não poderia ir? Ela estava desesperada para que você voltasse à Grécia com ela. Talvez haja algo aqui na Ord que apenas você pode fazer. Sem dúvida, você é o único que pode atravessar essa barreira.

O Caça-feitiço estava certo. Meu sangue corria agora nas veias e artérias da Ordeen. Eu podia entrar em lugares que, em geral, eram proibidos aos forasteiros. Assim como minha mãe. Isso era parte do plano dela.

— Nosso tempo está acabando. Talvez eu deva ir sozinho, não é? — sugeri.

Estava apavorado, mas parecia ser a única saída. Pensei que o Caça-feitiço se oporia; no entanto, ele concordou.

— Pode ser que seja o único modo de um de nós alcançar a Ordeen, antes que ela acorde, mas, se você for, estará sozinho — e quem sabe em que perigo se meterá.

— Não estou gostando disso, Tom! — gritou Alice.

— Acho que é um risco que temos que correr — continuou o Caça-feitiço. — Se não acharmos e destruirmos a

Ordeen, então, nenhum de nós escapará com vida. Como é lá dentro? O que você viu?

— Nada. É apenas escuro e muito silencioso.

— Então é melhor levar a lanterna — falou, entregando-a para mim. — Vá em frente, rapaz, e veja o que pode fazer. Tentaremos encontrar outro meio de entrar.

Fiz que sim com a cabeça, peguei a lanterna e sorri para tranquilizar Alice; então, passei mais uma vez pela barreira invisível. Eu estava realmente apavorado, mas isso tinha que ser feito. Voltei a olhar para as sombras do Caça-feitiço, Arkwright e Alice; depois, segui resoluto para dentro do mundo silencioso. Mas ele não estava mais totalmente quieto agora que eu me encontrava dentro dele. Meus passos ecoavam na escuridão e eu ouvia minha própria respiração, além dos batimentos cardíacos. Segurando com firmeza o bastão e a bolsa na mão esquerda, ergui a lanterna com a direita. Qualquer coisa poderia estar oculta além do círculo amarelo de luz.

Devo ter caminhado cerca de duzentos metros ou mais sem encontrar nenhuma parede ou obstáculo, mas me dei conta de uma mudança. Meus passos não ecoavam mais. E então, à minha frente, vi uma grande porta com degraus que conduziam para cima.

Prendi a respiração e parei. Alguém estava sentado no último degrau, olhando em minha direção. Era uma garota, de cabelos louros que caíam sobre os ombros, vestido esfarrapado e pés descalços. Ela se pôs de pé e sorriu para mim. Tinha mais ou menos a minha altura e não parecia mais velha que Alice. No entanto, apesar do sorriso, havia uma certa autoridade cruel em sua expressão.

Era Mab Mouldheel. Então, nem todas as feiticeiras haviam morrido. Mas como ela fora parar ali? Como passara pela barreira?

CAPÍTULO 20
A VERDADE DAS COISAS

— Por que demorou tanto? — indagou Mab. — Estou esperando aqui há séculos.

— Por que você está esperando por mim? — indaguei com cautela.

— Por que você tem coisas a fazer, e o tempo é curto! Sua mãe está lhe aguardando — respondeu ela. — Venha, levarei isso...

Dizendo essas palavras, pegou minha lanterna e, segurando a manga da minha capa, começou a me puxar para cima. Por um instante, resisti, mas então deixei que ela me puxasse nos degraus estreitos em espiral. Íamos cada vez mais rápido, até quase corrermos.

Subitamente, comecei a ficar preocupado. Por que eu deixara que ela me controlasse desse jeito? Será que Mab estava usando algum tipo de magia negra para me amarrar à sua vontade?

— Onde estão suas irmãs? E por que você não estava com as outras Mouldheels? — perguntei, interrompendo bruscamente nossa subida. Eu não confiava nela. Talvez o Maligno tivesse me traído, sem manter sua palavra. E se Mab estivesse me entregando para a Ordeen, que já despertara?

— Nós nos separamos em grupos diferentes, quando entramos na Ord — explicou Mab. — Beth, Jennet e eu seguimos a distância. Agora elas estão sãs e salvas, e bem longe desse lugar horrível. Mas eu fiquei. Arrisquei minha vida, sim, para fazer isso. Você devia me agradecer!

— Por quê?

— Porque encontrei a Ordeen para sua mãe. Eu vi o local para ela, isso, sim. A coisa mais difícil que já fiz. Vamos, Tom. Não temos tempo a perder, e sua mãe está esperando lá em cima! — gritou, tentando me puxar mais uma vez.

— Espere um momento! — gritei, resistindo. — Você sabia onde a Ordeen estava? E não nos disse? Perdemos nosso tempo e ainda fomos apanhados numa armadilha! Por que você não nos avisou? Todos podíamos ter morrido!

E havia coisas piores, embora eu não dissesse a Mab. Eu simplesmente entregara minha alma para descobrir onde a Ordeen estava.

— Não, Tom. Não foi bem assim. Só vi o local quando estávamos no interior da Ord. Eu só podia fazer isso com o sangue de um dos servos da Ordeen. Cortei a garganta de um dos que estavam dormindo. Não levou muito tempo.

"Soubemos, então, que a Ordeen não estava em nenhuma das torres, mas aqui. Por isso, sua mãe decidiu arriscar e seguir o caminho mais direto. Ela me guiou para fora do túnel, ao longo do muro. Passamos pela entrada principal, sim, e foi preciso muita coragem! Havia muitos perigos lá dentro — criaturas parecidas com insetos nojentos, com seis patas, garras enormes e muitos olhos. Mas não se aproximaram de sua mãe — ficaram bem longe. Depois, chegamos a essa barreira. Sua mãe podia passar por ela, mas eu, não. Ela usou seu poder para quebrá-la, e foi assim que entrei. Mas isso foi difícil... e retirou um bocado de sua força. Por isso, ela precisa de mim. 'Traga Tom para cá o mais rápido que puder!', foi o que disse. Então, vamos. Não temos tempo a perder."

Dizendo isso, ela começou a me puxar para que eu a seguisse. Não opus resistência e, pouco depois, estávamos subindo correndo os degraus mais uma vez da maneira mais rápida que podíamos. Paramos num patamar escuro. Diante de nós, havia uma entrada e, além dela, a escuridão.

— Pode entrar — falou Mab. — Sua mãe está à sua espera para vocês conversarem. Ela me pediu que aguardasse do lado de fora. Quer ver você sozinha.

Eu não queria entrar; no entanto, estiquei a mão para pegar a lanterna. Mab balançou a cabeça.

— Ela não quer que você a veja. Não, assim. Está mudando. Está na metade do caminho, isso, sim. E não é nada bonito de se ver...

Não gostei do modo como Mab falou de minha mãe e tive vontade de bater nela com meu bastão. Será que minha mãe estava voltando à forma de Lâmia?

— Vá logo! — gritou Mab.

Olhei para ela com uma expressão séria, peguei o bastão e a bolsa, e caminhei para dentro da escuridão da câmara sinistra, esperando que meus olhos se adaptassem. Mas, antes que pudesse distinguir o vulto no canto, ouvi uma respiração difícil. Seria minha mãe? Parecia que ela estava ferida.

— Mamãe! Mamãe! É a senhora? — gritei.

— Sim, filho, sou eu! — respondeu uma voz rouca e mais grave do que eu me lembrava. Parecia cansada e cheia de dor. Mas, com certeza, era minha mãe.

— A senhora está bem, mamãe? Está ferida?

— Estou sentindo um pouco de dor, filho, mas era de se esperar. Estou me transformando. Posso escolher minha forma e estou assumindo aquela que poderá nos dar uma chance contra a Ordeen. Mas está sendo mais difícil do que eu esperava. Muito mais difícil. Ainda preciso de algum tempo para me preparar. Você deve atrasá-la.

— Atrasá-la? Como? — indaguei.

— Primeiro, com palavras. Você será um enigma para ela, um quebra-cabeça que ela tentará solucionar desesperadamente. Essa é sua primeira defesa. Depois, sua corrente e o bastão poderão nos dar algum tempo. Você ainda está usando a faca, Tom? Já usou o desejo?

Meu coração foi parar nas botas ao ouvir suas palavras. De repente, percebi que minha mãe queria que eu usasse os presentes de Grimalkin contra a Ordeen. Mas eu tinha que lhe contar a verdade.

— Ainda tenho a faca, mas usei o desejo obscuro para salvar Alice. Uma lâmia ferina a prendeu em sua boca. Se não usasse o desejo, ela teria morrido.

Ouvi minha mãe soltar um suspiro cansado.

— A combinação do desejo e da faca teria dado a você uma chance real contra a Ordeen. Mas, se você sobreviver, terá tomado a decisão correta. Você precisará de Alice a seu lado. De todo modo, use a lâmina como um último recurso.

— O que a senhora quer dizer com "ser um quebra-cabeça" para a Ordeen? — indaguei. — Não entendo. Por que eu seria isso?

— Não se lembra do que eu lhe disse? A razão pela qual demos seu sangue para ela? Ela conhecerá e não conhecerá você. Você parecerá familiar. Alguém que ela deveria conhecer, mas que não conhece. E será capaz de distrair a atenção dela, para que eu possa me preparar e atacar primeiro. Ela bebeu o seu sangue, levando-o para o próprio corpo, a fim de ganhar uma nova vida. Mas isso a modificou. Isso o aproximou. Ela já está enfraquecendo. Por isso, você conseguiu passar pela barreira. Por isso, eu também consegui entrar neste lugar. Compartilhamos o mesmo sangue, Tom.

Sua voz estava mudando agora. Tornando-se menos humana. Mais uma vez, voltei a ter dúvidas. Eu já fora enganado tantas vezes antes, que me tornara cauteloso.

— É a senhora, mamãe? É realmente a senhora? — perguntei.

— Claro que sou, Tom. Quem mais seria? Mas não o culpo por duvidar de mim. Eu mudei e continuo a mudar. Já assumi muitas formas em minha longa vida e agora assumirei a última. O processo está se acelerando, enquanto conversamos. Já não sou a mulher que era. Lembro-me de ser sua mãe. Lembro-me de ter casado com seu pai. Mas estou sentindo uma coisa diferente agora. Não fique triste, Tom. Todas as coisas mudam, um dia. Nada dura para sempre. Tudo que podemos fazer agora é aproveitar os últimos momentos que passamos juntos.

"Durante boa parte de minha longa vida, planejei a destruição da Ordeen. E agora ela está bem próxima. Você lhe deu seu sangue... de maneira corajosa. Por isso, eu o trouxe até minha pátria. Mas há mais uma coisa que poderá fazer a diferença. Atrase-a. Dê-me tempo. Mab levará você ao local no qual, em breve, ela vai acordar. Em pouco tempo, usarei minhas últimas forças contra ela. Eu lhe darei um abraço da morte. Mas, se conseguir fazer isso, você deverá fugir da Ord imediatamente. Fará isso? Promete, Tom?"

— E deixar a senhora, mamãe? Como poderia fazer isso?

— Você terá que fazer, filho. Deverá fugir. Seu destino é destruir o Maligno. Foi para isso que fiz o que fiz. Se você morrer aqui comigo, tudo terá sido em vão. Amarrarei a Ordeen o mais rápido que puder, até que as forças dela diminuam. Mas, quando isso acontecer, a Ord retrocederá pelo portal. A Ord será destruída, e, se ela não se libertar, será o fim dela também!

— Mas a senhora será destruída com ela! É isso que está dizendo, mamãe?

— Sim, será o meu fim também, mas o sacrifício terá valido a pena. Terei conseguido o que me comprometi a fazer há tanto tempo. Então, você promete? Por favor! Diga que sim..

Eu estava chocado e muito triste. Minha mãe ia morrer aqui. Mas como poderia recusar isso, se era a última coisa que ela estava me pedindo?

— Prometo, mamãe. Vou sentir muito a sua falta. Mas a senhora terá orgulho de mim.

Nesse momento, um raio de luar entrou pela janela, iluminando a cabeça de minha mãe. Eu ainda podia reconhecê-la, mas as maçãs do rosto estavam mais altas e salientes que nunca, e os olhos pareciam mais cruéis. Apenas pude entrever o formato de seu corpo e um pouco de sua substância. Ela estava aninhada no solo. E tinha escamas, garras afiadas e asas dobradas... mesmo enquanto eu a observava, ela se tornava cada vez menos humana, transformando-se diante dos meus olhos em sua forma final de Lâmia.

— Não olhe para mim, Tom! Não olhe para mim! Vire-se agora! — gritou minha mãe, com a voz cheia de dor e tristeza.

Eu vira uma coisa semelhante acontecer antes... e ouvira minha mãe gritar as mesmas palavras. Uma vez, o Flagelo que tinha vivido no labirinto debaixo da catedral de Priestown tinha me permitido ter uma visão horrorosa, que mostrava minha mãe com essa forma. E eu me lembrei das palavras exatas:

A Lua revela a verdade das coisas, garoto. Você já sabe disso. Tudo que você viu é verdade ou no futuro será. É só aguardar.

O Flagelo estava certo: agora eu me encontrava num pesadelo, acordado. Tudo já se tornara verdade.

Hesitei, e minha mãe gritou mais uma vez:

— Vá e faça o que estou pedindo! Não me decepcione! E lembre-se de quem você é e de que o amo!

Em seguida, virei as costas para ela e corri para fora da câmara, cheio de angústia.

Do lado de fora, Mab deu um risinho triunfante.

— Eu disse que não era bonito de ver — falou. — Agora, levarei você até a Ordeen...

Tremendo com o que vira, subi mais alguns degraus atrás de Mab. Pensar na dor que minha mãe estava sentindo e na transformação pela qual estava passando me deixava triste. Mas tive pouco tempo para pensar nisso, pois saímos numa varanda com uma pequena balaustrada de pedra, e Mab apontou para outro lance de escada que descia mais adiante.

— Lá esta ela! — sibilou Mab. — A Ordeen!

Ao fundo, via-se o que parecia ser o interior de uma igreja, mas faltavam as fileiras de bancos. Uma nave lateral reta passava entre os pilares de mármore ornado, na direção de um dossel branco, onde uma mulher num vestido de seda negra estava reclinada sobre um trono de mármore negro. Velas negras compridas, em castiçais dourados, ladeavam a nave lateral, e, atrás do trono, havia centenas de outras, com as chamas ardendo uniformemente no ar parado. Além dos pilares, viam-se alcovas sombrias nas paredes, nas quais podiam se ocultar diversos perigos.

Olhei novamente para a mulher. Seus olhos ainda estavam fechados, mas, a qualquer momento, ela poderia despertar. Meus instintos me diziam que aquela era mesmo a Ordeen. Quando me virei para encará-la, Mab pôs um dedo sobre os lábios.

— Fale baixo — advertiu com voz sussurrante. — Em breve, ela irá se mexer. Desça os degraus e faça o que sua mãe pediu, antes que seja tarde demais. Faça isso, ou nenhum de nós sairá vivo daqui!

Percebi que não havia mais tempo a perder. Sendo assim, coloquei a bolsa no chão, dei as costas para Mab Mouldheel e comecei a descer os degraus, tentando não fazer barulho. Quando cheguei na parte de baixo, caminhei ao longo da nave lateral, dirigindo meus passos para o trono negro. Apesar de todo o meu esforço, o barulho de minhas botas ecoava alto no teto arqueado. Fiquei imaginando que criaturas vigiavam o sono da Ordeen — olhei para a direita e para a esquerda, na direção das alcovas sombrias atrás dos pilares, mas nada se moveu. Nenhuma ameaça sairia dali.

Quanto mais me aproximava, mais me tornava consciente do poder intimidador de sua presença; um frio intenso subia lentamente pela minha espinha. Minha mãe havia me dito para fazer o possível, e distrair a Ordeen até que ela estivesse pronta para vir em meu auxílio e destruir sua inimiga. Mas, e se ela me atacasse de imediato? Sendo assim, preparei-me para enfrentar o perigo. Passei o bastão da mão esquerda para a direita e, em seguida, retirei minha corrente de prata do bolso da calça, enfiando a mão esquerda por baixo da capa para esconder aquela ameaça.

Agora que chegara mais perto, um fedor soprou em minha direção. Embora a Ordeen tivesse a aparência de uma mulher, havia algo nela que lembrava um animal selvagem — um odor fétido, almiscarado, que quase me fez vomitar.

Parei diante do trono. Seus olhos estavam fechados e ela parecia estar dormindo. Seria esta a minha chance de atingi-la, antes que ela despertasse com todas as forças? Por que não usar minha vantagem? Mas será que alguma de minhas armas seria eficaz?

Em geral, a prata era uma poderosa ferramenta contra os servos das trevas, mas eu não estava lidando com uma simples feiticeira — a Ordeen era um dos deuses antigos, uma criatura muito mais poderosa. Uma corrente de prata poderia amarrá-la? Parecia improvável. Meu bastão, com a lâmina forjada a partir de uma liga de prata, poderia feri-la. Mas eu teria que dar um golpe em seu coração, e ela seria rápida e forte. Talvez eu não tivesse chance. Eu ainda tinha a faca que Grimalkin havia me dado, mas usara o desejo obscuro. Embora mamãe tivesse entendido que eu precisava dele para salvar Alice, percebi sua decepção com aquela perda. A lâmina poderia ferir a Ordeen, mas minha melhor chance de atingi-la gravemente se fora.

Decidi utilizar minhas armas nessa ordem: corrente, bastão e, por último, a faca. Mas, primeiro, tentaria amarrar minha inimiga com palavras: usaria tudo à minha disposição para atrasá-la, até que minha mãe estivesse pronta para atacar.

Entretanto, enquanto esses pensamentos giravam em minha mente, a Ordeen abriu os olhos e olhou direto para mim, antes de se sentar muito ereta em seu trono. Seus lábios começaram a se encher de sangue, ficando inchados e com uma cor vermelha forte; seus olhos eram azul-escuros como o céu uma hora antes do pôr do sol.

Ela despertara.

CAPÍTULO 21
DENTE AFIADO

Ordeen pôs-se de pé e lançou-me um olhar zangado, com uma expressão selvagem e arrogante.

— Um inseto rasteja em meus domínios — falou em voz baixa. — Sinto seus arrepios e tremores por causa do medo. Tudo que tenho que fazer é esticar meu dedo e amassá-lo contra o frio piso de mármore. Devo fazer isso?

Foi então que avistei suas mandíbulas. A inferior era poderosa e larga, e os músculos se projetavam abaixo das orelhas. Quando ela abriu a boca, vi que os dentes eram muito afiados, em particular, os caninos. Não eram compridos como os de uma feiticeira da água, mas curvados e, ao penetrarem a carne, não havia meio de escapar de suas terríveis mandíbulas. Lancei um olhar para suas mãos. Eram muito grandes para serem as mãos de uma mulher, e as veias eram saltadas. Em vez de unhas, ela tinha garras afiadas.

Eu sabia que ela estava tentando me amedrontar; por isso, respirei fundo e fiz um esforço para controlar meu medo.. sempre a primeira tarefa de um caça-feitiço ao lidar com as trevas. Senti que o medo diminuía e, então, quando o tremor cessou, dei um passo em sua direção. Ela não esperava por isso, e vi quando seus olhos se abriram com surpresa.

— Quem é você, inseto? — indagou. — *Sinto que, de alguma maneira, eu o conheço. Vejo que já nos encontramos antes. Como você entrou aqui? Como você passou por meus servos, pelas armadilhas e barreiras, chegando tão perto de mim?*

— Eu me esgueirei como um ratinho — respondi. — Sou pequeno e insignificante demais para ser percebido por alguém.

— *E o que é esse bastão em suas mãos? Um bastão de sorveira-brava que esconde uma presa em seu interior! Uma lâmina de metal impregnada de prata.*

— A senhora se refere a isso? — indaguei tranquilamente, pressionando o recesso no bastão para que a lâmina saltasse.

— *É um dente muito afiado para um ratinho* — disse ela, descendo o primeiro degrau do dossel. — *Mas você ainda é um mistério. Você e um estranho neste país. Onde fica seu lar?*

— Do outro lado do oceano, numa terra verde onde a chuva nunca cessa.

— *Quem são seus pais? Quem gerou você?*

— Meu pai era um fazendeiro que trabalhou muito duro para criar a família e ensinar o certo e o errado. Agora ele está morto, mas nunca irei esquecê-lo. E nunca esquecerei o que ele me ensinou.

— Sinto como se o conhecesse. Você poderia muito bem ser meu irmão. Você tem irmãs?

— Não tenho irmãs, mas tenho irmãos...

— Isso! Estou vendo agora. Seis irmãos! Seis! E você é o sétimo. E seu pai, antes de você, era um sétimo filho. Então, você tem dons. A capacidade de ver e ouvir os mortos. A facilidade de bloquear uma feiticeira farejadora. Você é um inimigo natural das trevas. É por isso que está aqui, ratinho? Para me matar com seu bastão? Por mais afiado que ele seja, você precisará de mais que um dentinho para me destruir...

Como ela sabia dessas coisas? Estava lendo minha mente? Era assustador, pois, em poucos momentos, ela parecia estar descobrindo quem eu era. E, através de mim, ela saberia sobre minha mãe. No mesmo instante, meus temores se mostraram bem-fundados.

— Espere! Há mais coisas — continuou ela. — Muito mais! Você tem outros dons. Dons herdados de sua mãe ferina. A velocidade que engana o passar do tempo. A capacidade de cheirar a aproximação da morte nos que sofrem de uma doença ou ferimento. A longa sombra da lua, que mostra o que você se tornará. Mas que mãe poderia dar a você estas coisas, ratinho? Estou vendo agora! Através de você, eu a conheço. Sua mãe é a Lâmia, minha inimiga mortal!

Vi o propósito em seus olhos. Ela ia me matar imediatamente. Rápido — mais rápido que nunca — deslizei minha corrente de prata sobre o pulso e retirei minha mão da capa. Ela não reagiu. Eu estava me movendo, mas a Ordeen, não. Ela apenas me encarava, e a raiva vincava sua testa.

O instante se dilatou. O tempo oscilou e congelou. Eu me senti estranho. Era a única coisa que se movia em um mundo totalmente parado. Eu não estava respirando. E meu coração não estava batendo.

Seria isso a que a Ordeen se referira como a "velocidade que engana o passar do tempo"? Eu realmente herdara isso de minha mãe? Era algo semelhante ao que o Maligno usava? Era o mesmo truque que me permitira agarrar uma faca no ar no verão passado, quando Grimalkin a lançara contra minha cabeça.

Tentando manter a concentração e o foco no meu alvo, estalei a corrente, lançando-a direto nela. Não temi errar. Alvos em movimento sempre são difíceis de acertar, mas ela estava tão imóvel quanto o poste de treinamento no jardim do Caça-feitiço, em Chipenden.

A corrente desceu em uma espiral perfeita sobre sua cabeça e apertou-se contra seu corpo. Seus olhos se arregalaram, parecendo querer sair dos globos oculares, e ela ficou de joelhos; sem dúvida, estava sentindo muita dor. Ela gritou, antes de arquear as costas, com as veias do pescoço inchando. Então, teve uma convulsão, inclinou-se para a frente e apoiou-se com força com o queixo, ao mesmo tempo que o pescoço se esticava e o rosto ainda estava voltado para mim. Ouvi um estalido forte. Será que era um osso quebrando? Era seu pescoço?

Eu voltara a respirar, meu coração batia agora em meu peito. Não importava o que havia acontecido; quando me preparei para lançar a corrente, já havia acabado; o tempo estava tiquetaqueando normalmente. A Ordeen parecia estar olhando em minha direção, mas seus olhos estavam sem foco e vítreos, e, com certeza, ela não respirava. Será que estava morta? Nesse caso, eu não podia acreditar na eficácia da corrente. Olhei espantado. Estava eufórico, mas com um pouco de cautela. Eu estava enfrentando um dos deuses antigos. Fora fácil demais. Fácil demais...

Dei um passo para trás — caso aquilo fosse um truque — e examinei-a com cuidado. Ela estava totalmente imóvel, e não demonstrava uma única centelha de vida. Será que o contato com a liga de prata a matara? Será?

Então vi algo, o primeiro aviso do perigo que se aproximava. O vapor começava a subir de seu corpo. O ar acima dela também estava vibrando. Ouvi um som crepitante e senti um súbito fedor acre de carne queimada. Observei quando sua pele começou a queimar, enrugar e escurecer. Ela estava ardendo! As chamas estavam se erguendo!

Sua cabeça deu um puxão. Olhei para a mandíbula poderosa e a vi abrir-se e esticar-se, enquanto a cabeça se erguia. Ela ainda não parecia estar respirando, mas pude ver o lado de sua garganta convulsionar, mesmo quando queimava. Dei outro passo para trás e posicionei meu bastão. Sua cabeça se tornara um globo de fogo e ouvia-se um estalido; sua mandíbula subitamente se descolou, e o crânio escurecido partiu-se, caindo como cacos de louça velha. Mas havia algo mais lá dentro. Alguma coisa, no interior das chamas, estava muito viva e era perigosa! Algo que ardia e devagar emergia da casca escurecida de ser humano. Era como uma cobra trocando a pele antiga. Eu tinha que atacar, antes que fosse tarde demais.

Dei um passo para a frente com rapidez, protegendo o rosto com o braço, e me precipitei com o bastão, mirando no ponto atrás de seus ombros, onde julgava que fosse o coração. A lâmina atingiu uma coisa dura — muito mais dura que osso. Ela atingiu minha mão dolorosamente: o choque foi direto do braço para o ombro; então, deixei o bastão cair. Mas meu desespero deu lugar ao alívio.

Foi por pura sorte que eu abandonara meu bastão; caso contrário, eu teria perdido meu braço — no instante seguinte, o bastão pegou fogo, fazendo um sibilo alto, e foi consumido por um calor tão intenso, que se desintegrou em cinzas brancas. Recuei quando alguma coisa emergiu das chamas apoiada nas quatro patas, livrando-se da pele escurecida do que fora, sua forma humana e libertando-se de minha corrente de prata.

Era uma criatura imensa, parecida com um lagarto, salpicada de verde e marrom, e coberta por protuberâncias semelhantes a verrugas. Tinha a forma de uma salamandra, a mais potente e perigosa de todos os elementais do fogo, sobre a qual Seilenos me falara. Mas, nesse caso, não era um exemplar comum. A Ordeen agora assumira sua verdadeira forma, ao que parecia: a de uma criatura que soltava fogo e dominava esse elemento.

Ela se precipitou na minha direção para fora das cinzas da forma anterior, e sua boca se abriu, revelando duas fileiras de dentes pontudos e mortais. Ouviu-se um sibilo alto quando ela soltou o ar, e um grande jato de vapor quente irrompeu de suas narinas direto para mim. Dei um passo para o lado e consegui me desviar, embora ela tenha passado tão perto do meu rosto, que fui forçado a fechar os olhos por causa do calor escaldante.

Eu tinha uma última arma: a faca que Grimalkin me dera. Com a mão esquerda, alcancei-a por baixo da capa e da camisa, retirando-a da bainha. Em seguida, encarei a Ordeen e me concentrei. Mais uma vez, senti que o tempo passava mais devagar. Respirei fundo, controlei os batimentos cardíacos, tentando acalmar os nervos, e dei um passo lento na direção da minha inimiga.

A Ordeen não se moveu, mas seus olhos de salamandra, com as pupilas feito fendas verticais vermelhas, me fitavam atentamente, enquanto as patas estavam abertas, como que se preparando para saltar. Concentrei-me no corpo de lagarto comprido e no local, na parte de trás do pescoço, onde pretendia enterrar a lâmina. Mas será que conseguiria atingir meu alvo? Será que ela irromperia em chamas como meu bastão? Eu não tinha alternativa, senão arriscar, embora tivesse que me aproximar muito dela, se quisesse ter sucesso. Teria que me aproximar mais do que quando usara meu bastão. E o calor intenso ainda irradiava de seu corpo.

Suas mandíbulas se abriram um pouco; depois, se dilataram rapidamente para revelar a abertura vermelho-escura da garganta. Foi esse o aviso que recebi. Dessa vez, em vez de soltar um vapor escaldante, a salamandra lançou um jato de fogo amarelo e laranja.

Mais uma vez, ela errou por alguns centímetros. De repente, a Ordeen se ergueu nas patas traseiras, colocando-se bem na minha frente, e sua cabeça começou a balançar de um lado para o outro.

Concentrei-me de novo, fixando meus olhos em um novo alvo — o pescoço pálido debaixo da boca comprida.

Era mais macio. E mais vulnerável. Era esse o local que eu queria atingir. Quase que imediatamente, a Ordeen parou de se mexer.

Então era isso? Eu me concentrava, e o tempo diminuía de ritmo... quase parando? Sim, tinha que ser isso. Era resultado do foco e da concentração.

Mas refletir sobre aquilo e chegar a uma conclusão quase custaram minha vida, pois eu interrompera a concentração intensa. A cabeça de lagarto da Ordeen balançava da direita para a esquerda, e outra língua de chamas cresceu em minha direção. Na hora certa, fiquei de joelhos e senti meus cabelos crepitarem e ficarem chamuscados.

Concentre-se!, falei para mim mesmo. *Comprima o tempo! Faça-o parar!*

Mais uma vez, meu foco começou a funcionar e me pus de pé, com a adaga em posição, dando um passo hesitante na direção de minha inimiga. Era assim que eu devia fazer. Lembrei-me, então, do que minha mãe me dissera:

— *Quando você se tornar um homem, as trevas temerão você, pois, neste momento, você será o caçador, não a presa. Foi para isso que lhe dei a vida.*

Bem, eu ainda não era um homem, mas, de repente, eu me senti como o caçador.

Estava agora a poucos passos da boca aberta da Ordeen. Muito perto para escapar, se jorrasse outro jato de fogo. Retesei-me; em seguida, dei um golpe em seu pescoço, enfiando a lâmina até o cabo e soltando a arma de imediato. Uma onda de desespero me invadiu quando vi a faca derreter, dissolvendo-se em glóbulos de metal fundido.

Cambaleei para trás quando o calor ardente irradiou na minha direção. O tempo estava se movendo mais uma vez, e eu não podia fazer nada. Mas vi que, afinal, eu a atingira. O sangue negro fervente gotejava do pescoço da Ordeen, formando um arco e caindo no piso de mosaicos. Em seguida, transformava-se em vapor, gerando uma névoa densa, que obscurecia minha visão. Sem dúvida, eu a tinha enfraquecido um pouco, não é? O fedor de queimado era tão forte que vomitei e engasguei, e meus olhos arderam e lacrimejaram, deixando-me temporariamente cego.

Mas, então, o vapor diminuiu, e a Ordeen continuou de pé. A ferida em seu pescoço cicatrizara e agora ela tinha os olhos cruéis fixos em mim. Não sobrara nenhuma arma. Ela caminhou na minha direção, mais rápido do que eu podia correr. Em segundos, eu seria reduzido a cinzas.

Então, quando pensei que estava acabado, que eu já estava condenado, tudo aconteceu...

Meus ouvidos me deram o primeiro aviso. De repente, fez-se o silêncio. Era uma imobilidade completa — como quando uma coruja voa para cima da presa inocente. O silêncio era tão intenso que chegava a incomodar. Ergui os olhos e vi uma criatura mergulhando da sacada acima, no exato momento em que a Ordeen girava de lado e para cima para encontrar-se com a ameaça aérea.

Era minha mãe. Sua transformação estava completa, mas ela não era parecida com o que eu havia imaginado. Tinha asas, sim, e as patas estavam abertas, prontas para rasgar e despedaçar sua inimiga. Mas não eram como as asas de inseto das vaengir. Ela se parecia mais com um anjo do que com um inseto, e suas asas tinham penas brancas, como a neve recém-caída.

Ela desceu sobre a Ordeen, empurrando-a para o piso de mármore, e as duas se engalfinharam com violência. Fiquei de pé, com o coração batendo em agonia, pois as penas de minha mãe estavam começando a chamuscar e queimar, e ouvi o grito dela com uma voz agonizante:

— Vá embora, Tom! Vá, enquanto pode! Eu a manterei aqui!

Meu instinto dizia para ajudar minha mãe, mas eu não tinha armas e, enquanto as observava se dilacerarem, com o sangue jorrando, e penas crepitando e queimando, percebi que não havia nada que pudesse fazer. Se eu me aproximasse dela, estaria morto em questão de segundos. Tudo que me restava era obedecer minha mãe. Assim, embora estivesse de coração partido, agarrei minha corrente e fugi daquele lugar. Foi a coisa mais difícil que já fiz; o momento mais terrível que já enfrentei.

CAPÍTULO 22
ÚLTIMAS PALAVRAS

Agitado pela emoção, subi correndo os degraus, parando apenas para pegar minha bolsa e a lanterna. Pensei que Mab fosse me seguir, mas ela me deu um aceno de despedida.

— Não posso ir por esse caminho por causa da barreira, Tom. Vou pelo caminho que sua mãe abriu e, mais tarde, nos encontraremos.

Não respondi. Não confiava em minha voz. Sabia que, se falasse com ela, a dor e as lágrimas que estava guardando dentro de mim desceriam em cascata.

Rapidamente, desci a escada em espiral e comecei a cruzar o amplo e escuro espaço vazio, torcendo para que estivesse caminhando na direção certa, rumo à barreira invisível.

Quando finalmente a alcancei, ao ver as sombras de Alice, Arkwright e do Caça-feitiço mais adiante, fiquei aliviado. Sem perda de tempo, passei pela barreira.

— Oh, Tom! — exclamou Alice, correndo para mim. — Você demorou tanto. Não conseguimos encontrar outro meio de entrar; por isso, voltamos e esperamos por você. Estamos aqui há muito tempo. Pensei que você não fosse mais voltar... que algo terrível tivesse acontecido.

De repente, ela se calou e olhou-me nos olhos.

— Mas uma coisa terrível *aconteceu*, não foi?

Balancei a cabeça em assentimento, mas as palavras ficaram presas em minha garganta.

— Oh, Tom! Você se queimou — disse ela, tocando levemente os cabelos chamuscados e uma queimadura dolorida em meu rosto.

— Não é nada! — falei. — Nada comparado ao que acabou de acontecer...

— Vamos, rapaz — disse o Caça-feitiço, com a voz surpreendentemente gentil. — Conte-nos...

— É mamãe. Ela está enfrentando a Ordeen. Diz que as duas irão morrer e que isso destruirá a Ord. Precisamos sair daqui o mais rápido que pudermos!

— Não há nada que possamos fazer, Tom? Nada para ajudá-la? — gritou Alice.

Fiz que não com a cabeça e senti lágrimas quentes e silenciosas começando a descer dos meus olhos.

— Tudo que podemos fazer agora é realizar seu último desejo: sair em segurança, antes de a Ord ser destruída. Em breve, ela começará a ruir e retroceder pelo portal.

— Se isso acontecer enquanto estivermos aqui, seremos arrastados para as trevas! — disse Arkwright, balançando a cabeça de modo sinistro.

Não tínhamos tempo para conversar sobre o que acontecera. Apenas percorremos freneticamente as câmaras e os corredores escuros da Ord. Descemos correndo degraus e rampas, até alcançarmos o pátio com calçamento de pedra.

Pouco depois, sentíamos um calor incômodo, mas não era apenas por causa do esforço. O próprio ar estava ficando cada vez mais quente, e as paredes começavam a irradiar calor. A Ord estava se preparando para ser engolida mais uma vez pelo pilar de fogo, enquanto recuava pelo portal para o seu verdadeiro lar. Seus ocupantes, a quem fora negada a chance de invadir e destruir o mundo além de seus limites, estavam mergulhando novamente em seu estado adormecido. A certa altura, o globo brilhante de um elemental do fogo tentou se aproximar, mas o Caça-feitiço atingiu-o com o bastão, e ele flutuou para trás, desaparecendo.

Tínhamos quase alcançado a passagem final que conduzia ao pátio interno. Estávamos muito, muito próximos de escapar da Ord, quando tudo aconteceu. Outro globo brilhante saiu da parede atrás de nós. Era grande, opaco e perigoso, e começou a se aproximar. Dois outros emergiram; por isso, começamos a correr.

Olhei por cima do ombro. Eles estavam se aproximando de nós. E eram mais de três agora. Talvez, seis ou sete.

Chegamos à entrada estreita do corredor. Foi então que Arkwright parou.

— Vocês continuam! — disse ele, preparando o bastão. — Eu os manterei longe de vocês!

— Não! Nós os enfrentaremos juntos! — gritou o Caça-feitiço.

— Não faz sentido morrermos todos — retrucou Arkwright com teimosia. — Tire o garoto daqui em segurança. Ele é que importa e você sabe disso!

Por um momento, o Caça-feitiço hesitou.

—Vão agora, enquanto ainda têm uma chance! — insistiu Arkwright. — Seguirei vocês assim que puder.

O Caça-feitiço me agarrou pelo ombro, empurrando-me pela passagem à minha frente. Por um momento, tentei opor resistência, mas Alice tinha agarrado meu outro braço e me puxava para a frente.

Tentei olhar para trás mais uma vez. Arkwright estava se preparando, com as costas voltadas para nós, segurando o bastão diagonalmente, em posição defensiva. Uma bola brilhante estava vindo em sua direção. Ele a atingiu com a lâmina, e essa foi a última vez que o vi.

O Caça-feitiço, Alice e eu cruzamos o pátio e descemos pelo túnel até sairmos além dos muros externos da Ord. Corremos o mais rápido que pudemos até Kalambaka, atrapalhados pela lama pegadiça que se formara por causa do dilúvio. Pouco depois, descobrimos que não éramos os únicos sobreviventes. Um grupo de feiticeiras — que incluía Grimalkin e alguns membros de todos os três clãs; entre elas, Mab e suas irmãs — estava correndo um pouco mais à nossa frente. Nós as alcançamos — e mesmo o meu mestre, suspeito, ficou um pouco aliviado ao vê-las.

Um súbito rugido atrás de nós — semelhante ao grito raivoso de um animal ferido — nos fez virar e olhar para trás. A nuvem escura acima da Ord se formara novamente e estava cheia de fogo. Raios em zigue-zague tremeluziam e davam às pontas das torres torcidas um brilho laranja.

Sentimos o calor em nossas costas aumentando com uma velocidade alarmante e percebemos que tínhamos que recuar mais ainda... e rápido. A qualquer momento, a artéria de fogo se conectaria à nuvem no solo. Qual a extensão daquilo? Será que ainda estaríamos muito próximos e seríamos engolidos pelo fogo?

Por fim, exaustos por causa da fuga, viramos para olhar para trás, alertados pelos uivos femininos no pilar de fogo. Mais uma vez, ele estava pulsando e se contorcendo, com a Ord ainda visível em seu interior. Agora as pontas das torres brilhavam, incandescentes. Pensei em minha mãe, que ainda se encontrava no interior da câmara, mantendo a Ordeen presa em seus braços. Enquanto observávamos, a cidadela começou a se desintegrar e as torres ruíram. A Ord começava a ser levada de volta para as trevas, mas a transição a estava destruindo. Em seu interior, a Ordeen seria derrotada e nunca mais conseguiria voltar ao nosso mundo. Mas minha mãe também morreria naquele inferno. Todo meu corpo foi sacudido por soluços ao pensar nisso.

E ainda restava Bill Arkwright. Será que ele tinha conseguido afastar os perseguidores e sair dali a tempo?

Poucos minutos depois, o fogo diminuiu e um forte vento começou a soprar em nossas costas; o ar estava sendo aspirado de volta para o local no qual se erguera a Ord. Quando diminuiu, um chuvisco frio caiu. Fechei meus olhos, e era como se eu estivesse de volta no Condado. Esperamos durante um longo tempo, mas não vimos sinal de Arkwright. Parecia certo que ele estava morto.

Voltamos em silêncio para Kalambaka, a caminho de Meteora. Meu rosto estava molhado com a chuva e com as lágrimas.

Contornamos Kalambaka para o oeste e nos dirigimos para o Megalos Meteoros, o maior dos mosteiros elevados. O Caça-feitiço achou que deveríamos visitar o padre superior lá e lhe contar o que tinha acontecido.

Lembrei-me do que minha mãe dissera sobre as mulheres não serem bem-vindas nos mosteiros, mas não disse nada, e Alice subiu os degraus comigo e com o Caça-feitiço. Ela já havia usado as ervas da algibeira de couro para preparar uma pomada balsâmica, que aplicou na queimadura em meu rosto. Ela apenas empregara os métodos utilizados por muitas curandeiras do Condado; nada vinha das trevas. A pomada diminuíra a dor de imediato, mas John Gregory balançara a cabeça em sinal de desaprovação. Ele não confiava em Alice fazendo alguma coisa para mim. Eu me preparei para um confronto. Alice desempenhara seu papel ao salvar o mosteiro, e, se sua entrada fosse proibida, então, eu também viraria as costas.

Todos entramos sem problemas e fomos levados à presença do padre superior. Mais uma vez, entramos na cela espartana e encontramos o padre de rosto cinzento e descarnado em oração. Aguardamos pacientemente, e recordei minha última visita, com minha mãe ainda viva. Por fim, ele ergueu os olhos e sorriu.

—Vocês são bem-vindos — disse. — E sou muito grato a vocês, pois suponho que saíram vitoriosos; caso contrário, nenhum de nós ainda estaria vivo...

— Minha mãe morreu para nos dar a vitória! — respondi. Eu tinha falado sem pensar, e era como se as palavras tivessem sido ditas por outra pessoa, pois eu podia ouvir a dor e a amargura em minha voz.

O padre me deu um sorriso amável.

— Se isso lhe serve de conforto, sua mãe estava feliz por dar a vida para livrar este mundo de nossa inimiga. Muitas vezes, no ano passado, conversamos, e ela me confidenciou que esperava morrer realizando o que tinha que ser feito. Ela lhe disse isso, Thomas?

Balancei a cabeça. Era provável que o velho padre soubesse mais sobre minha mãe do que eu, pensei, e o sentimento de mágoa cresceu em meu peito. Mamãe sabia que ia morrer e não me disse até o último momento! Então, respirei fundo. eu sabia que havia algo que precisava perguntar a ele. Algo que eu precisava desesperadamente saber.

— A Ord foi destruída e levada de volta às trevas. Minha mãe ficará lá agora? Presa nas trevas?

O padre superior levou um longo tempo para responder. Tive a sensação de que ele estava escolhendo as palavras com cuidado. Sem dúvida, as notícias seriam ruins, pensei.

— Acredito na infinita misericórdia divina, Thomas. Sem isso, estamos todos condenados, pois todos, cada um de nós, somos pecadores. Rezaremos por ela. É tudo que podemos fazer.

Reprimi um soluço. Eu apenas queria ficar a sós com a minha tristeza, mas tive que ouvir enquanto o Caça-feitiço fazia um relato mais detalhado do que havia acontecido para o padre superior.

Depois, fomos até o *katholicon*, onde novamente ouvi os hinos dos monges subirem e encherem a cúpula. Dessa vez, o padre superior me disse que estavam rezando por minha mãe e pelos outros que tinham morrido na cidadela. Em meu coração, tentei acreditar que tudo estava bem, que minha mãe escapara para a luz. Mas não podia ter certeza. Pensei nos crimes que ela cometera havia muito tempo. Será que eles a prejudicariam agora? Será que tornariam mais difícil alcançar a luz? Ela fizera um esforço tão grande para se penitenciar, e a ideia de enfrentar a eternidade nas trevas parecia quase insuportável. Não era justo. O mundo parecia um lugar terrível e cruel. E, muito em breve, eu teria que voltar a encarar o Maligno. Minha esperança era que mamãe, de alguma forma, conseguisse me armar contra ele. Agora eu estava sozinho.

Foi no dia seguinte que meu mestre e eu conversamos detidamente sobre o que tinha acontecido. Em breve, partiríamos para o litoral, mas, por enquanto, nós descansávamos, tentando reunir forças para a longa viagem de volta. O Caça-feitiço me conduziu para longe da fogueira, sem dúvida, para ficarmos fora do alcance de Alice, e sentamos no chão, conversando cara a cara.

Comecei contando a ele como minha mãe voltara a se transformar na forma ferina, antes de dar a própria vida para amarrar a Ordeen. Contei quase tudo — menos, claro, a identidade verdadeira de minha mãe, e o pacto que fizera com o Maligno para ter uma chance de vitória. Eu nunca poderia lhe contar isso — era uma coisa com a qual teria que lidar sozinho. O Maligno viria me buscar na noite seguinte.

Sentia como se estivesse me afastando cada vez mais de meu mestre. Ele havia sacrificado alguns de seus princípios para vir até a Grécia e tomar parte na batalha contra a Ordeen. Mas eu oferecera algo ainda maior: eu sacrificara minha própria alma. Em breve, seria possuído pelo Maligno, a encarnação das trevas, e não podia pensar em nenhum modo de me salvar.

Quando terminei meu relato, o Caça-feitiço suspirou, enfiou a mão no bolso da capa e tirou duas cartas.

— Uma delas é de sua mãe para mim. A outra é para você, rapaz. Li as duas. Apesar de minha grande desconfiança, elas são a razão pela qual mudei de ideia e viajei até a Grécia, abrindo mão de tudo que amava.

Ele me entregou as duas cartas e comecei a ler a minha.

Querido Tom,

Se você estiver lendo esta carta, eu já terei morrido. Não lamente durante muito tempo. Pense nos momentos felizes que tivemos juntos, sobretudo, quando você e seus irmãos eram pequenos, e seu pai ainda estava vivo. Nessa época, eu era verdadeiramente feliz e nunca me senti tão humana.

Há muitos anos, previ minha morte. Todos temos escolhas — eu poderia ter desistido mas sabia que, ao sacrificar minha vida, poderia obter uma grande vitória para a luz. E, apesar do preço pago em sofrimento humano, a Ordeen terá sido destruída.

Você deve dar o próximo passo e destruir o Maligno. Se falhar, pelo menos, ele deve ser amarrado. Nesta tarefa, Alice Deane será sua aliada.

Não importa o que acontecer, sempre sentirei orgulho de você. Você fez muito mais do que eu esperava.

Com todo meu amor,
Mamãe

Dobrei a carta e enfiei-a no bolso. Eram as últimas recomendações de minha mãe; suas últimas palavras para mim Depois, comecei a ler o que ela tinha escrito para o meu mestre. A carta que o fizera deixar Chipenden e, apesar de seus escrúpulos, nos acompanhar até a Grécia.

Caro sr. Gregory,
Lamento muito pelo aborrecimento que possa ter lhe causado. Faço o que faço com a melhor das motivações. Embora o senhor possa não concordar com os meios que emprego, espero obter uma grande vitória. Se eu fracassar, a Ordeen conseguirá atacar qualquer lugar no mundo e, provavelmente, o Condado será seu primeiro alvo. Ela não esquecerá o que tentei fazer, e isso trará à tona sua cólera no local onde minha família ainda habita.

Com certeza, morrerei no interior da Ord e, nesse momento, meu filho precisará que o senhor o treine e prepare para lidar, de uma vez por todas, com o Maligno. Quanto ao senhor, permaneça fiel aos seus princípios, mas, por favor, eu lhe imploro, abra uma exceção em dois casos. O primeiro, certamente, é com relação a meu filho, Thomas. Sua força e orientação serão essenciais para que ele chegue em segurança à próxima fase de sua vida. Agora ele está num perigo maior ainda.

Peço também que o senhor abra uma exceção para Alice Deane. Ela é filha do Maligno e de uma possível feiticeira malevolente. Sempre caminhará na via estreita entre as trevas e a luz. Mas a força dela é tremenda. Se, um dia, fizesse uma aliança com as trevas, Alice seria a feiticeira mais poderosa que jamais andou pela Terra. Mas vale a pena correr o risco. Ela também pode ser uma serva da luz muito forte. E apenas se os dois, Tom e Alice, trabalharem juntos, conseguirão realizar uma coisa que sempre foi meu objetivo — uma coisa pela qual ansiei durante a maior parte de minha vida: juntos, eles poderão destruir o Maligno e dar a este mundo uma nova idade da luz.

O senhor poderá ajudá-los a tornar isso possível. Por favor, acompanhe-nos até minha terra natal. Sua presença é essencial para a proteção de meu filho e para que ele retorne em segurança ao Condado. Abra mão *de algumas coisas para que a conquista seja ainda maior.*

Sra. Ward

— Ela foi uma grande mulher — comentou o Caça-feitiço. — Com certeza, *não* concordo com os métodos dela, rapaz, mas ela fez o que achava que tinha que ser feito. A pátria dela é um lugar muito melhor agora, por causa dela. Na verdade, o Condado e o restante do mundo estão bem mais seguros.

O Caça-feitiço abrira uma exceção para minha mãe, e ele nunca havia realmente dado uma chance para Alice. Mas, com certeza, ele não sabia de toda a verdade. Eu nunca poderia lhe contar que minha mãe era a Lâmia, a mãe de toda a descendência de feiticeiras e híbridos. Ele jamais entenderia isso. Era mais um dos segredos que nunca iríamos compartilhar. Mais uma das coisas que poderiam nos separar.

— E quanto à Alice? O senhor fará o que minha mãe pediu?

O Caça-feitiço cofiou a barba e pareceu meditar. Em seguida, fez um aceno com a cabeça, mas seu rosto ficou tenso.

— Você ainda é meu aprendiz, rapaz. Agora que, provavelmente, Bill Arkwright está morto, é minha obrigação ajudá-lo em tudo que puder e continuar treinando você. Sim, não discutirei isso. Mas a garota me traz preocupação. Por mais que eu tome precauções e por mais que eu a observe, tudo poderia dar terrivelmente errado. No entanto, estou disposto a lhe conceder uma chance — pelo menos, por enquanto. Depois do que sua mãe fez, como poderia recusar?

Mais tarde, pensei sobre o que havíamos dito um ao outro. Quando conversamos, eu quase acreditei que, em breve, tudo ficaria bem, e o Caça-feitiço, Alice e eu voltaríamos em segurança para Chipenden para seguir com nossas antigas vidas por lá. Mas como isso poderia acontecer, se eu tinha menos de um dia na Terra?

Eu estava com tanto medo do que ia acontecer comigo que, num momento de fraqueza, cheguei a considerar ir atrás do meu mestre mais uma vez e lhe dizer o que eu estava enfrentando, com um fio de esperança de que, em alguma parte de seu vasto arsenal de conhecimento acumulado, ele acharia um meio de me salvar. Mas eu sabia que não havia esperança.

Minha última chance seria usar o cântaro de sangue, tal como Alice sugerira, adicionando algumas gotas de meu próprio sangue ao dela. Mas, então, teríamos que ficar juntos pelo resto de nossas vidas, para que ela pudesse se beneficiar da minha defesa contra o Maligno. Eventualmente, algo iria acontecer para nos separar e, então, a fúria dele seria desencadeada sobre Alice. Não. Não podia permitir que isso acontecesse. Eu me metera nessa situação e tinha que sair dela sozinho — ou, então, aceitar as consequências.

CAPÍTULO 23

A TERRÍVEL MAJESTADE

O Caça-feitiço estava adormecido, no outro lado da fogueira, e Alice se encontrava deitada do meu lado direito, com os olhos bem apertados. Ainda faltavam cerca de dez minutos para a meia-noite.

Pus-me de pé com cuidado, tentando não fazer barulho; em seguida, afastei-me da fogueira, na direção da escuridão. Não me preocupei em levar a corrente. Não faria diferença, diante do poder que, em breve, eu teria que enfrentar. Em alguns minutos, o Maligno viria buscar minha alma. Eu estava com medo, mas, apesar disso, sabia que era melhor enfrentá-lo sozinho. Se Alice ou o Caça-feitiço estivessem por perto, poderiam tentar me ajudar e, talvez, sofressem as consequências, podendo mesmo ter as próprias vidas confiscadas. Eu não podia permitir que isso acontecesse.

Caminhei por cerca de cinco minutos, descendo, em seguida, por um declive, em meio a algumas árvores pequenas e arbustos, para chegar na clareira. Sentei-me em uma pedra, ao lado de um pequeno rio. Perto da margem, o solo estava enlameado, e fora remexido pelo gado que descera para beber água. Não havia lua, e o céu estava nublado, obscurecendo as estrelas; portanto, estava muito escuro. Apesar do calor da noite, comecei a tremer de medo. Tudo iria acabar agora. Minha vida na Terra terminaria aqui mesmo. Mas eu não ia para a luz. Meu destino era pertencer ao Maligno. Quem sabe que tormentos ele havia reservado para mim?

Não tive que esperar durante muito tempo. Ouvi alguma coisa, do outro lado do rio. Uma pancada. E um sibilo. Em seguida, um borrifo causado por alguma coisa muito grande entrando na água. Primeiro, parecia um cavalo. Com certeza, era um animal grande e pesado. Mas o ritmo de sua travessia sugeria uma criatura que se movia sobre as duas pernas. Tinha que ser o Maligno. Ele viera me buscar. Viera buscar minha alma.

Eu podia ouvir erupções de vapor, e a água sibilando e borrifando, enquanto se aproximava. Depois, vi imensas pegadas de casco fendido aparecendo na margem enlameada, e elas incandesciam na escuridão. O Maligno atravessara o rio. A cada pegada nova, ouvia-se o sibilo dos pés quentes do Maligno entrando em contato com o terreno encharcado. Então, ele começou a se materializar. Dessa vez, não era a imagem de Matthew Gilbert, que fora morto por ele, mas o Maligno em sua forma verdadeira e terrível — uma forma que já fizera algumas pessoas morrerem de medo instantaneamente. Ele cintilava com uma luz sinistra; portanto, cada detalhe era visível para o meu olhar assustado.

O Caça-feitiço havia me dito que o Maligno podia se tornar grande ou pequeno. Agora ele escolhera ser grande. Com uma altura quase três vezes maior que a minha, o peito como um barril, ele se agigantou à minha frente. Era um titã, com uma forma que lembrava a de um ser humano, embora essa semelhança apenas servisse para torná-lo ainda mais monstruoso.

Seus pés eram cascos de bode, e sua longa cauda balançava atrás dele na lama. Ele estava nu, mas não era possível ver nenhuma pele; seu corpo estava coberto com pelos negros e compridos. Seu rosto também era peludo, mas pude distinguir-lhe os traços: os dentes proeminentes e os chifres curvos de um bode; o olhar malevolente nos olhos, com suas pupilas alongadas. Ele se aproximou muito, ficando ao alcance de minha mão, e o fedor que emanava dele era mais forte que qualquer fedor vindo de um celeiro. Eu apenas podia erguer a vista para aqueles olhos terríveis, sedutores. Estava paralisado. Indefeso.

Meus joelhos ameaçavam desmoronar, e todo meu corpo começou a tremer. Será que eu estava morrendo? Aquele era meu último suspiro?

Nesse momento, ouvi um barulho atrás de mim. Eram passos! Havia luz, e eu a vi refletir-se nas pupilas do Maligno. Vi seus olhos se arregalarem com raiva. E me virei. Era Alice, e ela estava segurando alguma coisa na outra mão também. Uma coisa pequena. Uma coisa que mantinha diante de si como uma arma. Ela a empurrou para minha mão esquerda.

— Deixe-o em paz! — gritou ela. — Ele é meu. Tom pertence a mim! Vá embora! Você não pode ficar neste lugar!

Ao ouvir essas palavras, o Maligno soltou um rugido terrível de raiva. Por um momento, achei que fosse esticar a mão e nos esmagar. Sua raiva desceu sobre mim com força palpável. Fui lançado para trás na lama e ouvi as árvores no declive atrás de mim estalarem e se partirem. Depois, o vento pareceu mudar de direção, e ele simplesmente desapareceu.

Fez-se um silêncio profundo. Tudo que ouvia era minha própria respiração, os batimentos de meu coração e o gorgolejo do rio.

Então, à luz da lanterna, vi o que estava segurando na mão esquerda.

O cântaro de sangue.

Fiz um esforço para ficar de pé um segundo depois de Alice, que já estava tirando a lanterna da lama.

— O que você estava fazendo aqui sozinho Tom? — indagou ela. — Veio até aqui para encontrar-se com o Maligno?

Não respondi, e ela se aproximou, erguendo a lanterna para olhar bem nos meus olhos. Meu coração começou a bater com força, e minha mente era um turbilhão. Eu ainda tremia por ter escapado, mas me perguntava se o Maligno voltaria a aparecer a qualquer momento. Como Alice conseguira afastá-lo daquela maneira? Como isso era possível?

— Alguma coisa está o incomodando, Tom, não é? Há alguns dias, você está esquisito, isso, sim. Quieto demais... e há alguma coisa nos seus olhos. Uma expressão que nunca vi antes. Sei que você perdeu sua mãe, mas há algo mais? Alguma coisa que você não me contou?

Por um momento, não falei; tentei me controlar, mas a necessidade de compartilhar meus temores com alguém fez minhas palavras saírem da boca como uma torrente.

— O Maligno me visitou na Ord — expliquei. — E me mostrou o futuro. Que todos iriam morrer — você, o Caça-feitiço, os habitantes de Kalambaka e de Meteora. E todos os refugiados que se encontravam na estrada. Ele disse que me daria uma chance. Que atrasaria o despertar da Ordeen em uma hora. E também me disse onde ela seria encontrada. Se não fosse assim, eu não teria conseguido ajudar minha mãe. E nós teríamos sido derrotados.

Por um instante, Alice ficou em silêncio, mas eu podia ver o medo em seus olhos.

— E o que foi que você deu em troca, Tom? — indagou ela. — O que ele queria de você?

— Não é o que você está pensando, Alice. Ele não me pediu para ser seu aliado, nem para ficar a seu lado. Eu teria recusado...

— Então, o que foi, Tom? Não me faça esperar...

— Eu dei a ele a minha alma, Alice. Eu me sacrifiquei. Veja, se a Ordeen saísse vitoriosa, teria conseguido usar o portal e aparecer onde quisesse. E ela teria ido para o Condado. Por isso, cumpri minha obrigação...

— Oh, Tom! Tom! Que tolo você foi! Não sabe o que isso significa?

— Sei que irei sofrer, de alguma maneira, Alice. Mas o que mais poderia fazer? Eu tinha esperança de que minha mãe fosse capaz de encontrar um modo de me salvar. Mas, agora que ela morreu, eu simplesmente tenho que aceitar o que irá acontecer comigo.

— É muito pior do que você imagina, Tom. Muito pior. Não queria lhe dizer isso, mas é melhor você saber a verdade. Quando você morrer, e o Maligno tiver sua alma, você estará sob o poder dele. Ele poderá fazer você sentir a pior dor que jamais sentiu. Não se lembra do que me contou sobre o modo como Morgan atormentou a alma de seu pai?

Fiz que sim com a cabeça. Morgan era um poderoso necromante, que prendera a alma de meu pai no limbo, durante algum tempo. Ele fez meu pai acreditar que estava ardendo no inferno. Enganou-o, fazendo-o sentir a dor real das chamas.

— Bem, o Maligno poderia fazer a mesma coisa com você, Tom. Ele poderia fazer você pagar por lutar contra ele. Não apenas isso: você teria lhe oferecido sua vida. Ele não aceitará que a tirem dele. Isso significa que a peia teria sido anulada e que o acaso prevaleceria. Ele não teria mais que enfrentar a ameaça de que você poderia destruí-lo ou mandá-lo de volta pelo portal. Com você fora do caminho, ele estaria livre para aumentar seu poder à medida que aumenta o poder das próprias trevas. Sua dor seria tão terrível, e o tormento que sua alma suportaria seria tão grande, que você poderia realmente se aliar a ele apenas para parar de sentir tudo isso. Podemos ter derrotado a Ordeen, mas a um preço terrível. O Maligno pode ter vencido, Tom. Ele pode ter derrotado você. Mas há uma coisa com a qual ele não contava...

Alice apontou para o cântaro de sangue que eu ainda estava segurando em minha mão esquerda.

— Você realmente precisa dele agora. Tem que mantê-lo sempre com você. Foi isso que o manteve distante...

— Mas como ele pode estar funcionando? Achei que precisaria da mistura do meu sangue com o seu, não é? — perguntei.

— Eu peguei um pouco do seu sangue sem lhe pedir, Tom. Desculpe, mas tinha que ser feito. Quando as pedras rolaram, e você ficou inconsciente por um longo tempo, peguei um pouco do seu sangue. Apenas três gotas — era tudo o que eu precisava. Agora seu sangue está junto com o meu neste cântaro. Guarde-o com você, e ele não poderá se aproximar!

"Você tem uma chance! Apenas uma! Esqueça seus princípios. Eles não importam mais, importam? Você usou o desejo obscuro que Grimalkin lhe deu e, agora, vendeu sua alma. Essa é a única coisa que lhe resta fazer, Tom. Guarde o cântaro de sangue. Se você usá-lo, nós derrotaremos a Ordeen e o Maligno sairá de mãos abanando!"

Assenti. Ela tinha razão. Isso fora o que me restara. Uma última chance, o meio de manter o Maligno longe de mim. Mas os piores temores do Caça-feitiço estavam se tornando reais. Pouco a pouco, eu estava sendo envolvido e arrastado para as trevas.

— Mas, e quando eu morrer, Alice? Não importa se será daqui a cinco ou cinquenta anos, ele ainda estará esperando para pegar minha alma. No final, ele a terá.

— Ele não poderá ficar com a sua alma, se nós o destruirmos primeiro!

— Mas, como, Alice? Como poderemos fazer isso?

—Tem que haver uma maneira. Sua mãe deu a vida para que você pudesse fazer isso. Ela não disse como podia ser feito?

Balancei a cabeça. Fiquei imaginando se minha mãe tinha tido alguma ideia. Nesse caso, ela nunca a mencionara. Agora ela estava morta, e era tarde demais.

— Nós encontraremos um modo de fazer isso, Tom. Basta matá-lo ou amarrá-lo — um dos dois —, e você estará em segurança!

Apertei o cântaro de sangue com força. Era a única coisa que manteria o Maligno longe de mim.

No dia seguinte, ao amanhecer, começamos nossa jornada para oeste rumo ao porto de Igoumenitsa, onde esperávamos que o *Celeste* ainda estivesse nos aguardando. As feiticeiras já tinham deixado o litoral, e agora éramos apenas o Caça-feitiço, Alice e eu.

A jornada nem bem havia começado, quando aconteceu uma coisa que me animou um pouco. O som de latidos nos alertou, e Patas e seus filhotes pularam em cima de nós. E foi em mim que eles pularam primeiro; foram as minhas mãos que eles lamberam.

— Sempre soube que esse cão seria seu um dia — disse Alice, dando um sorriso. — Mas não imaginei que você fosse ficar com os três!

O Caça-feitiço estava um pouco menos entusiasmado.

— Eles podem viajar conosco, rapaz, e nós os levaremos para casa, no Condado, mas, depois disso, não estou muito certo. Eles são cães de caça, e Bill fazia bom uso deles. No entanto, não há lugar em Chipenden para eles. Sem dúvida, os cães e o ogro não se entenderão. E eles não sobreviveriam nem uma noite no jardim. Melhor seria tentar arrumar um bom lar para eles.

Eu não podia argumentar contra isso. Mas era bom tê-los por perto, por enquanto, e eles tornariam mais amena minha própria viagem rumo à costa.

Ficamos aliviados por encontrar o *Celeste* ainda no ancoradouro. O capitão ficou satisfeito ao nos ver e, na ausência de minha mãe, imediatamente lidou comigo como se fosse quem tivesse fretado o navio. Essas eram as instruções que minha mãe deixara, explicou ele.

Esperamos durante vários dias, caso aparecesse algum outro sobrevivente do grupo que navegara para a Grécia havia tanto tempo. Alguns retardatários apareceram e, no fim, 15 feiticeiras, incluindo Grimalkin e as irmãs Mouldheel, estavam abrigadas no porão. Mas nem sinal de Bill Arkwright. Estava claro agora que ele sacrificara sua vida para permitir que escapássemos.

Quando navegamos para casa, não passei as noites no convés em uma rede, como antes, mas no conforto de uma cama grande. Foi ideia do Caça-feitiço que eu ficasse com a cabine de minha mãe.

— Por que não, rapaz? — disse ele. — Ela iria querer que você fizesse isso.

Então, minha viagem de volta para casa foi relativamente luxuosa, e lá, à noite, enquanto ouvia o rangido da madeira e sentia o balanço do navio e a ocasional fungadela dos cães que guardavam a minha porta, tive muito tempo para pensar. Repassei várias vezes mentalmente tudo o que havia acontecido, e sempre retornava ao mesmo pensamento cruel: será que minha mãe estava presa nas trevas, e sua alma fora levada para lá, quando as ruínas da Ord passaram pelo portal? Teria sido esse o destino de Bill Arkwright?

Eu continuava mantendo esperanças de sonhar com minha mãe; todas as noites, esse era o meu objetivo. De repente, sonhar era mais importante que estar acordado. Durante quase duas semanas, nada aconteceu, até que, finalmente, ela apareceu para mim. E foi um sonho lúcido também, eu tinha plena consciência de que estava sonhando.

Estávamos de volta à cozinha da fazenda e ela, sentada em sua cadeira de balanço, fitava-me do outro lado da lareira. Eu estava sentado em um banquinho, e me sentia feliz e satisfeito. Minha mãe tinha a aparência de antigamente, e não aquela com a qual havia retornado da Grécia, e que fizera Jack temer que ela tivesse sido trocada; sem dúvida, não aquela com que conversara comigo dentro da Ord, e que rapidamente se transformara em um anjo belo e temível.

Ela começou a falar comigo, e sua voz estava cheia de brandura, amor e compreensão.

— Sempre soube que você seria seduzido pelas trevas, filho. Sabia que você iria barganhar com o Maligno, pois era isso que você tinha que fazer desde o início. E você fez, não apenas para ajudar seus entes queridos, mas pelo Condado inteiro — pelo mundo inteiro. Não se sinta culpado. É apenas parte do fardo de ser quem você é.

"Acima de tudo, lembre-se disso — continuou ela. — O Maligno atingiu você, mas você também atingiu o Maligno e feriu as trevas gravemente. Acredite, filho. Tenha fé em quem você é. *Acredite* que você irá se recuperar, e isso acontecerá de verdade. E não seja tão duro consigo mesmo. Algumas coisas têm que acontecer, e você tinha que cair para, mais tarde, erguer-se e se tornar quem você realmente deve ser."

Eu queria me levantar e abraçá-la, porém, mal me coloquei de pé, o sonho desapareceu e abri meus olhos. Estava de volta à cabine.

Fora um sonho ou algo mais? Três dias depois, enquanto navegávamos pelo estreito de Gibraltar, tive meu segundo encontro com minha mãe. O vento desaparecera, e estávamos parados. Naquela noite, adormeci assim que encostei a cabeça no travesseiro.

Tudo aconteceu justamente quando eu estava acordando. Ouvi um som bem na minha frente, muito próximo à cama. Um ruído estranho. Uma coisa afiada no ar. Uma espécie de som crepitante e dilacerante. E, por um momento, fiquei assustado. Apavorado.

Não era a sensação de frio que eu costumava experimentar quando uma criatura das trevas se aproximava. Era algo mais poderoso e chocante. Era como se, bem perto de mim, estivesse alguma coisa que não deveria estar ali. Como se uma criatura tivesse subitamente rompido todas as regras do mundo dos vivos. Mas, assim como alguns sonhos agradáveis se transformam, de repente, em pesadelos, com aquele, era o contrário. Meu terror se foi no mesmo instante em que algo quente me tocou.

Não tocou minha pele. Não era como o calor de um toque. Foi uma sensação que me atravessou: subiu pelos meus ossos, carne e nervos. Era brandura e amor. Puro amor. Essa é a única maneira de descrever. E não havia palavras, nem mensagem. Mas eu já não tinha dúvidas.

Era mamãe. Ela estava em segurança e viera me dizer adeus. Eu sabia disso e, com essa certeza, minha dor diminuiu.

CAPÍTULO 24
NÃO PODE SER VERDADE

Mais uma vez, enfrentamos uma tempestade no golfo de Biscaia, que ameaçou o navio; no entanto, apesar de um mastro quebrado e das velas rasgadas, passamos por ela e navegamos rumo aos penhascos de nossa pátria. O ar ficava cada vez mais frio.

Chegamos a Sunderland Point e fomos direto para a fazenda de Jack: era meu dever informar sobre a morte de minha mãe à família.

Grimalkin, Mab e as outras feiticeiras sobreviventes se apressaram na direção de Pendle. Com os cães bem atrás de nós, caminhamos rumo à fazenda.

Andávamos em silêncio, cada um perdido em seus próprios pensamentos. Quando chegamos, subitamente, me dei conta de que Alice deveria se manter afastada, para não aborrecer Jack e Ellie. Ainda assim, ela precisava ficar ao meu lado para ter a proteção do cântaro de sangue. Se nos separássemos, o Maligno poderia atacá-la para se vingar do que ela tinha feito.

— É melhor Alice nos acompanhar até a fazenda — sugeri, pensando com rapidez. — Se Jack não receber bem a notícia, ela poderá lhe dar algumas ervas e fazê-lo dormir.

O Caça-feitiço olhou para mim em dúvida, provavelmente, porque sabia que Jack não aceitaria, de forma alguma, a ajuda de Alice, mas girei nos calcanhares e parti para a fazenda com Alice a meu lado, deixando-o a sós com os três cães do pobre Bill Arkwright.

Poucos minutos depois, os cães da fazenda começaram a latir, e Jack veio correndo da pastagem ao sul em nossa direção. Ele parou a menos de um metro. Talvez não estivesse esperando que mamãe deixasse sua pátria mais uma vez e retornasse para o Condado; portanto, a ausência dela não seria motivo de preocupação, mas ele deve ter imaginado o pior pela expressão triste em meu rosto.

— O que foi? O que aconteceu? — indagou. — Vocês venceram?

— Sim, Jack, nós vencemos — respondi. — Vencemos, mas a um preço terrível. Mamãe está morta. Não há outro modo de dar a notícia: ela morreu.

Os olhos de Jack se arregalaram, não por causa da tristeza, mas porque ele não queria acreditar.

— Não está certo, Tom! Não pode ser verdade!

— Sei que é difícil de acreditar, mas é a verdade, Jack. Mamãe morreu quando destruiu sua inimiga. Ela se sacrificou e fez do mundo um lugar melhor — e não apenas a pátria dela.

— Não! Não! — gritou meu irmão, e seu rosto começou a enrugar. Tentei pôr meus braços ao redor dele, para confortá-lo, mas ele me empurrou.

— Não! Não — repetiu ele.

James recebeu a notícia com mais calma.

— Soube que isso ia acontecer — falou, muito tranquilo. — Eu já estava esperando por isso.

Quando me abraçou, senti seu corpo tremendo, mas ele estava tentando ser corajoso.

Mais tarde, Jack foi se deitar, enquanto nós sentamos ao redor da mesa da cozinha em silêncio — a não ser por Ellie, que chorava baixinho. Para ser franco, eu mal podia esperar para ir embora dali. As coisas iam de mal a pior, e a ferida de minha própria tristeza pela perda de minha mãe se abrira mais uma vez.

Ellen preparou para nós um pouco de canja de galinha, e eu me forcei a mergulhar nela alguns pedaços de pão para reunir forças para a jornada. Ficamos apenas algumas horas, mas, antes de partirmos, fui atrás de Jack para me despedir. Bati levemente na porta do quarto. Não ouvi nenhuma resposta e, depois de tentar mais duas vezes, aos poucos, comecei a abrir a porta. Ele estava sentado, muito ereto, recostado na cabeceira da cama, e seu rosto era uma máscara de dor.

— Vim lhe dizer adeus, Jack — falei. — Em um ou dois meses, voltarei para vê-lo. James está aqui para ajudar com a fazenda; portanto, tudo vai ficar bem.

— Ficar bem? — perguntou rispidamente. — Como as coisas voltarão a ficar bem?

— Lamento, Jack. Também estou triste. A diferença é que tive semanas para me acostumar com isso. Ainda dói, mas a dor diminuiu um pouco. Será assim com você também. Dê tempo ao tempo.

— Tempo? Não haverá tempo suficiente...

Apenas baixei a cabeça. Não podia pensar em nada que pudesse fazê-lo sentir-se melhor.

— Adeus — falei. — Prometo voltar em breve.

Jack apenas balançou a cabeça, mas ele não havia terminado de falar. Quando me virei para sair, deixou escapar um soluço e, então, falou devagar, com a voz cheia de mágoa e amargura.

— As coisas nunca mais foram as mesmas, desde que você começou a trabalhar como aprendiz de caça-feitiço — falou. — E elas começaram a dar errado, na primeira vez em que você trouxe a garota, Alice, para a fazenda. Não aguentei vê-la por aqui, mais uma vez, hoje. Antes, éramos felizes. Felizes de verdade. Você não nos trouxe nada, além de miséria!

Saí, fechando a porta atrás de mim. Por alguma razão, Jack parecia estar me culpando por tudo. Não era a primeira vez, mas eu nada podia dizer em minha defesa. Por que perder tempo discutindo, se ele nem sequer me ouviria? Certamente, tudo fora parte dos planos de minha mãe desde o início, mas ele nunca entenderia. Eu apenas esperava que, um dia, ele compreendesse a razão de tudo isso. Não seria fácil e levaria um longo tempo.

Ellie nos deu um pouco de pão e de queijo para a viagem, e nos despedimos dela e de James. Ela não me abraçou. Parecia fria e reservada, mas deu um sorriso triste para Alice.

O Caça-feitiço estava esperando com os cães no bosque do morro do Carrasco. Ele fizera um novo bastão para mim, enquanto estivemos longe.

— Tome, rapaz, ele vai servir, por enquanto — falou, estendendo o bastão para mim. — Teremos que esperar chegarmos em Chipenden para lhe arranjarmos uma lâmina de liga de prata, mas, pelo menos, é de sorveira-brava e fiz uma ponta afiada nele.

O bastão tinha um bom equilíbrio, e agradeci. Em seguida, caminhamos mais uma vez para o norte. Depois de uma hora, deixei o Caça-feitiço e fiquei para trás para poder conversar com Alice.

— Parece que Jack me culpa por tudo que aconteceu — falei. — Mas não posso negar uma coisa: o momento em que me tornei aprendiz do Caça-feitiço marcou o início do fim de minha família.

Alice apertou minha mão.

— Sua mãe tinha um plano e ela o seguiu à risca, Tom. Você deveria ter orgulho dela. Jack irá entender, um dia. Além do mais, você ainda está com o Caça-feitiço, e é aprendiz dele. Em pouco tempo, voltaremos para Chipenden, viveremos na casa dele, e voltarei a fazer cópias dos livros. Não é uma vida ruim, Tom, e ainda temos um ao outro. Não é?

— É verdade, Alice — falei com voz triste. — Ainda temos um ao outro.

Alice apertou minha mão mais uma vez, e caminhamos na direção de Chipenden com o coração mais leve.

* * *

Mais uma vez, escrevi a maior parte dessa narrativa de memória, usando apenas o meu caderno quando necessário. Estamos de volta a Chipenden e retomamos a antiga rotina. Continuo aprendendo meu ofício, e Alice se ocupa fazendo cópias dos livros da biblioteca do Caça-feitiço. A guerra continua intensa, e os soldados inimigos avançam no norte, rumo ao Condado, pilhando e incendiando tudo em seu caminho. Isso está deixando o Caça-feitiço muito nervoso. Ele está preocupado com a segurança dos livros.

Os cães de Arkwright, Patas, Sangue e Ossos, estão sob os cuidados temporários de um pastor aposentado que mora perto de Long Ridge. Ainda temos que arrumar um lar permanente para eles, mas eu os visito de vez em quando, e eles ficam muito felizes em me ver.

Guardo o cântaro de sangue em meu bolso. É minha única defesa contra a visita do Maligno. É um segredo que divido apenas com Alice, que precisa dele tanto quanto eu, e nunca se arrisca a sair do meu lado. Se o Caça-feitiço soubesse, ele o estraçalharia contra uma pedra, e seria o nosso fim. Mas sei que, um dia, encontraremos uma saída. No dia de minha morte, o Maligno estará esperando por mim. Esperando para levar minha alma. Esse foi o preço que paguei pela vitória em Meteora. Minha única esperança é destruí-lo primeiro. Não sei como farei isso, mas minha mãe tinha fé em mim; por isso, tento acreditar que é possível. De algum modo, preciso descobrir como.

Thomas J. Ward

Leia também os próximos livros da série:

O Pesadelo

Ao voltarem da Grécia após uma batalha mortal, Alice, Tom e o Caça-feitiço encontram o Condado em estado de sítio. São dias de trevas, e o aprendiz de Caça-feitiço tem um pesadelo. Nele, Lizzie Ossuda se torna uma feiticeira poderosa. Ao saber que ela fugiu, Tom começa a interpretar seu pesadelo como uma premonição.

Seu mestre sempre levou a melhor na luta contra as trevas, mas parece que as coisas estão começando a mudar. Pela primeira vez, Tom vê seu mestre falhar, e não apenas em uma, mas em duas oportunidades.

O trio busca refúgio na ilha de Mona. Mas, com Mona no encalço de uma xamã, eles não conseguem fugir do clima sombrio que parece persegui-los.

Ao mesmo tempo, Lizzie Ossuda tem planos ainda mais ambiciosos: conquistar o trono da ilha de Mona e ser coroada rainha. Para isso, tem explorado os serviços de uma criatura que vive de roubar a força vital de suas vítimas. Será o pesadelo realmente uma premonição? Com a criatura como arma secreta, Lizzie Ossuda conseguirá se tornar rainha?

O BESTIÁRIO DE JOHN GREGORY: UM GUIA PARA CRIATURAS DAS TREVAS

"Meu nome é John Gregory, e este é o meu Bestiário, minha narrativa pessoal dos habitantes das trevas com que já me deparei, além das lições que aprendi e os erros que cometi. Não deixei nada de fora, e minha esperança é que meu aprendiz continue a manter este registro das maneiras de lidarmos com as trevas."

O bestiário é o guia completo para se tornar um Caça-feitiço. Nele, o leitor conhecerá todas as informações que o mestre de Tom reuniu ao longo da vida, saberá como lidar com as criaturas e aprenderá a lutar contra as trevas, os demônios, as bruxas e tudo o mais que faça barulho durante a noite. Narrado com as próprias palavras de John Gregory, ilustrado e em primeira pessoa, este é um companheiro inestimável para quem sempre quis saber mais sobre as criaturas: suas histórias, como capturá-las, seus pontos fortes e fracos.

É uma leitura obrigatória para os fãs da série, mas também para aqueles que desejam conhecer melhor o mundo repleto de criaturas fantásticas e assustadoras que povoam o Condado.

Cinco lições básicas de como lidar com as trevas
1. Domine seu medo.
2. Clareie sua mente, para que a magia negra não consiga se apoderar dela.
3. Encha seus bolsos com sal e ferro, e sempre carregue um bastão com uma lâmina retrátil.
4. Nunca se esqueça de sua corrente de prata para lidar com as feiticeiras.
5. As melhores armas de um Caça-feitiço são o bom-senso, a coragem, e as habilidades e os conhecimentos que ele aprende com seu mestre.